KB253697

문예신서
348

조이스와 바흐친

스타일과 미학의 만남

이강훈 지음

東文選

조이스와 바흐친

조이스와 바흐친

"이 저술은 2006년 정부재원(교육인적자원부 학술연구조성사업비)으로 한국학술진흥재단의 지원을 받아 연구되었음(KRF-2006-814-A00106)."

"This work was supported by the Korea Research Foundation Grant funded by the Korean Government (MOEHRD, Basic Research Promotion Fund)(KRF-2006-814-A00106)."

차 례

1

서 론

　제임스 조이스(James Joyce)의 《율리시즈 *Ulysses*》는 작품이 출간된 1922년 이후 그 파격적인 기법과 실험성, 그리고 그에 따른 난해함으로 인해 현대 소설사에서 유래를 찾아볼 수 없을 정도로 많은 논란을 불러일으켰다. 그리하여 작품에 대한 평가도 "무(無)에서 시작해서 무로 끝나는, 무로 구성된 전혀 무가치한 작품"(C. G. Jung 585)이라는 혹평에서 "현대의 신곡"(Litz 78)이라는 극찬에 이르기까지 매우 다양했다. 그런데 《율리시즈》의 문학사적 위상을 정립하는 데 결정적인 역할을 한 것은 엘리엇(T. S. Eliot)의 논평이다. 엘리엇은 호메로스(Homeros)의 《오디세이 *Odyssey*》와의 상징적 모티프의 연관성, 신화적 구조의 유사성을 지적하면서 《율리시즈》는 그 신화적 구조로 인해 무가치하고 무질서한 현대의 역사에 질서를 지우고 형태와 의미를 부여할 수 있다고 평했다(270). 엘리엇의 논평은 당시 수많은 인유와 상징, 세부적 정보와 상식을 벗어난 실험적 문체 때문에 작품의 효용성마저 의심하던 다수의 독자들에게 이정표를 제공해 주었다고 할 수 있다. 이와 함께 이 소설의 인유의 출처, 상징의 의미와 패턴에 대한 본격적인 연구가 뒤따랐는데, 삼위일체, 현대인의 서사적 방랑, 오이디푸스 콤플렉스, 순환적 역사 등의 보편적 모티프의 규명은 그 중 가장 두드러진 것이다(Attridge and Ferrer 5). 따라서 《율리시즈》가 "형식이 부재하는 무의미한 혼란"일 뿐이라는 비판이 오독과 편견, 문학적 시야의 부족에서 유래한 것이라는 사실(Kain 5)이 점차 밝혀지게 되었다. 그러나 작품의 소주제들로 주목받아 온 부자간의 갈등, 불륜, 반영웅주의, 현대 도시의 불모성, 소외된 개인 의식 그리고 분열된 자의식과 그 의식의 내향성에 대한 집착 등과 같은 모더니즘적 요소들로 인해, 조이스는 부정적 세계관을 가지고 있으며 《율리시즈》는 단지 과도한 실험적 기법의 집합체에 불과하다는 비판에서 완전히 벗어날 수는 없었다.

조이스의 정신적 후원자였으며 그를 가장 잘 이해했던 동생 스태니슬라우스(Stanislaus Joyce)조차 《율리시즈》의 실험적 기법에 우려를 나타냈으며, 신화적 구조와 관련하여 긍정적인 평가를 내렸던 엘리엇도 "《전쟁과 평화》와 같은, 인간 본성에 대한 새로운 통찰력을 제공해 주지 못한다"(Ellmann 1982: 528)고 유감을 표명했다. 결국 《율리시즈》에 대한 초기의 비판은 서술 기법을 포함한 형식의 문제, 그리고 작품의 주제, 작가의 도덕관, 세계관 등 내용의 문제, 양자에 모두 해당되었던 것이다.

물론 호의적인 평가가 없었던 것은 아니다. 대표적인 경우로 프랑스 작가인 발레리 라보(Valery Larbaud)를 들 수 있다. 그는 블룸(Bloom)이 "폴스타프(Falstaff)에 못지않은 불멸의 인물"이며 《율리시즈》는 "라블레(Rabelais) 이후 유럽에서 쓰여진 가장 인간적인 작품"(Joyce, Selected Letters 278)이라고 호평했는데, 이는 그가 《율리시즈》에서 엘리엇이 간과했던 희극성과 휴머니즘을 제대로 읽어냈기 때문이다. 라보의 평이 중요한 이유는, 조이스가 자신의 편지에서 그의 평을 두 번이나 언급하면서 만족감을 표시했고 이후 〈태양신의 황소 Oxen of the Sun〉의 프랑스역을 맡겼다는 점(Ellmann 1982: 499-500), 다시 말해서 조이스가 의도한 작품의 주제와 미학적 입장을 가장 정확하게 이해한 경우이기 때문이다.

　희극성과 휴머니즘이라는 주제는 후세의 비평가들도 주목했던 사항이다. 엘만(Richard Ellmann)은 주인공 블룸의 신성한 측면이 바로 그의 휴머니티에 있다고 주장했으며(1982: 362), 틴달(W. Y. Tindall)은 조이스의 순환적 역사관을 지적하면서 그 역사의 중심에는 항상 인간이 있다는 점을 상기시키고 있다(1950: 69). 또한 프렌치(Marylin French)는 조이스의 도덕적 비전이 인간에 대한 공감과 이해에 있으며, 그것은 동시에 휴머니티 자체를 긍정하는 것이라고 주장한다(38).

　《율리시즈》에 대한 보다 폭넓은 이해를 위해서는 그러므로 작품 속에서 휴머니즘이 어떻게 구체화되고 있는지를 살펴볼 필요가 있다. 단순히 감상적인 묘사와 그에 따라 독자가 인물에 대해서 느끼는 동정심은 감상주의 소설에는 적용될 수 있을지 몰라도 조이스와 같이 객관성을 중시하며 다양한 스타일을 구사하는 작가에게는 적절하지 않다. 주인공 블룸이 휴머니즘을 구현하는 인물인 것은 사실이지만 작품 뒤에 숨어 '손톱을 다듬는' 예술가인 조이스는 결코 과장된 감상을 통하여 인물을 색칠하지 않는다. 《젊은 예술가의 초상 *A Portrait of the Artist as a Young Man*》에서 스티븐(Stephen)이 설명하는 문학의 세 가지 형태인 '서정적' '서사적' '극적' 형태는 예술가의 성숙 단계를 서술의 객관성 성취 과정에 빗대어 표현한 것이다. 그에 따르면 '서정적' 형태는 작가의 직접적 개성의 반영이다. 반면 '극적' 형태는 작가의 개성이 서술 자체에 스며들어 있는 형태로서, 인물의 둘레를 돌아 흐르며 인물을 완성하고 생명력을 불어넣어 주지만 그 자체는 세련되고 비개성화되어 존재를 감춘다. 예술가의 의식도 이와 같아서 '서정적' 외침, 기분에서 출발하지만 이내 "유연하고 가볍게 떨리는 서술"

(Joyce, P 214)[1]로 변하며 최종적으로는 개성을 잃고 투명해져 그가 창조하고 묘사한 인물과 세계 속으로 사라져 버린다. 이 단계에서 예술가는 그가 창조한 작품 자체가 되며, 그의 개성은 개인의 특수성을 벗어나 작품 속에 편재하지만 결코 모습을 드러내지 않은 채 '손톱을 다듬는' 창조의 신이 되는 것이다.

조이스는 '말하기'가 아닌 '보여주기'로서의 서술의 객관성, 나아가 다양한 서술 스타일을 통해 '작가의 사라짐'을 보여주는 전형적인 경우이다. 그러므로 그의 주제, 예술관을 인물의 말과 묘사에서 드러나는 작가의 목소리를 통해 이해하려는 시도는 애초에 불가능하다. 기존의 리얼리즘 소설은 대체로 개연성이 풍부한 인물의 사상과 말, 플롯의 구조를 확고하게 뒷받침해 주는 작가의 시점과 도덕적 비전에 의존한다. 이는 또한 안정된 주제와 구조를 제공함으로써 작품의 완결성을 보장하는 일반적인 방법이었다. 그러나 조이스의 경우, 《율리시즈》뿐 아니라 초기 작품인 《더블린사람들 *Dubliners*》, 《젊은 예술가의 초상》에서도 작가가 직접 나서서 세계관·예술관을 드러내는 경우는 거의 없다. 다양한 문체와 서술 스타일, 변화무쌍한 화자들을 대리인으로 내세운 후 조이스 자신은 사라졌기 때문이다. 그러므로 전통적인 리얼리즘 소설을 보는 방식으로는 《율리시즈》를 제대로 이해할 수 없다. 초기의 독자와 비평가들의 혹평 원인은 결국 주제가 서술 스타일 속에 숨어 있다는 것을 깨닫지 못한 탓이다. 전통적인 방식으로 볼 경우, 다양한 서술 스타일을 통해 작품 전체에 흩어져 있는 수많은 세부적 정

---

1) 조이스의 작품들 중 *Stephen Hero*는 SH, *A Portrait of the Artist*는 P, *Dubliners*는 D, *Ulysses*는 U, *Finnegans Wake*는 FW, *Critical Writings*는 CW, *Selected Letters*는 Letters로 각각 표기하며 페이지수만 기재한다. 특히 *Ulysses*의 경우 가블러(H. W. Gabler)의 편집에 근거하여 페이지와 행수를 병기한다.

보들간의 불일치, 화자와 인물 간의 거리감에서 발생하는 아이러니 문제, 불안정한 화자가 제공하는 정보의 허구성 등을 설명할 수 없을 뿐 아니라, 서술 스타일의 효용성에 대한 의심, 나아가 융(C. G. Jung)의 경우에서 보듯이 작품 자체의 무용성까지 상정하게 된다.

최근 들어 조이스 연구는 아담스(Martin Adams)의 《표면과 상징 *Surface and Symbol*》에서와 같은 사료 조사[2]에서 벗어나 텍스트 자체의 문제, 독자의 역할, 작가의 글쓰기 과정, 이야기와 화자의 관계 등 수사적 방법론에 집중되고 있다(Sultan 264). 프렌치는 작품 속의 세세한 모티프와 상징의 해석에서, 이러한 요소들의 구성 방식에 대한 관심의 변화가 필요하다는 점을 다음과 같이 밝히고 있다.

> Careful scholarly research has informed us in large part as to What is there, but in many cases we are still puzzled as to Why it is there. (…) The greatest obstacle to a comprehensive view of the novel has been the impenetrability of its style.(1)

조이스에게 스타일은 개성 표현의 도구라기보다는 작품의 구성 원칙이었다. 왜냐하면 스타일은 특정 요소의 존재 '유무' (What is there)가 아니라 존재를 규정하는 '방식' 이며, 그 규정 '방식' 속에서 작품 전체의 주제 방향이 구체화되기 때문이다. 다시 말해서 작품에 대한 전체적 조망은 단순히 구성 요소들의 집합이 아니라 그 요소들에 대한 묘

---

2) 아담스는 사실적 정보, 사료(표면)의 출처와 상징의 관계를 규명함으로써 《율리시즈》의 통일된 의미 구조를 밝히려 시도하고 있다. 그러나 아담스 자신도 《율리시즈》에 타당성이 없거나 불합리하고 무의미한 내용이 많음을 인정하며, 이를 조이스의 예술적·심리적 기질 탓으로 설명하고 있다(Adams 159).

사와 서술의 방향에 의해서 성취되는 것이다. 로렌스(Karen Lawrence) 역시 1970년대까지 《율리시즈》 연구가 대체로 인물과 상징, 신화적 모 티프의 해석 등에 집중되어 스타일에 대한 연구가 부족했음을 아쉬워 하며(3), 《율리시즈》에 나타난 사실적 정보의 과잉과 서술 스타일의 다 양성은 작품의 단일한 의미의 가능성을 부정(10)하므로, 이제 단일한 의미의 추구보다는 서술 스타일의 미학적 효과에 관심을 기울여야 한 다고 주장한다.

《율리시즈》에는 실제로 너무나 많은 불확실한 정보, 모호한 암시, 출 처를 알 수 없는 인용들이 산재해 있다. 몇 가지만 예를 들어 본다면, 블룸이 마사(Martha)에게 보낸 편지에서 그 여자를 떠보기 위해 사용한 "그 말"(U 63.245)[3]은 무엇이며, 디그넘(Dignam)의 묘지에서 본 비옷 입은 문상객 맥킨토시(macintosh)(U 90.805)는 누구인가? 〈애올러스 Aeolus〉에서 볼 수 있는 표제어와 내용 간의 불일치, 〈이사카 Ithaca〉의 교리문답에서 수돗물이 흘렀느냐는 간단한 질문에 아일랜드의 저수지 현황, 수도 시설, 수도국의 식수 대책, 물 낭비에 대한 변호사의 조사 결과까지 설명하는(U 548.164-182) 이유는 무엇이며, 몰리(Molly)의 애인은 구체적으로 몇 명인가?

세부적 사항의 불확실성과 사실적 개연성을 부정하는 서술 스타일 의 특이성을 휴 케너(Hugh Kenner)처럼 "침묵의 수사학"이라고 부를 수도 있을 것이고, 불확실한 세부사항이 작품의 몇몇 패턴의 전경화

---

3) 서신을 통한 블룸과 마사의 관계는 조이스와 플라이쉬만(Fleishmann)의 관계와 유사하며, 마사의 편지는 조이스가 아내인 노라(Nora)에게 보낸 편지에서와 유사한 피학적 성향을 드러내고 있다. 특히 문제가 되는 '그 말'은 조이스가 노라를 흥분시 키기 위해서 사용한 '그 사랑스러운 말'을 연상시킨다. 그러나 '그 사랑스러운 말' 이 무엇이었는지는 알 수 없다. 작품 속에 교묘히 삽입된 조이스의 개인적인 에피소 드는 독자와 비평가를 혼란시키는 또 다른 요소이다(Letters 185-186).

를 돕는 배경 역할을 한다(Adams 1962: 245)는 의미에서 긍정적 요소라고 볼 수도 있을 것이다. 그런데 중요한 것은 세부적 정보의 유무와 지시대상이 아니다. 그것이 무엇을 의미하느냐가 아니라 그것이 어떤 방식으로 묘사되어 있느냐라는 것이 중요한 것이다. 그리고 그 묘사 방식, 즉 스타일은 작가의 직접적인 목소리를 대신하며 그의 세계관과 미학적 태도를 반영하는 것이다. 그러므로 최근의 조이스 연구에서 스타일의 중요성이 부각되고 있는 것은 바람직한 것이다. 그러나 그것이 단순히 조이스 텍스트의 특이성을 과장하여 지적하거나 후기 구조주의 이론에서 흔히 볼 수 있듯이, 작품의 미학적 효과와 무관하게 텍스트를 포함한 모든 기호 작용의 불안정성을 증명하는 실례로 전락한다면 작품의 심층적 이해에는 별 도움이 되지 못할 것이다. 조이스에게 "예술은 미학적인 목적을 위해서 감각적이거나 지적인 것을 인간적으로 처리하는 것"(CW 145)이다. 그러므로 《율리시즈》는 한 인간이 인간 세계를 관찰한 후 그것을 '인간적으로 처리' 한 결과물이다. 문학이 결국 인간에 대한 인간의 이야기라면 작품 속에서 그것을 구성한 한 인간의 살아 있는 목소리와 세계에 대한 그의 시각과 태도를 공유하고 음미하는 것은 분명 타당한 일이며, 그것이 작품의 두드러진 특징이자 논란의 대상인 서술 스타일 문제를 통해 이루어진다면 더욱 가치 있는 일이 될 것이다. 초기의 비평가들이 언급했던 《율리시즈》의 희극성과 휴머니즘은 "드라마와 인생"(Drama and Life)에서 조이스가 말했던 "위대한 인간희극"(CW 45)의 동의어이며, 이는 조이스 예술관의 핵심이기도 하다. 그러므로 최근의 스타일 연구가 조이스 텍스트의 특이성을 재조명하는 데 그쳐 조이스의 인간, 세계, 미학적 태도에 대한 이해로 이어지지 못한다면 이는 미흡한 경우라 아니할 수 없다.

예술가의 역할이 경험의 무수한 인상들을 작품 속에 구조화하여 삶에 일정한 형태를 부여하고, 그로부터 의미를 도출해 내는 것이기는 하지만 삶이 예술의 재료이며 동시에 예술의 최종적 종착점이기도 한 만큼, 예술과 삶은 구조화를 지향하는 구심적 원리와 규정, 규격, 체계화를 거부하는 삶 자체의 원심적 성향 사이의 계속되는 긴장 상태를 유지한다. 그러므로 예술의 형식적 완결성을 강조할 경우 삶의 다양성과 세부사항들, 사소한 인상들, 의식을 둘러싸고 있는 '반투명한 피막'을 제대로 묘사하는 것은 불가능하다. 일반적으로 형식의 완결성은 플롯의 개연성, 인물의 정형성, 서술의 안정성 등으로 구체화되며, 주제나 내용의 완결성은 작가의 통합적 시점과 도덕적 태도를 드러내는 그의 권위적인 목소리를 통해 이루어진다. 그러나 버지니아 울프(Virginia Woolf)가 소위 '물질주의자들'의 특징이자 한계로 지적했던 이러한 전통적 입장은 '정신주의자'[4]였던 조이스의 작품을 이해하는 데 전혀 도움이 되지 못한다. 조이스에게 삶과 세계는 일정한 체계로 규격화할 수 없는 다양성과 변화, 불확정성과 다층적 시각과 의식이 공존하는 공간이기 때문이다.

조이스는 문학사상 가장 완전한 인물로 《오디세이》의 주인공 율리시즈(Ulysses)를 들었다. 율리시즈는 한 가족의 아들이며 아버지이고 남편이고 애인일 뿐 아니라 평화주의자이고 자신의 기지로 난관을 극복하는 인물로서, 정체가 모호하고 항상 메피스토펠레스(Mephistopheles)를 대동하는 파우스트(Faust)나, 아들의 역할뿐인 햄릿(Hamlet)보다 더 현실적인 인물이다(Budgen 16). 다시 말해서 그가 사실적이고 현실에

---

4) 울프가 조이스를 '정신주의자'라고 칭한 것은 그가 삶의 세부적 사항, 사소한 사건과 순간들이 인간의 의식과 심리에 미치는 영향과 그 중요성을 인식하고 있었다는 점을 지적한 것이다. 그러므로 초월적 가치를 추구하는 낭만주의적 성향이나 추상적 원리, 체계를 지향함으로써 삶과 세계의 물질적 본질을 부정한다는 의미는 아니다.

발을 딛고 있는 세속적인 인물, 가장 삶의 현실에 근접한 인물이기 때문이며, 그런 이유로 인해 인간적인 약점과 한계를 가지고 있기 때문이다. 이러한 조이스의 인간관은 주인공 블룸에게서 그대로 드러난다. 블룸은 전형적인 현대의 소시민으로서 완벽한 인간의 이미지와는 너무나 거리가 멀다. 생계를 위해 하루 종일 더블린 시내를 돌아다니는 오쟁이진 남편이며 주위의 멸시의 대상이고 게다가 변태 성향까지 보인다. 조이스에게 인간은 구체적인 현실 속의 존재이며 또한 불완전한 존재이다. 블룸이 인류를 대표할 수 있는 것도 바로 그 때문이다. "만약 그에게 어느 한 가지라도 완전한 점이 있다면, 그는 인류를 대표하지 못할 것이다"(Tindall 1950: 35).

조이스의 인간이 보여주는 또 다른 특징은 고정되지 않고 항상 변화하는 모습을 보인다는 점이다. 《젊은 예술가의 초상》의 스티븐이 조이스의 자서전적 인물임에도 불구하고 조이스와 동일시될 수 없는 이유 중의 하나는 그가 아직 예술가로서 성숙하지 못한, 예술가로 변화해 가는 과정에 있기 때문이다. 《젊은 예술가의 초상》은 스티븐의 의식 변화 과정을 보여주는 작품으로서 작품이 끝날 때까지도 그의 의식 변화는 완결되지 않은 상태로 남아 있다. 《율리시즈》에서도 스티븐의 변화는 계속된다.

Wait. Five months. Molecules all change. I am other I now. Other I got pound.

Buzz. Buzz.

But I, entelechy, form of forms, am I by memory because under everchanging forms.

I that sinned and prayed and fasted.

A child Conmee saved from pandies.

I, I and I. I(U 156.205-13).

　어머니에 대한 과거의 기억이 스티븐의 의식을 하루 종일 지배하듯
이, 그의 의식은 항상 과거와 현재의 차이와 연관성 사이를 오간다. 그
리고 그 과정에서 스티븐은 변화와 정체성의 관계를 깨닫는다. "과거
의 나, 지금의 나 그리고 그 변증적 합으로서의 나. 그것이 바로 나인
것이다"(I, I and I. I). 결국 '형상 중의 형상'인 스티븐의 '엔텔레키'
는 변화 속에서 이루어지고 있는 것이다.

　스티븐의 변화는 그의 예술관에도 해당된다. 운동장에서 뛰어 노는
아이들의 고함소리를 창조의 신으로 생각하지만(U 28.386) 여전히
"가시적인 것의 불가피한 양태"(U 31.1)에 얽매어 있던 스티븐은 블룸
과의 만남을 통해 추상적·이론적 단계를 벗어나 평범한 현실 속의 인
간이 바로 그 창조의 신이 될 수 있음을 알게 된다.[5]

　물론 가장 변화무쌍한 모습을 보이는 인물은 블룸이다. 열여덟 시간
의 행적에서 그는 남편에서 연인으로, 광고 외판원에서 선지자 엘리야
(Elijah)로, 사회개혁가에서 스티븐의 정신적 아버지로, "뱃사람 신바드
재단사 틴바드 간수 진바드…"(U 607.2322-26)로 끊임없이 변화한다.

　변화의 존재들이 살아가는 이 세계 역시 초월적인 무상(無常)의 이
상 세계와는 거리가 멀다. 조이스가 묘사하는 세계는 "석탄재와 잡초,
쓰레기 냄새"(Letters 89-90)가 가득한 현실의 세계이며 '마비'의 현장
이다. 그러나 그곳은 불완전한 인간들이 살아가는 구체적인 삶의 공

---

5) In discovering Bloom or mankind, Stephen finds something to take the place
of God. God is a metaphor for man(Tindall 1950: 28).

간이며, 예술가가 '민족의 양심'을 창조하기 위해서 '잘 닦인 거울'을 준비해야 하는 "더럽지만 정겨운 더블린"(dear dirty Dublin)이다.

조이스의 인간과 세계는 이와 같이 불완전함과 변화, 구체적 일상성의 형태로 나타나며 이는 엘리엇의 무시간적 신화의 세계, 예이츠(W. B. Yeats)의 신화적 상상 세계로의 도피나 귀족주의와는 확연히 구별되는 조이스만의 특징이다. 그러므로 《오디세이》와의 구조적 연관성, 기존 텍스트들에 대한 인유와 패러디, 의식의 흐름을 통한 개인 의식의 중시 등을 각각, 과거에 대한 의존성, 엘리트주의, 반역사성 등 모더니즘의 몇몇 부정적 측면으로 이해하는 것은 조이스의 예술을 잘못 이해한 경우이다. 부커(Keith Booker)도 조이스의 텍스트가 보여주는 세부적 일상에 주목하면서, 조이스의 작품이 엘리트주의, 반역사성, 개인 심리 성향을 특징으로 하는 일반적인 모더니즘 문학과는 확연히 구분된다는 점을 강조하고 있다(16). 게다가 평범한 사람들의 세부적인 일상은 현실의 세부적 묘사뿐 아니라 인간과 현실의 물리적 속성에 대한 과감한 묘사에서도 드러난다. 《율리시즈》에는 실제로 식사와 소화, 배설, 출생과 죽음, 성욕 등 인간의 모든 생리 현상이 드러나 있으며 이러한 인간의 육체적ㆍ물리적 측면은 각 장마다 펼쳐지는 서술 스타일, 주요 모티프와 상징으로 연결되면서 작품 내의 다양한 시각, 목소리, 이미지를 구성한다. 인간과 현실의 물리적 측면에 대한 "천박할 정도의 꼼꼼함"(scrupulous meanness)을 지향하는 묘사는 초기 독자와 비평가의 반감을 사기도 했으나 이는 《율리시즈》의 스타일의 다채로움, 다양하고 풍요로운 언어를 가능케 해주는 조건이며, 나아가 조이스의 휴머니즘이 구체적 일상성과 육체성에 근거하고 있음을 보여주는 증거이기도 하다. 예를 들어 틴달은 삶의 육체적 측면에 대한 조이스의 관심이 《율리시즈》를 '인간에 대한 찬가'로 만들어 주는 주된

요소임을 지적하고 있다.[6)]

스티븐은 도서관에서 A. E. 러셀(Russell) 등 당시 유행하던 신비주의의 옹호론자들의 주장에 대해 풍자적인 태도를 보이는데, 이는 평소 신비주의의 비현실성에 대한 조이스의 거부감을 그대로 반영한 것이다. 예를 들어 조이스가 블레이크(William Blake)의 신비주의 사상을 비판한 것은 블레이크가 "경험과 자연스런 지혜라는 용을 살해했으며, 시간과 공간을 축소해 버리고 기억과 감각의 존재를 부정함으로써 신성한 가슴의 공허로움 위에 자신의 작품을 그려 넣으려"(Ellmann 1982: 15) 했기 때문이다. 조이스의 인간과 세계는 구체적인 시간과 공간의 산물이다. 그러므로 《율리시즈》가 구체적인 시간(1904년 6월 16일 오전 8시부터 다음날 새벽 2시까지)과 공간(더블린 시내)에서 전개되며 실존 인물들과 사건, 구체적 지명 등을 포함하고 있는 것은 단순한 개연성의 문제만이 아니다. 그것은 시공의 구체성을 예술의 출발점으로 보고 있는 조이스의 미학적 태도의 반영이며, 이는 그의 대표적인 미학 이론인 에피퍼니(epiphany) 이론에도 나타나 있다.

잘 알려진 바와 같이 조이스의 에피퍼니는 "사소한 것"(triviality)에서 드러나는 '정신적 현현'으로, 작가는 그것이 대단히 "미묘하고 쉽게 사라지는 순간"(delicate and evanescent moments)임을 아는 만큼 몹시 "꼼꼼하게"(with extreme care)(SH 216) 기술해야 한다. 결국 에피퍼니는 순간적으로 드러나는 사물의 본질 또는 상황에 대한 인식[7)]을 의미하는 것으로, 순간성, 비반복성, 구체적 상황성을 특징으로 하며, 현

---

6) For his attention to man's nature, critics calling Joyce cloacal, have alluded to an anal fixation. It is true that Joyce notices digestion and excretion. But in *Ulysses* these harmless necessary facts, taking their place in his celebration of mankind, are no more important, and no less, than they are in daily life(Tindall 1950: 43).

실의 '사소한 것'을 대상으로 한다. 그리고 에피퍼니 모음집이라 할 수 있는 《더블린사람들》의 서술 스타일인 "천박할 정도의 꼼꼼한 문체" (style of scrupulous meanness)가 바로 에피퍼니 문체인 것이다. 울프가 '수많은 인상들'과 '반짝이는 후광'을 인상주의로 묘사할 수 있었다면 조이스는 사소한 삶의 경험에서 의미를 포착하는 인식의 순간을 꼼꼼한 문체로 추적함으로써 세속성의 미학을 완성할 수 있었던 것이다.

《율리시즈》는 변화의 세계이다. 그리고 그 속에서 모든 것은 가변적이고 유동적이며 떠돌고 흘러다닌다. 스티븐이 계시의 순간과 정신적 아버지를 찾아 떠돌고 블룸이 광고를 수주하려 헤매며, 선지자 엘리야의 도래를 알리는 선교 전단이 리피 강을 타고 흐르고, 몰리의 독백은 과거와 현재를 오가며, 군소 인물들 역시 '배회하는 바위들'이 되어 더블린 시내를 떠돈다. 세계가 이렇게 변화를 향해 열려 있고 인물들도 끊임없이 변신을 거듭하는 만큼 이를 단순한 시점과 스타일로 묘사하는 것은 불가능하다. 따라서 각 장마다 달라지는 서술 스타일은 상황에 따라 달라지는 인물과 세계의 다면성을 가장 충실하게 드러내려는 시도이며, 동시에 그 다면성을 단일한 체계나 시점으로 수렴하지 않는, 그 자체를 삶과 세계의 본질로 인정하고 수용하는 적극적인 태도의 반영인 것이다. 이렇게 볼 때 변신의 명수 블룸이 몰리에게 설명해 주는 "전생"(metempsychosis)과 "시차"(parallax)는 《율리시즈》의 주제뿐 아니라 조이스의 인간과 세계를 설명해 주는 말이기도 하다.

실제 세계를 다루기 위해서는 다양한 접근 방식이 필요하며 이러한

---

7) 《스티븐 히어로 *Stephen Hero*》나 《젊은 예술가의 초상》에서 스티븐은 주로 에피퍼니를 사물의 본질에 대한 이해로 설명하고 있으나 실제로 에피퍼니의 모음집이라 할 수 있는 《젊은 예술가의 초상》이나 《더블린사람들》에서 조이스는 특정 상황, 사건에 대한 인물이나 독자의 인식을 묘사하고 있다.

접근 방식이 스타일을 만들어 낸다. 이저(Wolfgang Iser)는 조이스가 스타일의 변화를 통해 각각의 접근 방식들, 즉 특정 스타일의 단면성과 한계를 보여줄 뿐 아니라 관찰자와 대상을 유동적인 상황에 위치시킴으로써 리얼리티의 광대함을 보여준다고 말한다(Iser 194). 리얼리티에 대한 단일한 관점의 한계가 스타일의 다양화를 이끈다는 것이다. 또한 독자의 입장에서 볼 때 세부적 사항들과 스타일의 과잉은 단일한 의미의 성취를 방해한다. 특히 과도한 세부사항은 서술의 신뢰성과 권위를 부정하면서 리얼리티에 대한 독자의 다양한 해석을 가능케 하는 스타일의 변화를 요구한다(Lawrence 10).

이와 같이 조이스의 스타일은 변화와 다양성을 향해 열려 있는 존재로서의 인간과 세계에 대한 그의 태도를 반영한다. 그리고 이러한 사실은 삶의 물리적 리듬을 억압하고 인간과 세계를 단일한 추상적 원리나 체계로 환원시키는 전체주의, 권위주의에 대한 그의 거부감과 맥을 같이 한다. 《젊은 예술가의 초상》에서 스티븐이 벗어나고자 하는 역사 · 국가 · 종교는 예술가로 하여금 현실 속의 인간의 삶을 있는 그대로 관찰할 수 있는 기회를 박탈하며, "우리를 그토록 불행하게 만드는 엄청난 말"(big words which make us so unhappy)(CW 87)을 통해 인간을 단일한 이데올로기로 묶어두려 한다. 전체주의와 권위주의는 독단에 의거하여 상대적 가치와 변화, 다양성을 부정함으로써 닫힌 체계를 지향한다. 따라서 전체주의 · 권위주의의 언어는 타인의 관점을 배격하는 혼자만의 언어, 즉 독백의 형태로 나타나며 작가의 입장에서 권위와 독단에 대한 거부는 이러한 독백을 풍자하고 전복시키는 다양한 시점과 스타일로 구체화된다. 《율리시즈》에서 시티즌(Citizen)의 폭력성과 국수주의를 풍자하는 장면은 서로 다른 시점을 가진 화자들에 의해 이루어지며, 거티(Gerty)의 감상적 낭만주의에 후광을 비추고 있는 마리아 성당의 성스러움과 권위는 거티의 감상적 시점과 나란히 병치되어 있는 블룸의 육체적이고 세속적인 시점을 통해 전복되고 있다.

매튜 아놀드(Matthew Arnold)가 초서(Geoffrey Chaucer)를 휴머니스트로 판단한 이유는, 초서가 중세의 사회, 종교적 독단에서 벗어나 인간의 관점에서 세계를 보았기 때문이다. 다시 말해 초월적 지혜, 종교의 권위, 귀족 등 특정 사회 계층의 관점이 아닌, 남녀를 포함한 모든 계층의 평범한 사람들의 일상적 경험을 통해 세계를 보았기 때문이다. 게다가 그는 인물에 대한 작가 시점의 우월성을 주장하지 않았다. 인물을 자신과 동등한 존재로 대했으며 그들의 인간적 한계를 인정했던 것이다.[8]

이와 같이 역사적으로 휴머니즘은 권위로부터의 해방, 일상성의 가치, 삶의 주어진 조건에 대한 긍정적 수용, 동등한 인격체로서의 타인의 수용 등을 특징으로 한다. 조이스의 휴머니즘 역시 초월적 체계와 완결성의 부정, 에피퍼니로 대표되는 세속적 현실의 구체성, 불완전하며 변화를 향해 열려 있는 인간과 세계 등으로 나타난다.

인간은 물론 현실을 초월하는 추상적이고 보편적인 가치를 추구하는 존재이며 세계에 대한 인식은 구조와 체계화를 통해 이루어진다. 그러나 이러한 측면이 일방적으로 강조될 경우 구체적인 시간과 공간 속에서 맥박치는 삶의 리듬이 축소, 왜곡되어 인간이 추상성, 합리성, 그리고 그에 따른 독단과 권위주의의 희생물로 전락할 위험이 있다. "섬기지 않겠다"(Non Serviam)는 스티븐의 외침은 개인의 현세적 삶을 부정

---

8) 데이비스(Tony Davies)는 아놀드가 본 초서의 휴머니즘을 다음과 같이 요약하고 있다. "humanity of the poet himself who views them not as the plaything of an inscrutable deity but as fellow creatures, citizens like himself with the common human frailties and aspirations."(21)

하는 종교와 국가의 독단과 권위주의, 그리고 이질적인 목소리를 허용하지 않는 독백의 언어에 대한 한 개인의 용감한 항거를 담고 있다.

18세기 이후의 합리적이고 이성적인 것을 중시하는 관점은 종교의 권위에 대항한 르네상스의 휴머니즘에 뿌리를 두고 있지만 현대의 모더니즘으로 이어지면서 인간을 추상화, 규격화시키고 체계 속으로 흡수하여 단일한 시각과 목소리만을 강요하는 전체주의적 위험성을 내포하고 있다. 그러나 인간은 구체적인 시간과 공간 속에서 개별성을 가지는 존재로서 비록 추상적인 가치를 추구하고 체계를 통해 사고한다 하더라도, 삶의 의미는 언제나 인간에게 주어진 삶의 장인 현실 내에서 이루어져야 한다. 미학이나 윤리학도 구체적인 삶의 현장을 떠나서는 의미가 없다. 왜냐하면 현대의 탁월한 문학 이론가인 바흐친(Mikhail Bakhtin)이 거듭 주장하듯이, 인간의 삶은 구체적인 시간과 공간 그 자체이기 때문이다.

러시아의 미학자이자 문학이론가인 바흐친은 흔히 "대화주의"(dialogism)로 잘 알려져 있다. 그런데 그가 말하는 대화는 일반적으로 작가와 인물의 관계, 텍스트들간의 상호 영향 관계, 작품 속에서 인물들간의 대화, 현실에서의 실제 대화를 모두 포함하는 폭넓은 의미로 사용되고 있다. 따라서 대화성의 개념이 명확치 않은 측면이 없지 않으나 분명한 것은 대화성의 기본 원리가 개별적인 의식을 소유한 개인들간의 시각의 차이에서 유래한다는 것이다. 그리고 그 시각의 차이는 개인이 점하고 있는 구체적인 시간과 공간, 즉 시공성[9]에 근거한다.

바흐친이 보는 인간은 구체적인 시공간을 점하며 그로 인해 독특한 자신만의 시각을 가진 개성적인 존재이다. 그러나 같은 이유로 인간의 시각에는 항상 사각(死角)이 존재한다. 인간이 자신의 시각으로 볼 수 없는 곳, 그 사각은 바로 자기 자신이다. 인간은 자신만의 독특한 시각

의 '지평선' 을 통해 상대를 인식하고 그에 대한 이미지를 '완결' 시킬
수 있다. 그리고 이것은 관찰자가 대상의 외부에 위치함으로써 가능한
것이다. 그러나 관찰자 자신은 자신의 이미지를 볼 수 없다. 비록 심장
의 박동을 듣고 감각을 통해 자신의 내적 존재를 느낄 수는 있으나 외
적 이미지는 보지 못한다. 외부의 시선이 없기 때문이다. 따라서 인간
은 상대에 대한 이미지는 '완결' 시킬 수 있으나 정작 자신의 '완결' 된
이미지는 얻지 못하는 불완전한 존재이다. 그리고 바로 여기에 바흐친
이 주장하는 타인의 중요성이 있다. 타인은 '나' 의 외부에 존재함으로

---

9) "시공성"(Chronotope)은 시간을 뜻하는 Chrono와 장소, 공간을 뜻하는 Topos를
결합한 바흐친의 신조어를 글쓴이가 번역한 것이다. '시공성' 은 그가 본질적으로 소
설의 다양한 하부 장르들을 분석하면서 초기의 미학적·윤리적 문제에서 다루었던
"여분의 시선"(surplus of seeing), "타인" "외재성"(outsideness) "비최종화" 등의 개념
을 문학 텍스트의 문제, 특히 장르 이론, 도스토예프스키(Dostoevsky) 텍스트의 대화
성, 라블레의 카니발 등에 적용하는 과정에서 본격적으로 등장한다. 바흐친의 정의
에 따르면, 시공성은 "문학에서 예술적으로 표현된 시간과 공간의 본질적 관계"(the
intrinsic connectedness of temporal and spatial relationships that are artistically expressed
in literature)(M. M. Bakhtin. *The Dialogic Imagination: Four Essays* 84)를 의미하는데,
이는 그의 초기 저작인 《예술과 응답 *Art and Answerability*》 중 "미적 활동에서 작가
와 인물"(Author and Hero in Aesthetic Activity)에서 작가와 인물, '나' 와 세계 또는
'나' 와 타인이 맺는 "사건"(event)의 독특성을 구성하는 기본 조건으로 처음 등장한
다. '나' 의 신체는 구체적인 시간과 공간 속에서 '나' 만의 독특한 시각 또는 '지평선'
을 제공하며 따라서 타인과 다른 '나' 의 개별성을 확보해 준다. 타인도 역시 '나' 와
는 다른 자신만의 시공간에서 독특한 시각을 가지고 있다. 따라서 '나' 와 타인은 서
로 독자적인 시각으로 상대를 "외부에서"(outside) 바라보며, 자신보다 상대에 대해 더
많은 시각적 정보를 가지게 된다. 타인의 '외부' 에 위치함으로써, 즉 '외재성' 으로
인해서 얻게 되는 시각 정보의 '여분' 은 '나' 와 타인의 대화를 가능케 하는 기본 조
건이다. 내가 상대에 대해 더 많은 시각 정보를 가지듯이 그도 나에 대한 '여분의 시
각' 을 가짐으로써, '나' 는 '나' 에 대한 이미지를 완성시키기 위해서 그의 시각을 필
요로 한다. 이것이 바로 바흐친의 초기 미학에서 나타나는 타인의 중요성과 대화적
관계의 출발점이다. 그리고 이 모든 사항은 인간이 점하는 특정한 시공간의 독특성
에서 시작된다. 본 논문에서 시공성은 특정한 시간과 공간에서 인간이 점하는 위치
와 그에 따른 인식론적 문제와 관련하여 사용되며, 바흐친이 장르 이론에서 예시한
실례와는 다소 차이가 있음을 밝힌다. 시공성의 개념이 원래 초기의 미학 이론에서 시
작된 것이며 본 논문에서 장르 이론을 다루고 있지 않기 때문이다.

써 '나'에 대한 전체적 이미지를 조망하고 '나'를 '완결' 시킨다. 결국 '나'의 이미지가 '완결'될 수 있는 가능성은 타인에게 있는 것이다.

바흐친의 대화성은 인간의 존재 조건으로 주어진 '시공성,' 타인이 '나'에 대해 가지는 '여분의 시선' '나'의 자족성을 위해 수용할 수밖에 없는 타인의 관점 등에서 출발하는 개념이며, 여기에는 의식을 중심으로 주체[10]의 자족성을 주장하는 데카르트식 합리주의에 대한 그의 비판이 암시되어 있다. 데카르트식으로 주체의 자족성을 상정할 경우, 이질적 존재로서 타자와 세계는 주체의 의식 속으로 포함되거나[11] 배제되어야 하는 부정적인 대상이 될 수밖에 없다.

바흐친의 인간은 서로의 시각을 교환함으로써 자기 인식에 도달할 수 있는 비자족적이며 대화적인 존재이다. 자기 충족이 불가능하기 때문에 타인을 필요로 하고 그로 인해 대화가 시작되기 때문이다. 그러한 타인과의 만남, 대화를 통해서 인간은 자기 인식을 형성하고 삶의 의미를 성취한다. 그리고 이때 그 만남과 대화는 하나의 의미 있는 '사건'이 된다. 그런데 이 '사건'은 시공상의 독특함을 가지므로 결코 추상적 체계로 환원될 수 없는 고유의 가치를 지닌다. 만약 추상적 체계로 환원될 경우 인간은 개체성을 상실한 채 체계의 단일한 권위적 목소리만을 들어야 한다. 더 중요한 것은 '사건'의 의미와 그에 대한 '책임'의 근거로서 인간의 의지가 상실된다는 것이다. 이는 세계에 대한 인간

---

10) 본 논문에서는 후기구조주의에서 흔히 사용하는 '주체' '타자'와 '나' '타인'을 구별하고자 한다. 해체를 중시하는 후기구조주의의 탈중심화된 '주체' '타자'와 달리 바흐친의 '나' '타인'은 구체적 시공 속에 존재하는 실체이다. 마찬가지로 추상적인 의사 전달 체계의 의미로서 '언어'와 구체적인 발화로서 '말' '목소리'를 구별해서 사용한다.

11) 헤겔(Hegel)의 변증법은 절대 정신이 타자를 자신의 외화(外化)의 결과로 인식하고 이를 자신의 의식으로 다시 포함시키므로, 타자의 개체성을 인정하며 합(synthesis)을 지향하지 않는 대화주의와는 전혀 다르다.

의 능동적인 참여와 독자적인 윤리 판단의 부재를 의미하며, 따라서 인간의 창조적 행위가 부정된다는 의미이다. 인간의 인식 능력과 관련하여 시간과 공간의 개념을 중시한 것은 칸트(Immanuel Kant)였지만 칸트의 초월적 범주와 달리 바흐친은 그것을 "현실을 구성하는 가장 직접적인 형태"(Clark and Holquist 59)로 보았으며 절대적이고 초월적인 윤리를 거부했다. 칸트식의 윤리는 실제 상황의 다변성, 각 상황들의 순간적 특수성을 설명하지 못하기 때문이며, 인간의 의지와 창조성을 부정하기 때문이다.

바흐친의 세계는 미완의 인간들이 만들어 내는 대화와 '사건'들의 공간이고, 그 어느 인간이나 '사건'도 다른 것에 절대적 우위를 점할 수 없는, 그러므로 끊임없이 상호 침투와 수용이 이루어지는 '완결'되지 않은 공간이며 미래와 변화에 대해 열려 있는 장소이다. 그곳은 제한된 시각을 가진 인간이 타인과의 대화를 통해 자신에 대한 반성과 인식을 성취하는 곳이며, 그곳에서 벌어지는 인간의 대화는 시공 속에 위치한 살아 있는 인간의 구체적인 현실을 반영한다. 그러므로 인간의 말은 세계와 타인을 향한 '나'의 구체적인 의지와 감정의 표현이며, 내가 속한 현실과 사회의 이데올로기의 반영이다. 바흐친이 당대의 구조주의와 형식주의를 비판한 것은 그들의 이론이 언어의 문법성과 기법의 체계에 집중한 나머지 구체적인 개인의 말이 가지는 의지와 감정의 색채, 이데올로기의 문제를 무시했기 때문이다. 예를 들어 소쉬르(F. Saussure)의 "랑그"(langue)는 능동적 발화자와 수동적 수신자 사이의 기호체계로서, 감정·평가·의지의 표현인 개인의 "파롤"(parole)을 배제시킨다. 반면 바흐친은 개인의 구체적인 말이 갖는 사회적 의미뿐 아니라 화자와 청자 간의 상호 능동적인 관계를 부각시킨다. 화자와 청자는 서로 상대의 반응을 의식하고 예측하며 자신의 의지와 감정을 통해 자신을 표현하고 상대를 수용한다(Bakhtin, *Speech Genres and Other Late Essays* 68).[12]

바흐친의 말은 자의식과 타의식이 만나는 장소이다. 인간의 구체적인 말 속에는 타인에 대한 의식, 즉 '곁눈질'이 내포되어 있기 마련이며 따라서 말 속에 드러나는 타인의 존재는, 구체적인 인간의 말은 언제나 대화적이라는 사실을 증명한다.

> But still, even the slightest allusion to another's utterance gives the speech a dialogical turn that cannot be produced by any purely referential theme with its own object(SG 94).

말을 단지 주제 전달을 위한 지시 기능의 추상적 체계로만 볼 경우, 구체적 현실을 반영하는 살아 있는 인간의 독특한 시각과 어조는 배제될 수밖에 없다. 특정한 시간과 공간을 점하는 시공상의 특수성으로 인해 말은 본질적으로 타인과 세계에 대한 제한된 시각의 표현일 수밖에 없다. 그러나 제한된 조건으로 인해서 말은 한 인간의 독특한 개성의 표현이 되며, 동시에 타인의 이질적 시각을 수용하는 매개체가 된다. 그러므로 말은 '나'와 타인이 만나 서로의 개성과 시각을 교환하는 의미 있는 하나의 '사건'이다. 이와 같이 말은 타인과 세계에 대한 인간의 독특한 시각과 의식 그 자체이며, 말에 대한 연구는 인간의 특수성

---

12) 바흐친의 저작은 앞으로 다음과 같이 약어로 처리한다. *Art and Anwerability*는 AA로, *Speech Genres and Other Late Eassays*는 SG로, *The Formal Method in Literary Scholarship*은 FM으로, *The Dialogic Imagination*은 DI로, *Problems of Dostoevsky's Poetics*는 PDP로, *Rabelais and His World*는 RW로 표시하며 각각 페이지만 명기한다. 작자의 실체에 대한 논란이 끝나지 않은 *Marxism and the Philosophy of Language*와 *Freudianism*은 바흐친의 저작에서 제외했다.

에 대한 연구이기도 하다. 바흐친이 자신의 언어 이론을 "초언어학"
(metalinguistics)이라 칭한 것은 그것이 구조주의 언어학이 다루지 못하
는, 구체적인 현실에서 차지하는 인간의 위치와 그 특수성을 다룰 수
있기 때문이었다. 바흐친에게 언어는 언제나 인간과 그 인간의 특수성
의 표현이었으며 공허한 이론이나 체계와는 거리가 멀다.

　인간은 말을 통해 자신을 표현하므로 말과 텍스트는 화자와 청자, 작
가와 독자 또는 텍스트와 컨텍스트가 만나는 대화의 장소(**SG** 107)이
며, 그 대화는 바로 휴머니즘의 문제이기도 하다.

Humanism, as we shall see, is inseparable from the question of
language. 'Man,' in the old definition, is the 'talking animal.' The
fifteenth-century Florentine *umanisti* from whom the word ultimately
derives were above all language teachers, rhetoricians, translators, and
the tools they forged for their trade were the lexicon and the
glossary(Davies 4).

　휴머니스트의 어원이 본래 언어를 다루는 사람이었다면, 휴머니즘
은 결국 언어를 통해 나타나는 인간의 모습 그 자체이다. 그리고 휴머
니스트로서 바흐친은 인간의 개체성을 부정하는 추상주의 · 전체주의
의 거부와 구체적 시공 속에서 전개되는 일상성의 강조뿐 아니라, 체계
로서의 '언어'를 살아 있는 구체적인 '말'로 바꾸어 인간에게 되돌려
주었다. 인간은 구체적인 현실의 존재로서 타인, 세계와의 계속되는
대화를 통해 자신과 세계를 변화시키는, '완결'될 수 없는 존재이다.
그리고 그의 말은 닫힌 체계와 단일한 원리만을 주장하는 독단주의를
거부하고 인간과 삶의 본질적 가치를 주장하는 살아 있는 외침이다.

　조이스의 텍스트가 보여주는 스타일상의 특징으로 의미의 불확정성, 다양한 서술 방식, 외국어, 신문과 잡지, 노래가사, 방언, 속어 등 다채로운 언어, 백과사전식의 정보, 기존 텍스트의 패러디, 화자와 인물 그리고 작가 사이의 거리와 시각차에 따른 아이러니, 인간의 물질적 측면에 대한 사실적인 묘사와 희극성, 에피퍼니 문체의 일상성과 구체성 등을 들 수 있다. 그리고 이는 바흐친이 도스토예프스키(Fyodor Dostoevsky) 소설의 대화성을 연구하면서 언급한 "이어성"(heteroglossia), "다성성"(polyphony), "이중의 목소리"(double voice), "양식화"(stylization) 그리고 라블레 연구에서 보여준 육체적 언어의 전복성과 카니발적 희극성의 관계와 매우 유사하다.

　지금까지 살펴보았듯이, 조이스의 스타일은 모더니즘 특유의 엘리트주의도 아니고, 단순히 "수세기 동안 교수들을 바쁘게 만들기 위한" 치기 어린 수수께끼도 아니다. 그것은 인간과 삶의 가변성, 열린 세계와 그에 대한 다양한 해석의 가능성을 모두 수용하고자 하는 조이스의 휴머니즘의 표현이다. 그리고 그의 휴머니즘은 변화를 향해 열려 있는 인간과 세계, 타인과의 대화적 관계를 통해 이루어지는 의식의 변화, 구체적인 시공 속에서 드러나는 삶의 현실적 의미, 전체주의의 거부 등을 자신의 미학 이론의 출발점으로 삼았던 또 다른 휴머니스트, 바흐친의 경우와 매우 유사하다.[13]

　조이스의 작품이 바흐친의 소설 이론과 연결될 수 있는 가능성은 대단히 많다. 특히 《율리시즈》는 특수한 개인과 사회의 말, 차용어의 풍부함이라는 의미에서 '다성적' 소설이자, 작품 외부의 이질적 지시사항을 많이 포함함으로써 상호 텍스트성을 보여주는 소설의 전형이라고 할 수 있다(Wales 70). 게다가 작품 전반에 드러나는 육체적·생리적 이미지와 함께 〈서씨 Circe〉에서 묘사되는 상반된 이미지들의 혼합

과 병치는 바흐친이 라블레 연구에서 주장한 카니발 이미지를 연상시
킨다(Mahaffey 108). 특히 조이스의 스타일을 대화성의 전형적인 실례
로 보았던 로지(David Lodge)를 시작으로 최근 조이스와 바흐친을 연
결한 본격적인 연구서들이 발표되고 있다. 대중문화를 중심으로《젊은
예술가의 초상》과《더블린사람들》에 나타난 상호 텍스트 문제를 집중
적으로 다룬 커쉬너(R. B. Kershner), 조이스의 희극성을 카니발 이론
으로 살펴본 잭 보웬(Zack Bowen), 상호 텍스트 전략과 이데올로기 문
제를 다룬 부커(Booker)의 경우가 대표적이다. 그런데 로지의 경우, 간
략한 스타일의 실례를 통해 바흐친 이론과 조이스 연구의 연계 가능성
을 시사했을 뿐이고, 커쉬너는 바흐친을 대중문화의 이데올로기 문제
로 확장시켜, 조이스 초기 작품에서 상호 텍스트의 형태로 드러나는
영향 관계를 주로 다루고 있다. 부커의 경우 제한적이기는 하나 스타
일을 통해 조이스의 전복적 이데올로기를 규명하고 있다. 결국 바흐친
의 미학과 조이스의 서술 스타일을 직접 연결하여 텍스트를 분석, 조
이스 텍스트의 대화적 성향을 규명한 경우는 드물 뿐 아니라, 휴머니
즘이라는 양자간의 공통의 주제를 중심으로 논의를 전개한 경우는 찾
아보기 어렵다.

　본 논문의 목적은 구체적 현세성, 전체주의에 대한 거부, 인간과 세

---

　13) 바흐친이 비교적 최근에 알려진 만큼 조이스는 바흐친을 전혀 몰랐으며, 도스
토예프스키에 대해서도 큰 관심은 없었던 듯하다. 비록 파우어(Arthur Power)와의 대
화중에 도스토예프스키를 현대 산문의 창시자로 평하며 그의 위대함을 인정했지만
(Sultan 50), 정작《죄와 벌 *Crime and Punishment*》이 가장 위대한 소설이라는 아들의
말에는 "범죄도 처벌도 등장하지 않는 이상한 제목의 책"이라는 시큰둥한 반응을 보
였다(Ellmann 1982: 485). 반면 바흐친은 조이스를 알고 있었을 가능성이 많다. 당시
바흐친의 동료들에게 조이스는 잘 알려진 작가였고 그 중 몇몇은 조이스에 대한 책을
쓰거나 번역한 적도 있었다. 그럼에도 불구하고 바흐친이 이질적인 말과 육체성의 찬
미로 가득한《율리시즈》를 언급하지 않은 것은 정치적인 이유였던 것으로 보인다. 당
시 러시아에서 조이스의 책은 출판이 금지되어 있었다(Clark and Holquist 317).

계의 가변성에 대한 긍정 등을 특징으로 하는 조이스와 바흐친의 휴머니즘을 중심으로, 그들의 스타일과 미학 이론의 연관성을 밝히는 데 있다. 이러한 작업은 조이스 스타일의 특이성의 기원과 본질, 그리고 단순히 '대화주의' '다성성' 등으로 주로 알려져 있는 바흐친 미학에 대하여 폭넓은 시각을 제공해 줄 수 있을 것이다. 특히 바흐친 미학의 체계적 적용을 위하여 그의 대표적 저작인 《예술과 응답 *Art and Answerability*》《도스토예프스키 시학의 문제 *Problems of Dostoevsky's Poetics*》《라블레와 그의 세계 *Rabelais and His World*》를 중심으로 본론을 구성한다. 초기 저작인 《예술과 응답》이 주로 '시공성'을 매개로 인간의 존재론적 위상과 타인의 의미를 다루고 있는 만큼, 우선 본론의 제2장에서는 에피퍼니와 그 문체의 '시공성' 문제를 중심으로 조이스 미학의 세속적 성격을 규명한다. 조이스의 에피퍼니와 그것을 묘사하는 '꼼꼼한' 문체는 조이스 예술의 출발점이 일상의 '사소한 것'에 있음을 의미한다. 그런데 이러한 사소한 일상은 바흐친이 인간의 특수성을 규명하는 조건으로 상정한 구체적 '시공성'의 세계와 통하며, 이는 인간과 세계의 특수성과 상대성을 수용하는 대화적 관점으로 이어진다. 바흐친의 '대화주의'가 '시공성'을 바탕으로 한다면 《율리시즈》에 나타나는 서술의 다양성은 초월적인 원리나 체계를 부정하고 삶의 다양성을 인정하는 조이스의 휴머니즘의 표현이다. 이와 같이 조이스의 휴머니즘이 스타일을 통해 구체화되고 있으므로 그의 초기 예술관을 대표하는 에피퍼니와 그 문체에 대한 연구는 바흐친과의 연관성, 《율리시즈》 스타일의 대화성을 이해하기 위한 첫걸음이다.

제3장과 제4장에서는 본격적으로 언어와 타인이 개인 의식의 발전과 자아 인식에 미치는 영향, 그리고 이를 묘사하는 스타일의 문제를

살펴볼 것이다. 《젊은 예술가의 초상》의 경우, 잘 알려져 있듯이 예술가로서 스티븐의 자의식의 형성 과정은 언어, 특히 타인의 언어와의 접촉을 통해 이루어진다. 《젊은 예술가의 초상》에서 의식과 언어의 상관성은 자주 다루어지는 문제이나, 본 논문에서는 그 언어의 이질성·타자성에 초점을 맞추게 된다. 스티븐의 자의식은 그를 둘러싼 타인의 언어를 통해 형성된다. 그러나 스티븐이 지향하는 예술은 주체적 의식과 언어의 완결성·자족성을 바탕으로 하고 있다. 따라서 스티븐 주변의 타인의 언어와 그의 의식 사이에는 팽팽한 긴장이 존재하며, 자유간접화법(free indirect speech)은 주변 상황과 스티븐의 의식 사이를 자유롭게 오가면서 양자 사이의 긴장을 극화시키며, 동시에 스티븐의 미숙한 의식을 아이러니하게 묘사한다.

《더블린사람들》을 다루는 제4장에서는, 언어 또는 타인에 대한 경험과 그에 따른 에피퍼니, 즉 자아 인식의 양상을 부각시키게 될 것이다. 예를 들어 어린이가 주인공으로 등장하는 초반부의 에피소드들은 자의식이 확보되지 않은 어린이의 미숙한 의식과 주변 세계, 타인의 언어 사이의 갈등 양상을 보여주고 있다. 이 과정에서 나타나는 어린이의 침묵은 타인의 언어를 내재화시키는 과정이자 미숙한 의식을 보호하고자 하는 언어적 책략이기도 하다. 중반부의 에피소드들은 사회적 언어가 젊은이에게 미치는 영향을 보여주는데, 이 과정에서 언어에 내포된 사회 이데올로기의 무게와 그에 따른 의식의 분열, 자기 기만 그리고 양자의 관계를 연결시키는 문체의 아이러니 효과 등을 다룬다. 대부분의 경우 더블린사람들은 바람직한 자아 인식에 이르지 못하고 '마비' 상태에 머물지만 마지막 에피소드인 〈죽은 사람들 The Dead〉의 주인공, 게이브리얼 콘로이(Gabriel Conroy)는 자아 인식의 에피퍼니를 직접 경험하고 있다. 《젊은 예술가의 초상》에서 스티븐의 자의식이 언어, 특히 타인의 언어를 통해 이루어졌듯이, 콘로이의 자아 인식도 타인의 중요성에 대한 깨달음을 통해 이루어진다.

제5장에서는 우선《율리시즈》의 전반부 문체를 대표하는 이니셜 스타일(initial style)[14]과 자유간접화법의 대화적 성향을 살펴보게 된다. 이니셜 스타일과 자유간접화법은 흔히 인물의 시각과 심리를 직접 묘사함으로써 작가의 객관성과 인물의 독자성을 확보하는 서술 기법으로 알려져 있으나, 실제로는 아이러니와 타인의 목소리로 가득 찬 대화의 공간이다. 이어서《율리시즈》의 후반부에서 본격적으로 나타나는 불안정한 서술 스타일의 양상을 살펴봄으로써 조이스가 지향하는 관점의 다양성, 삶의 다면성 속에 드러난 세속성의 주제를 살펴보고, 마지막으로 의식의 흐름을 묘사하는 내적 독백의 대화적 측면을 다루고자 한다.

본론의 제6장에서는 바흐친의 라블레 연구를 중심으로《율리시즈》의 육체 언어를 다룬다. 블룸에 대한 묘사를 위시해서 작품 내에 산재한 육체적 언어와 그 이미지들은 바흐친이 말하는 소위 카니발의 전복적 책략과 유사한 면을 보여준다. 예를 들어 블룸의 육체적 언어와 현세적 시각은 영국의 제국주의, 가톨릭교회 등 권위와 전체주의를 전복하고 해체하는 역할을 한다. 게다가 삶의 물질적 측면을 강조하는 육체 언어는 조이스가 지향하는 세속성의 미학의 핵심이기도 하다.

바흐친은 카니발의 그로테스크 이미지에서 라블레의 희극성의 본질을 발견했으며 그 희극 세계의 '유쾌한 상대성'을 전복적 책략으로 연결시켰다. 그러나 그의 이론에는 반론의 여지가 많다. 예를 들어 카니

---

14)《율리시즈》에서 과격한 실험적 스타일은 주로 〈애올러스 Aeolus〉에서부터 본격화된다. 따라서 상대적으로 실험성이 적은 전반부의 문체를 이니셜 스타일이라 부른다.

발이 권력이 제공하는 일종의 ‘안전밸브’ 역할일 가능성, 라블레의 그로테스크 이미지가 단순히 희극성을 위한 스타일상의 특징일 가능성 등이다. 게다가 그로테스크와 희극성의 관계가 모호하며, 역시 권위의 전복이 희극적 효과로 연결되는 부분도 매끄럽지 못하다. 《율리시즈》에서 육체 언어와 그로테스크 이미지가 전복과 해체로 이용되는 경우가 많으나 조이스 텍스트의 희극성은 카니발의 전복과 무관한 언어학적 장치에 의존하는 경우가 더 많다. 따라서 전복성 문제를 벗어나 《율리시즈》의 희극성을 새롭게 접근할 필요가 있다. 본론의 마지막은 희극적 이미지와 관련하여 간략하게 바흐친의 카니발 이론을 수정, 보충하는 내용이 될 것이다.

2

에피퍼니의 서술 스타일과 세속성의 미학

엘만에 따르면 에피퍼니는 일종의 "산문시"(prose poem)로서, 조이스가 자신의 시적 재능에 의심을 품고 산문으로 관심을 돌린 결과이다. 그리고 그것을 통해서 드러나는 것은 신이 아닌 인간이고, 수수하고 때로 불쾌하기까지한 순간에서 드러나는 일상적인 삶의 모습이다(1982: 83). 에피퍼니가 원래 종교 용어였음에도 불구하고 이를 통해 신이 아닌 인간의 모습을 보여주려 했다는 사실은 조이스의 예술이 철저하게 현세성을 지향하고 있음을 암시한다. 그리고 "천박한 말이나 제스처"(*SH* 216) 등 불쾌한 순간조차 에피퍼니의 단초가 될 수 있다는 것은 현실의 비속성을 있는 그대로 묘사하는 그의 사실주의 성향을 보여준다. 조이스의 사실주의 성향은 낭만주의에 대한 그의 거부감에도 나타난다. 예를 들어 사실주의와 낭만주의를 비교하는 자리에서 조이스는 낭만주의가 "성취 불가능한 또는 왜곡된 이상주의"로 인해 인간의 삶을 불행하게 할 위험성이 있음을 경고하고 있다(Kenner 1980: 14). 그러나 '산문시'로서 에피퍼니는 분명 낭만주의 특유의 상징성을 그 특징으로 하며, 그 상징성은 에피퍼니의 시적 특성을 보여준다. 조이스가 낭만주의를 비판한 것은 사실이나 그것은 현실에 대한 인식을 방해하는 '왜곡된 이상주의'에 대한 비판이지 상징적 언어의 시적 기능에 대한 비판은 아니었다. 조이스에게 상징성은 일상적인 삶의 순간에서 드러나는 '갑작스런 정신적 현현'을 묘사하는 데 필수적인 요소였기 때문이다.

일반적으로 시는 작가의 주관적 감성의 표현으로서 독창성을 지향하는 반면, 소설은 객관성을 지향한다고 볼 수 있다. 시어의 선택은 작가의 주관적 세계관과 감성에 의존하기 때문이다. 그러나 소설의 경우 작가의 주관적 시각은 인물, 플롯, 서술 스타일 등으로 객관화되며 그만큼 간접적으로 드러난다. 이는 산문의 주된 구성 원리인 환유적 언어 기능이 문맥의 논리에 따른 제한을 많이 받기 때문이다. 그러나 이러한 제한은 소설 장르의 사회적 성격을 설명하는 근거가 된다. 소설은 근대 사회의 도래와 함께 형성된 대중을 독자층으로 하여 발전하였다. 소설은 가장 대중적 장르이고 사회적 형식의 문학인 것이다. 그런데 소설의 사회성은 언어학적 측면에서도 설명이 가능하다. 소설언어의 환유적 성격은 작가의 독창적 단어 선택을 제한하며 대신 사회적으로 공인된 의미의 논리성, 즉 문맥을 강조한다. 따라서 소설 언어는 언어에 대한 기존 사회의 공통된 시각에 의존하며 또 그 시각을 반영한다. 그리고 그 반영은 사실적이고 객관적인 묘사를 통해 이루어진다.

조이스의 '산문시'인 에피퍼니는 시와 소설의 특징을 모두 포함하고 있다. 그의 에피퍼니에는 시적 언어의 특징인 은유와 상징, 그리고 소설의 특징인 사실적이고 세세한 묘사가 함께 공존하며 균형을 이루고 있다. 그러므로 내부에서 묘사하는 인물의 주관적 시각과 감성, 그의 독자적인 목소리, 그리고 외부에서 바라본 인물과 주변 세계의 객관적인 모습이 고루 등장하며, 이는 다시 인물의 주관적 의식을 보여주는 은유와 상징, 그리고 인물을 둘러싼 배경으로서의 세계, 인물의 의식을 자극하고 상징적 해석을 가능케 해주는 조건으로서의 객관 세계의 묘사로 구체화된다. 이렇게 볼 때, 에피퍼니는 시적 상징주의와 소설적 사실주의가 결합된 특이한 양태라고 할 수 있으며, 조이스는 시의 주관적 감성과 소설의 객관적 세계를 인물의 내면 의식과 그를 둘러싼 배경 세계로 연결시켜 묘사하고 있음을 알 수 있다. 그리고 은유와 환유, 개인의 주관적 감성과 사회의 객관적 시점, 상징주의 시와 사실주의 소설의 이러한 자유로운 결합은 조이스 소설에 공통적으로 나타나는 자유간접화법을 통해 구체화되고 있다.

게으름을 피운다는 오해를 산 스티븐이 돌란(Dolan) 신부로부터 체벌당하는 장면(P 51)은 3인칭 시점으로 묘사되고 있으나 상황의 객관적 묘사보다는 체벌당하는 어린이의 불안과 고통을 스티븐의 주관적 입장에서 서술하고 있다. 회초리의 "뜨겁고 타는 듯 얼얼한" 통증이 너무 큰 나머지 스티븐은 자신의 손이 "불 속에 떨어진 나뭇잎처럼" 오그라들고, 감각이 마비된 나머지 손바닥과 손가락이 한 덩어리가 된 듯 느낀다. 피정 기간에 스티븐이 듣게 되는 설교(108-136)도 죄의 사악함을 역설하는 신부의 목소리만 나타나 있으나 육체의 죄를 지은 스티븐의 의식 속에서 그 목소리는 지옥의 끔찍한 고통을 직접 스티븐의 눈앞에 펼쳐 놓는다. 그러므로 이 장면에서 독자는 신부의 목소리가 아니라 죄의식을 통해 확대된 스티븐 자신의 불안과 두려움의 목소리를 듣게 되는 것이다.

《젊은 예술가의 초상》에서 서술은 스티븐의 의식의 흐름을 극화하는 형태를 띠며, 스티븐의 의식의 흐름은 특히 언어의 연상 작용, 그 중에서도 배수구의 물이 빠지는 역겨운 소리(11), 에일린(Eileen)의 하얀 손과 상아탑이라는 단어 사이의 유사성(43), 크리켓 경기의 공 소리(45, 60) 등 감각적 연상에 의존하고 있다. 결국 화자는 스티븐의 눈과 귀, 그의 감각과 의식을 따라 서술하는 것이다. 그러나 《젊은 예술가의 초상》은 1인칭 자서전 소설이 아니다. 물론 서술 전체가 대체로 스티븐의 의식으로 채색되어 있다. 그것은 특히 스티븐의 미숙한 의식이 유아론적 수준에 머물러 있는 전반부와, 그의 에피퍼니 순간의 묘사에서 두드러지게 나타난다. 이때 서술은 스티븐의 의식 속에서 이루어지며 언어의 상징성이 두드러지게 나타난다. 그러나 린치(Lynch)와의 미학 토론, 크랜리(Cranly)와의 대화 등 작가의 시점이 인물의 외부에 위치할 때에는 상징이 사라지고 객관성과 사실의 세계가 펼쳐진다. 스티븐의 의식과 서술 사이에 간격이 생기며, 아이러니가 발생하는 것도 바로 이때이다. 결국 조이스는 스티븐의 의식의 내부와 외부를 자유로이 오가며 인물의 내적 세계와 주변의 객관 세계를 모두 보여주는데, 이러한 시점과 서술의 자유로움은 자유간접화법에서 유래한다.

자유간접화법은 "화자가 동시에 두 가지의 말을 다룰 수 있도록 허용하는 불안정한 중립 지역"을 제공한다(Topia 105). 그러므로 작가는 자유간접화법을 통해 인물의 주관적 인상과 자신의 객관적 시점을 혼합하고 조절할 수 있으며, 이를 통해 시와 소설, 주관과 객관, 상징과 사실을 결합하고 인물의 시각에 대하여 작가의 내재성과 외재성 모두를 자유롭게 이용할 수 있게 된다.

인물이 구사하는 말은 작품 내에서 그가 처한 구체적 상황을 반영하므로 인물의 감정과 의지가 직접 드러난다. 따라서 인물의 말은 직접화법으로 묘사되는 경우가 많으며, 인물과 배경을 설명하는 작가의 말은 간접화법의 객관성을 지향한다. 그런데 자유간접화법은 직접화법의 어조와 어순에 간접화법의 시제와 대명사를 사용하는 혼합어법으로서, 인물의 시점과 작가의 시점을 동시에 묘사할 수 있는 장점이 있다. 작가가 인물을 자유간접화법으로 묘사할 경우, 인물의 내면을 전달하는 작가의 "전달하는 말"(reporting speech)은 "전달되는 말"(reported speech)인 인물의 말과 경계를 짓고 그 속으로 침투하게 된다. 이 과정에서 작가의 말과 인물의 말은 서로 뒤섞이게 되며, '전달하는 말'과 '전달되는 말'은 우위를 차지하기 위해 경쟁을 벌이게 된다. 물론 작가의 '전달하는 말'이 우위를 차지하게 되면 인물의 말은 개성을 잃고 작가의 세계관, 도덕관을 반영하는 수동적인 입장에 처하게 된다. 반대로 '전달되는 말'이 우위를 차지할 경우 작가의 말의 객관적 권위는 축소되어, 구체적 상황 속에 존재하는 인물의 말처럼 제한된 주관성을 가지게 되며 또 한편으로 그 만큼 구체적이고 다채로운 말이 된다. 이런 경우는 특히 작가를 대신하는 화자에서 흔히 발견된다. 작가를 대신하는 화자의 말은 작가의 권위와 객관성을 잃고 다른 등장인물들의 말과 같이 개별화되고 제한된 시각만을 가지게 된다(Volosinov 1986: 121).

'전달되는 말'은 "말 속의 말, 말에 **대한** 말"(Volosinov 1986: 115)이며 "문맥 외부에 존재하는 독립된 타인의 말"(116)로서 작가의 말과 대화적 관계를 형성한다. 두 말이 대화적 관계를 형성한다는 것은 작가의 말이 인물의 말과 같은 수준을 유지(157)함을 의미한다. 다시 말해서, 작가의 말과 인물의 말이 동등한 위치에서 서로 대화를 나누며, 이때 작가는 인물에 **대해서**가 아니라 인물과 **함께** 말하며, 인물은 단순한 작가의 사상의 대변인에서 벗어나 작가와 동등한 사상을 가진, 독립된 개성적 존재로 변한다.[15]

자유간접화법에서 '전달하는 말'과 '전달되는 말'의 관계가 바흐친

---

15) Thus the author's discourse about a character is discourse about discourse. It is oriented toward the hero as if toward a discourse, and is therefore dialogically *addressed* to him. By the very construction of the novel, the author speaks not *about* a character, but *with* him(PDP 63).

에게 작가와 인물의 대화성이라는 도스토예프스키 시학의 독특성을 발견하는 단초를 제공해 주었다면, 조이스의 경우 자유간접화법은 인물의 주관적 시각과 작가의 객관적 시각, 시적 상징과 소설의 사실적 묘사, 두 말의 조화와 불일치에 따른 스타일상의 아이러니, 나아가 《율리시즈》에서 흔히 볼 수 있는 "불안정한 화자"(unstable narrator)로 구체화된다. 《젊은 예술가의 초상》은 《더블린사람들》에 비해 작가와 인물의 관계가 매우 밀접하다. 그러나 양자의 시각과 말은 항상 긴장 관계를 유지하며, 인물의 주관적 심리와 그 심리의 상징적 묘사를 가능케 해주지만 동시에 인물을 둘러싼 현실 상황이 배경으로 상존하고 있음을 상기시킨다. 예를 들어 피정 기간의 설교를 들은 후의 스티븐의 심리를 묘사한 장면은 그 대표적인 예이다.

The English lesson began with the hearing of the history. Royal persons, favourites, intriguers, bishops, passed like mute phantoms behind their veil of names. All had died: all had been judged. What did it profit a man to gain the whole world if he lost his soul? At last he had understood: all human life lay around him, a plain of peace whereon ant-like men laboured in brotherhood, their dead sleeping under quiet mounds. The elbow of his companion touched him and his heart was touched: and when he spoke to answer a question of his master he heard his own voice full of the quietude of humility and contrition(P 126).

첫 문장은 스티븐이 처한 상황을 설명하는 일반적인 서술이며 "이름이라는 베일을 쓰고 말없이 지나가는 유령들"은 스티븐의 주관적 심리가 투영된 자유간접화법이다. 이어서 스티븐의 내적 독백과 함께 현세의 무상함을 호소하는 외부의 말이 성경구절("What did it profit a man to gain the whole world if he lost his soul?")의 형태로 삽입되어 스티븐의 갈등에 최종 판결을 내린다. 그리고 다시 화자의 객관적인 외부 서술("At last he had understood")이 이어지지만 그 서술은 직유와 은유를 통해 스티븐이 이해한 바를 상징적으로 늘어놓는다. 급우의 우연스런 동작에 깜짝 놀라는 장면은 독자의 관심을 스티븐의 주관적 심리가 투영된 상징의 세계에서 역사 수업이 이루어지는 교실 상황으로 되돌려 놓는다. 인물의 내적 심리와 그 배경이 되는 외부 현실간의 교차는 이렇듯 매우 '사소한 것'을 통해 이루어지며 상징적으로 묘사되는 내적 세계의 전경화와 '사소한 것,' 일상적인 상황이 이루어 내는 배경화의 조화는 스티븐이 이해한 것, 즉 '겸허와 가책'이라는 그의 에피퍼니를 묘사하는 기본적인 서술 원리이다.

인물의 내적 세계를 은유와 상징의 시적 언어로 전경화시키며 동시에 산문의 세부적이고 객관적인 묘사가 어우러지는 조이스의 '산문시'는 결국 현실 세계의 사소한 삶의 경험에서 시적 의식, 의식의 확장, 의미의 도출을 꾀하는 조이스 특유의 서술 기법으로서, 이는 구체적인 '시공성'에 바탕을 둔 그의 세속성의 미학의 출발점이기도 하다. 이와 같이 에피퍼니의 개념과 그 서술 기법이 조이스의 미학 입장을 대변하며 실제로 자유간접화법의 형태로 그의 모든 작품에 계속 등장하는 만큼 이에 대한 이해는 필수적인 것이며, 특히 그의 스타일 연구의 핵심이라 할 수 있다.

작품 속의 인물인 스티븐과 작가인 조이스를 동일시할 수 없음에도 불구하고 에피퍼니에 대한 스티븐의 정의는 조이스의 미학을 이해하는 단서를 제공한다. 《스티븐 히어로 *Stephen Hero*》에서 스티븐은 에

피퍼니를 다음과 같이 설명한다.[16]

The three things requisite for beauty are, integrity, a wholeness, symmetry and radiance. (⋯) Your mind to apprehend that object divides the entire universe into two parts, the object, and the void which is not the object. To apprehend it you must lift it away from everything else: and then you perceive that it is one integral thing, that is *a* thing. You recognise its integrity. (⋯) The mind considers the object in whole and in part, in relation to itself and to other objects, examine the balance of its parts, contemplates the form of the object, traverses every cranny of the structure. So the mind receives the impression of the symmetry of the object. The mind recognises that the object is in the strict sense of the word, a *thing*, a definitely constituted entity (⋯) *Claritas* is *quidditas*. After the analysis which discovers the second quality the mind makes the only logically possible synthesis and discovers the third quality. This is the moment which I call epiphany. First we recognise that the object is *one* integral thing, then we recognise that it is an organised composite structure, a *thing* in fact: finally, when the relation of the parts is exquisite, *that* thing which it is. It's soul, its whatness, leaps to us from the vestment of its

---

16) 《스티븐 히어로》에는 《젊은 예술가의 초상》에서 볼 수 있는 인물의 의식 성장과 서술 스타일간의 긴밀한 연관성이 존재하지 않는다. 이는 조이스가 스티븐을 외부에서 객관적으로 묘사함으로써 전통적인 3인칭 전지적 작가 시점을 유지했기 때문이다. 따라서 《젊은 예술가의 초상》에서와 같은 구조적 통일성이 부족하다. 그러나 인물의 시선에 의해 왜곡되지 않는 만큼, 미학 이론에 대한 조이스의 입장은 더 직접적이고 객관적으로 나타나 있다.

appearance. The soul of the commonest object, the structure of which is so adjusted, seems to us radiant. The object achieves its epiphany(SH 217-218).

　요약하자면 ‘전체성’은 특정 사물을 그 시공간상의 배경으로부터 분리하여 얻게 되는 사물의 외형적 한계선, 다른 것과 구별되는 ‘하나’의 사물의 윤곽이다. “균형”(symmetry)[17]은 그 사물의 구조를 의미하는 것으로, 이 구조는 부분과 전체의 조화를 바탕으로 한다. 그리고 사물의 구조와 조화에 대한 인식은 곧 사물의 내용에 대한 인식이 된다. ‘전체성’이 사물의 윤곽, 외곽선에 대한 인식이라면 ‘균형’은 내적 구조의 통일성, 즉 내용이라고 할 수 있다. 그러나 세번째 단계의 “광휘”(radiance)에 대한 설명은 모호한 면이 없지 않다. 구조를 이루는 부분들 간의 관계가 정교하고, 그 부분들이 특정한 목적을 위해 조직되었을 때 사물의 “영혼” “본질”(whatness)이 드러나며, 그것이 곧 에피퍼니라는 것이다.

　사실 세번째 단계는 두번째 단계인 사물의 내적 구조에 대한 인식과 크게 다르지 않은 듯 보인다. 그러나 분명 차이가 있다. 사물의 본질이 드러나는 세번째 단계에는 내적 구조의 방향 또는 지향성이 내포되어 있다. ‘전체성’과 ‘균형’ 또는 구조가 사물 자체의 물질적 속성에 대한 인식에 머물러 있다면, 세번째 단계인 ‘광휘’와 에피퍼니는 물질을 초월하는 사물의 정신적 가치에 대한 인식을 포함하는 것이다. 두번째 단계가 구조 자체에 대한 인식이라면 세번째 단계는 구조의 의미지향성에 대한 인식인 것이다. 비유적인 표현이라서 오랫동안 이해하지 못

---

17) 《젊은 예술가의 초상》에서는 “조화”(consonantia)로 되어 있다(P 212).

했다는 스티븐의 고백("For a long time I couldn't make out what Aquinas meant. He uses a figurative word")이 보여주듯이, 세번째 단계의 인식은 매우 추상적인 것으로, 스티븐의 설명 역시 비유적인 표현에 의존하고 있다. '광휘' 또는 에피퍼니는 사물에 대한 인식이 아니라 사물의 본질, 그 본질의 "현현"(epiphany)에 대한 인식이기 때문이다.[18]

18) 스티븐의 이론은 분명 사물을 문맥으로부터 분리시켜 그 구조와 의미를 분석함으로써 사물의 독특성을 이해하는 방식이다(Mahaffey 69). 첫번째 단계의 '전체성'을 설명하면서 스티븐은 사물과 그 배경을 분리시키고 있다. 실제로 사물은 주변 여타의 다른 사물들, 즉 배경으로부터 분리됨으로써 그 사물만의 독특한 윤곽, 외곽선을 얻게 된다. 그리고 그 외곽선은 내용, 즉 부분들간의 조화와 통합적 구조에 대한 인식을 가능케 한다. 이 단계에서 사물은 비로소 외형과 내용을 모두 갖춘 "하나의 실체"(a thing in fact)가 된다. 그러나 이 실체는 아직 본질이 아니다. '영혼'이 없기 때문이다. 《젊은 예술가의 초상》에 나타난 스티븐의 이론은 여기에서 《스티븐 히어로》의 이론과 전혀 다르게 진행된다. 《스티븐 히어로》에서 스티븐은 구조의 숨겨진 의미, 목적을 이해할 수 있는 것으로 보고 있으나 《젊은 예술가의 초상》에서는 불가지론으로 기울며, 예술가의 상상 속에서나 가능한 신비로운 것으로 생각한다.

《스티븐 히어로》에서 스티븐은 "부분들의 관계가 정교하고, 그 부분들이 특정한 목적을 위해 조직되었을 때, 우리는 그것이 그 사물임을 인식하게 되고, 비로소 그 사물의 영혼, 본질이 외형이라는 의복을 벗고 우리에게 드러난다"고 말한다. 이는 사물의 구조 너머에 있는, 그 구조의 목적 또는 의미에 대한 인식을 뜻하는 것으로, 에피퍼니의 순간에 사물은 물질성을 초월하여 그 존재의 목적으로 변한다. 그러나 그 목적을 논리적으로 이해하는 것은 불가능하다. 《젊은 예술가의 초상》을 보면, 스티븐은 '광휘'를 설명하면서 아퀴나스(Thomas Aquinas)가 "상징주의나 관념론을 염두에 두고 있었을 것"(P 212)이라고 추측한다. 광주리의 외형을 인식하고 그것의 형태에 따라 구조를 분석하는 것이 "논리적·미학적으로 허용된 유일한 종합"(P 212-213)이라는 말이 암시하듯이, 사물의 본질은 논리적 이해를 초월한다. 그것은 "쉘리(Shelley)가 사그러져 가는 석탄불에 비유했던, 마음의 그 신비스런 순간"(P 213)이며 더 이상 사물에 대한 인식이 아니다.

에피퍼니에 대한 스티븐의 이론이 각 작품들에서 서로 다른 결론을 향한다는 사실은 작품의 서술 스타일과 연관성이 있는 듯하다. 시종일관 객관적인 스타일로 스티븐을 외부에서 묘사하는 《스티븐 히어로》에서 사물의 본질은 논리적 접근을 허용하고 있다. 그러나 인물의 내적 시선을 통해 묘사하며 작품 전반에 걸쳐 상징과 은유에 의존하는 《젊은 예술가의 초상》에서 본질에 대한 인식은 '예술가의 상상' 속에서나 가능한 신비 그 자체이다. 실제로 《젊은 예술가의 초상》에서 에피퍼니 묘사는 경험의 본질적 의미를 겹겹이 둘러싼 은유와 상징으로 나타나고 있다.

　미적 체험의 최종 단계인 '광휘' 또는 에피퍼니가 이루어지기 위해서는 '전체성'과 '비율'이라는 준비 단계가 필요하다. 이는 사물의 본질에 대한 인식이 글자 그대로 "갑작스런 정신적 현현"이 아니라, 지속적인 관심과 의식의 투영 과정을 전제로 한다는 것을 의미한다. 스티븐이 크랜리에게 설명하듯이 밸러스트 오피스의 시계는 평소에는 단지 "더블린 거리의 가구 목록들" 중 하나일 뿐이다. 그리고 그 시계는 "가장 섬세하고 덧없는 순간"을 "극도로 꼼꼼하게" 기록할 준비가 되어있는 예술가의 눈에만 그 본질을 드러낸다.

It is only an item in the catalogue of Dublin's street furniture. Then all at once I see it and I knew at once what it is: epiphany.

— what?

— Imagine my glimpses at that clock as the gropings of a spiritual eye which seeks to adjust its vision to an exact focus. The moment the focus is reached the object is epiphanised. It is just in this epiphany that I find the mind, the supreme quality of beauty(SH 216-217).

　밸러스트 오피스의 시계는 비전을 찾는 '정신의 눈'이 그 시계에 초점을 맞추었을 때, 정신이 추구하는 비전이 시계의 '전체성,' 구조와 일치했을 때 비로소 그 본질을 드러낸다. 결국 '전체성'과 '균형'은 사물의 물질적 조건에 대한 인식이지만 '광휘' 또는 에피퍼니는 정신적 비전의 경험이다. 그리고 프렌치에 따르면, 그 비전은 예술적 이미지에 반영된 스티븐의 의식 그 자체이기도 하다.

The significance he expressed in his epiphanies were reflections of his own mind, forms of self-encounter, he struggled to find a structuring principle that would posit a reality which transcended the vagaries of perception(26).

스티븐에게 에피퍼니는 삶의 예술적 구현을 위해 그가 추구하는 정신적 '구성 원리'로서, 《젊은 예술가의 초상》에서 묘사된 에피퍼니들은 스티븐이 경험하는 그 '구성 원리'와의 만남을 극화한 것이다. 그리고 그 만남은 그가 추구하는 예술적 비전이며 예술가로서 자신의 모습이기도 하다.

에피퍼니는 사물에 대한 인식과 삶의 예술적 구현을 모색하는 정신적 비전이 서로 일치하는 순간을 말한다. 사물에 대한 인식은 그 사물이 주변 상황 또는 다른 사물들과 구별되면서 시작하는데, 이때 상황이나 다른 사물들은 그 사물의 배경을 형성한다. 인식의 대상이 되는 사물은 공간상의 명확한 외곽선에 의해 전경화되며 사물과 상황, 다른 사물들간의 분리는 사물의 외곽선을 선명하게 부각시키는 세부적이고 사실적인 묘사에 의존한다. 이와 반대로, 정신적 비전의 순간은 은유와 상징으로 가득 찬 시적 언어로 묘사되는데, 이는 비전의 순간에 예술가가 경험하는 것이 그가 지금껏 추구해 온 예술적 이미지 자체라는 사실, 구체적인 실체로서의 사물이 아니라 그 사물의 예술적 이미지이며 또한 그 이미지에 담겨 있는 예술가 자신의 시각과 의식이라는 것을 암시한다. 이와 같이 '산문시'로서 에피퍼니의 서술 스타일상의 특징은 그 개념과도 밀접한 관계가 있다. 환유를 바탕으로 한 산문과 소설의 사실적·세부적 묘사는 사물의 외곽선을 선명하게 드러내 보임으로써 사물과 배경간의 경계선을 구성하고 사물 자체에 대한 관심을 확대시킨다. 그리고 시적 언어로서 은유와 상징은 인물의 주관적 경험을 극화시키면서 비속한 현실, 사소한 삶의 경험을 예술적 비전으로 고양시킨다.

　세부적 묘사의 객관성과 주관적 상징성이라는 에피퍼니의 상반된 측면은 비평가들의 논의에서도 확인된다. 예를 들어 틴달은 에피퍼니를 상징의 일종으로 보고 있다(1959: 10-11). 그러나 피크(C. H. Peake)는 《더블린사람들》을 예로 들며, 상징으로서의 에피퍼니를 부정하고 있다. 스티븐의 에피퍼니 이론은 《더블린사람들》을 쓰던 당시 조이스의 미학적 관점을 반영하지만, 실제로 《더블린사람들》에서 드러나는 것은 상징이 아니라 삶이나 상황의 '특수성'이라는 것이다.[19] 틴달은 《젊은 예술가의 초상》을 중심으로 에피퍼니를 해석하고 있으며 피크는 《더블린사람들》을 예로 들고 있다. 두 비평가의 차이는 에피퍼니의 이해와 적용이 작품에 따라 달라져야 함을 의미한다. 《젊은 예술가의 초상》의 경우, 에피퍼니는 작품의 소재이며 주제를 구성하는 중요한 모티프이다. 게다가 그것은 인물의 예술적 인식의 성취 과정을 묘사하기 위한 수단으로서 조이스가 스티븐에게 제공한, 스티븐의 고유한 예술관이기도 하다. 따라서 《젊은 예술가의 초상》에서 에피퍼니는 스티븐의 입장을 중심으로 해석해야 한다. 스티븐의 시각과 의식이 그대로 작품의 주제와 문체로 구체화되어 있기 때문이다. 그러나 외부시점에 의한 객관적 서술이 중심을 이루고 있는 《더블린사람들》의 경우에는 피크의 주장이 더 설득력이 있다. 결론적으로 조이스의 에피퍼니는 피크의 관점에 더 가까운 것이 사실이다. 그러나 《젊은 예술가의 초상》

---

19) it is the particularities of the individual life or situation which are intensely illuminated and reflect light around them; in the symbolic interpretations the assumption is that the particularities must be translated into abstractions before their significance can be understood(Peake 10).

의 경우, 에피퍼니는 조이스의 예술관 못지않게 스티븐의 특수성을 구성하는, 작품의 한 요소라는 측면도 있다.

이와 같이 에피퍼니의 개념과 스타일의 유사성은 《젊은 예술가의 초상》의 구성을 이해하는 데 도움이 된다. 이 작품은 전통적인 플롯과 무관하게 실제로 스티븐이 경험하는 에피퍼니와 그 상징적 의미를 해석하는 그의 주관적 연상들로 구성되어 있다. 게다가 각각의 에피소드들은 에피퍼니의 이론과 실제를 직접 보여주는 실례이다.

신부가 될 것을 권유하는 교장과의 면담 장면에서 화자는 스티븐의 시점과 심리를 반영하면서, 사실과 상징을 교묘히 섞어 스티븐의 에피퍼니를 준비한다. 교장은 기울어져 가는 여름 햇살을 등지고 서 있다. 그리고 "신부의 얼굴은 완전히 그늘에 가려 있었으나 그의 위로부터 저물어 가는 햇빛이 그의 움푹 팬 관자놀이와 곡선을 이룬 머리"(The priest's face was in total shadow, but the waning daylight from behind him touched the deeply grooved temples and the curves of the skull)(P 154)를 드러내 보이고 있다. 그늘에 잠겨 잘 보이지 않는 얼굴과 움푹 팬 관자놀이, 머리의 곡선은 어둠과 해골의 이미지를 통해 기울어져 가는 햇빛처럼 이제는 노쇠한 신부, 그 마지막 햇빛마저 등지고 섬으로써 세속적 인생의 가치를 부정하는 교회의 비인간성을 암시하고 있다. 스티븐의 외부에서 서술되고 있는 이 묘사는 교장에 대한 객관적이고 세부적인 묘사 외에 죽음의 상징성을 확연히 드러내면서, 종교에 대한 스티븐의 거부감을 예견하게 한다. 인물의 내면과 외부의 시선을 혼합함으로써 상징과 사실을 동시에 보여주는 자유간접화법은 교회와 신부의 직책에 대한 부정적 이미지를 계속 축적하면서, 세속성과 예술에 대한 스티븐의 확신, 즉 그의 에피퍼니를 서서히 준비한다. 응접실에서 기다리는 동안 스티븐은 벽에 걸린 '칙칙한 초상화'를 쳐다보다가 불현듯 면담을 회피하고자 하는 생각을 하며, 바로 그때 문의 손잡이를 돌리는 소리와 사제복이 스치는 소리를 듣는다(154). 이때 그 '칙칙한 초상화'는 스티븐이 신부가 된 자신의 모습을 상상하며 그려보는 '무정형의 얼굴,' 씁쓸한 표정에 "억압된 분노"(161)가 담긴 얼굴로 이어지면서 그의 불만족스러운 성직생활을 암시한다. 그러나 스티븐은 아직 그 암시를 정확히 이해하지 못하며 막연히 면담을 회피하고자 할 뿐이다. '칙칙한 초상화'는 스티븐의 에피퍼니를 직접적으로 촉발시키지는 못하지만 손잡이 돌리는 소리, 사제복이 스치는 소리와 함께 일상적이고 세부적인 상황을 시각과 청각적 이미지를 통해 전경화시킨다.

에피퍼니는 일상적인 삶의 사소한 경험에서 출발하며 그 경험의 의미는 인물의 주관적 시점 속에서 상징으로 변화한다. 그리고 바로 그 상징이 자신이 지금껏 추구해 왔던 예술적 비전에 어떤 형태를 부여해 줄 때, 인물은 에피퍼니를 경험한다. 그러므로 에피퍼니에 대한 묘사는 작가의 외재성에 근거한 사소한 사건의 세부적·사실적 묘사에서 시작하며, 이후 인물의 주관적 시선에 따른 상징적 해석이 뒤따른다. 그러나 조이스의 "천박할 정도의 꼼꼼한 문체"는 "내적인 눈"(inward eye) 또는 상상력을 통해 외부세계에 대한 묘사에서 직접 비전의 순간으로 비약하는 낭만주의 시와는 다르다.《젊은 예술가의 초상》에서 조이스는 작품 전반에 걸쳐 스티븐의 에피퍼니 성취 '과정'을 꼼꼼하게 묘사하고 있는데, 그 꼼꼼함은 에피퍼니를 촉발시키는 사소한 경험의 묘사뿐 아니라 에피퍼니 경험에 이르기까지의 모든 '과정'에 다 적용된다. 작품 속에서 스티븐이 경험하는 에피퍼니의 최종적 의미가 예술가로서 자신의 삶과 소명에 대한 확신이라면, 작품에 등장하는 모든 에피퍼니는 그 최종적 인식에 이르는 '과정'이다.

교장과의 면담 장면에서 스티븐은 단순한 한담중에도 "레 쥐프"(les jupes)를 발음하는 교장의 모음이 어색하다는 것을 깨닫는다(P 155). 교장의 어색한 발음은 스티븐의 의식 속에서 스커트(les jupes)를 입은 여인들에 대한 연상과 함께 화제의 부적절함, 신부의 인간적 한계로 이어지고 이는 교회와 신부들의 세계를 떠나 더 넓은 곳을 향할 시기가 되었으며, 결코 성직자의 인생을 살아 갈 수는 없다는 깨달음의 단초가 된다.

> Lately some of their judgements had sounded a little childlike in his ears and had made him feel a regret and pity as though he were slowly passing out of an accustomed world and were hearing its
> . language for the last time(P 156).

비교적 객관적인 어조로 묘사하고 있으나 이 장면은 이미 스티븐이 신부와 교회의 세계를 떠날 결심이 섰음을 확연히 보여주고 있다. '칙칙한 초상화'와 교장의 부정확한 발음은 예술과 세속성에 대한 확신이라는 스티븐의 에피퍼니를 촉발시키며, 동시에 스티븐의 의식 속에 그가 추구하는 예술적 비전이 들어설 에피퍼니의 공간을 준비한다.

면담을 마친 후, 혼란스러운 스티븐을 묘사하는 장면에서 조이스는 자유간접화법을 통해서 스티븐의 내면의 목소리를 직접 들려주고 있다. 스티븐의 목소리는 우선 감각과 연상으로 시작한다. 초등학교 시절 복도에서 들었던 무의미한 '말의 소음'과 '후덥지근한 냄새'는 성직생활의 부정적 이미지, 신앙보다 강한 삶에 대한 본능을 일깨우며, 종교적 삶의 허망함을 확신시킨다. 그런데 자유간접화법이 지금까지 스티븐의 혼란된 심리를 감각과 연상에 의존하여 묘사했다면, 스티븐이 예술가로서 자신의 운명을 확신한 이후부터의 묘사는 직접적인 스티븐의 목소리로 묘사되고 있다. 비록 평이하고 객관적인 문체로 묘사되고 있으나 "세상의 함정 사이를 배회하며" 자신만의 지혜를 얻기 위해 주저 없이 "죄의 길"(162)에 빠질 것을 밝히는 이 결의에 찬 목소리에서 화자는 더 이상 스티븐을 묘사하지 않는다. 오히려 스티븐이 화자의 펜을 빌려 자신의 목소리를 들려주고 있는 것이다.

교장과의 면담은 스티븐이 지금껏 모호하게만 느껴왔던 자신의 운명에 대한 확신을 제공해 주며, 이 확신은 에피퍼니라는 형태의 최종적 '승인'을 요구한다. 그리고 그 '승인'은 지금까지 무의미하게 지나쳐왔던 일상적인 사물과 상황에 대한 새로운 인식으로 나타난다.

He crossed the bridge over the stream of the Tolka and turned his eyes coldly for an instant towards the faded blue shrine of the Blessed Virgin which stood fowl-wise on a pole in the middle of a ham-shaped encampment of poor cottages. Then, bending to the left, he followed the lane which led up to his house. The faint sour stink of rotted cabbages came towards him from the kitchen gardens on the rising ground above the river. He smiled to think that it was this disorder, the misrule and confusion of his father's house and the stagnation of vegetable life, which was to win the day in his soul. Then a short laugh broke from his lips as he thought of that solitary farm-hand in the kitchen gardens behind their house whom they had nicknamed the man with the hat. A second laugh, taking rise from the first after a pause, broke from him involuntarily as he thought of how the man with the hat worked, considering in turn the four points of the sky and then regretfully plunging his spade in the earth(P 162-163).

집으로 향하는 길은 스티븐이 수도 없이 지나다녔지만 지금까지는 단순히 "더블린 거리의 가구 목록들 중의 하나"였다. 그러나 예술적 비전에 대한 스티븐의 확신과 함께 그 길은 단순한 '가구'에서 하나의 의미로 변한다. 성모 마리아의 성물함이 '퇴색'한 채, 가난한 사람들의 삶의 현장 한가운데 비둘기를 연상시키는 새의 모습으로 서 있다. 그러나 비둘기의 성스러움은 "햄 모양의 초라한 오막살이 집"에 사는 서민들의 현실과 너무도 멀리 떨어져 있다. 이렇듯 교회가 인간의 현실적 삶에 무관심하다면, 스티븐의 선택은 옳은 것이다. 그가 "영혼 속에서 승리를 거두어야 할 것"은 바로 '썩은 양배추'의 냄새로 가득 찬 "더럽지만 정겨운 더블린"(dear dirty Dublin)의 땅이며, 그 땅 위에서 벌어지는 무질서와 혼란인 것이다. 성물함과 채소밭, 즉 교회의 성스러움과 "천박한 말투나 제스처"(SH 216)로 가득 찬 현실의 세계 사이에서 방황하던 스티븐은 문득 채소밭에서 일하는 모자 쓴 사나이를 떠올리고는 그를 통해 자신의 모습을 확인한다. 하늘을 향해 유감스러운 표정을 짓고는 다시 땅을 파기 시작하는 모습에서 스티븐은 무질서와 혼란의 땅을 개간하며 예술적 비전이라는 열매를 기약하는 자신의 모습을 보고는 짧은 웃음을 터뜨린다. 그리고 그 웃음은 두 이미지의 유사성에서 오는 단순한 유쾌함 이상의 의미를 가진다. 그것은 바흐친이 라블레 연구에서 보여주었던 것과 같이, 신과 교회의 권위, 독단과 추상의 세계를 거부하는 대지와 민중의 합창이며 웃음이다. 비록 미숙한 이론가에 불과한 스티븐의 웃음이 카니발의 웃음으로까지 확대되지는 못하지만, 현실이라는 땅을 일구며 성경암송과 기도가 아니라 현실과의 물리적 접촉을 통해 정신적 비전을 추구하고자 하는 스티븐의 결심은 조이스 미학의 본질이 그 특유의 세속성에 있음을 다시 한 번 일깨워 준다.

에피퍼니는 결코 '갑작스럽게' 나타나는 것이 아니다. 그것은 오랫동안 "창조되지 않은" 자신의 예술적 비전의 형태를 갈구해 온 자, "정신의 눈"을 가진 자에게만 그 모습을 드러낸다. 에피퍼니 묘사 역시 선결 조건을 필요로 한다. 그 조건은 현실 속의 사소한 사건을 일상성의 문맥으로부터 분리시키는 것이다. 그리고 분리된 그 사건은 세부적 · 사실적 묘사를 통해 에피퍼니의 배경을 형성하며, 인물의 심리적 반응을 촉발시킨다.

바닷가로 산책을 나선 스티븐은 물놀이를 하는 소년들의 외침을 듣는다. 그 중 스티븐을 조롱하는 어느 소년의 외침("–Stepanos Dedalos! Bous Stephanoumenos! Bous Stephaneforos!")은 이전에도 익히 들어온 ("Their banter was not new to him") 것이었으나, 이미 말의 빛깔과 리듬의 조화를 만끽하며(166-167) 명상에 잠겨 있던 스티븐에게 그 외침은 일종의 '예언'이 된다. 물놀이하는 소년들에 대한 세세한 묘사(168)가 에피퍼니의 배경을 이룬다면, 언어의 매력에 흠뻑 빠져 있는 스티븐이 소년의 외침을 '예언'으로 인식하면서 시작되는 그의 의식의 흐름은 주관적 의식의 전경화이다. 에피퍼니에서 은유와 상징의 시적 언어는 인물의 주관적 시점과 의식 속에서 진행되는 전경화 과정을 묘사하며, 이 전경화는 인물의 예술적 비전과 사소한 사건이 은유와 상징을 통해 일치하는 순간을 통해 극화되는데, 이것이 곧 에피퍼니의 순간이다. 소년의 외침은 스티븐의 의식 속에서 "태양을 향해 날아오르는 매 같은 사나이"를 부르는 환호로 바뀌며, 스티븐은 그 순간 그것이 "자신의 영혼을 부르는 생명의 소리"이고 자신이 바로 그 "매 같은 사나이"임을 깨닫는다.

His throat ached with a desire to cry aloud, the cry of a hawk or eagle on high, to cry piercingly of his deliverance to the winds. This was the call of life to his soul not the dull gross voice of the world of duties and despair, not the inhuman voice that had called him to the pale service of the altar(P 169-170).

에피퍼니는 물론 조이스가 처음으로 창안해 낸 개념은 결코 아니다. 에피퍼니는 물리적 외형의 세부적 적합성과 실제적 관심의 부재를 특징으로 하는 "심리적 거리감"(psychic distance)의 일종이다(Chayes 206). 예를 들어 워즈워스(W. Wordsworth)의 특정한 "시간의 순간들"(spots of time)도 고유한 의미를 인식하는 갑작스런 정신적 경험이라는 면에서 일종의 에피퍼니라고 할 수 있다. 물론 예술이 일상적이고 무의미해 보이는 삶의 단편들에 형식을 부여하고 의미를 도출하는 작업인 만큼, 삶과 의미 사이의 팽팽한 긴장과 조화는 모든 예술에서 찾아볼 수 있는 공통점이다. 그러나 조이스의 경우, 에피퍼니는 단순한 기법상의 아이디어나 피상적인 이론이 아니다. 에피퍼니는 세계에 대한 그의 독특한 시각이며 예술에 대한 그의 태도, 예술관이고 그의 글쓰기 자체이다. 조이스에게 예술은 '인간적으로 처리'된 구체적인 삶의 '사소한 사건'이지 결코 "기억의 딸들이 만들어 낸 우화"(CW 81)나 '엄청난 말'이 아니다. 조이스 미학의 특징이 '천박할 정도로 꼼꼼한 문체'로 기록된 사소한 일상이라면, 에피퍼니는 세속성의 미학이라는 조이스 예술의 본질을 보여주는 증거이다.

일상적인 것에 대한 조이스의 관심은, "작가는 결코 특이한 것을 써서는 안 되며 그것은 저널리스트의 몫"(Ellmann 1982: 457)이라는 말에서도 드러나 있으며, 프루스트(Marcel Proust)에 대한 평에서도 거듭 확인되는 사항이다. 프루스트는 현대 소설의 내향성과 관련하여 흔히 조이스와 비교되는 인물이지만 조이스는 그에게서 예이츠의 귀족주의에서와 같은 거부감을 느꼈던 것으로 보인다. 그는 프루스트를 공작부인들에 대한 이야기를 하는 작가라고 평하면서, 자신은 그 부인들의 하녀들에게 더 관심이 많다(Ellmann 1982: 507)는, 다소 냉소적인 입장을 밝힌다. 이렇듯 일상적이고 '사소한 것'에 대한 관심은 에피퍼니를 설명하는 스티븐의 말을 통해서도 다시 한번 확인되는 내용으로서, 이는 에피퍼니가 그의 세속성의 미학을 구체화시키는 기본적인 개념이자 서술 기법임을 의미하는 것이다.

조이스에게 에피퍼니는 미학 이론이며 동시에 서술 기법이기도 하다. 그리고 이에 대한 관심은 그의 습작 시절부터 형성된 것이다. 그의 습작시절의 단편집인 《실루엣 *Silhouettes*》은 "스케치, 에피소드, 열린 구조, 상황에 대한 자세한 관찰, 정형화된 결말의 부재, 내재된 페이소스, 명백한 관심"(sketch, episode, open-structured, close glimpse of situation, without stereotyped finality, intrinsic pathos, evincing concern)(Beck 12) 등을 특징으로 하며, '상황에 대한 자세한 관찰'을 통해 특정 '에피소드'의 의미를 유도한다는 면에서 에피퍼니의 초기 형태라 할 수 있다. 게다가 '상황에 대한 자세한 관찰'은 '천박할 정도로 꼼꼼한 문체'로 이어지고 '열린 구조'와 '정형화된 결말의 부재'는 삶 자체를 있는 그대로 수용하는 능동적 자세와 객관적 태도를 보여준다.

히스(Stephen Heath)는 조이스의 문체가 원리나 질서, 목적, 외부의 코멘트나 해석이 없이 객관성과 정확성만을 추구한다는 의미에서 바르뜨(Roland Barthes)가 말하는 "영도의 글쓰기"(zero degree of writing)와 유사하다고 말한다(35). 조이스의 서술이 작가의 개입을 최소화한 객관적인 문체인 것은 사실이다. 그러나 《젊은 예술가의 초상》에서 볼 수 있듯이, 에피퍼니는 분명 주관적인 경험이며, 따라서 그것을 객관적인 문체로 서술하는 데에는 한계가 있다. 실제 작품에서 에피퍼니 묘사에 세세한 묘사 못지않게 상징적 언어가 많이 사용되는 것은 바로 이 때문이며, 엘만이 에피퍼니 문체를 '산문시'라고 정의한 것도 이 때문이다. 따라서 '산문시'로서 에피퍼니는 일상성의 가치에서 출발하고 주어진 삶을 긍정적으로 수용하면서 동시에 거기에서 삶의 본질적 의미를 도출하고자 했던 세속의 예술가, 조이스가 택했던 가장 효과적인 문체였던 것이다.

3

《젊은 예술가의 초상》:
타인의 언어

　《젊은 예술가의 초상》은 어린 스티븐이 아버지의 옛날 이야기를 듣는 장면으로 시작하여 예술가로서 비상을 꿈꾸는 젊은이의 일기로 끝을 맺는데, 이는 작품의 구조뿐 아니라 주제와도 밀접한 관계를 가진다. 첫 장면에서 스티븐은 아버지가 들려주는 옛날 이야기를 듣고 있다. 그의 인생은 타인의 말에 둘러싸인 채 시작되고 있는 것이다. 실제로 작품 자체도 스티븐이 성장하면서 겪게 되는 타인들과의 접촉, 특히 타인의 말과의 접촉과 그 영향 관계를 지속적으로 보여주며, 이와 함께 예술가로서 자신의 정체성을 형성해 가는 젊은이의 자의식 형성 과정을 묘사하고 있다. 작품의 전체적인 내용이 그러한 만큼, 마지막을 장식하는 스티븐의 일기는 지금까지의 언어 경험의 총체적 결과라고 할 수 있다. 언어를 배우기 이전의 유아로서 타인의 말을 수동적으로 수용하던 스티븐이, 자신의 언어를 통해 예술가로서 자신의 이미지를 직접 묘사하기 때문이다. 일기는 가장 개인적이고 주관적인 장르로서 자신만의 독특한 시점과 감성, 의지의 표현이다. 그러므로 스티븐의 일기는 그의 언어 습득과 의식 형성의 최종적 결과물이며 그가 써낸 최초의 예술 작품이기도 하다.

스티븐을 중심으로 묘사되는 언어와 의식의 상관성은 주로 서술 스타일을 통해 구체화된다. 작품 속에 등장하는 스티븐의 목소리와 화자의 목소리는 각각 주관적 1인칭 시점과 객관적 3인칭 시점을 대표하며, 서로 혼합되고 때로 분리되면서 인물의 내면과 그를 둘러싼 객관적 현실 사이를 자유롭게 오가는 자유간접화법의 효과를 극대화시킨다. 리꿸미(Paul Riquelme)의 지적처럼, 1인칭과 3인칭, 즉 인물의 말과 화자의 말을 혼합하는 서술 스타일은 《스티븐 히어로》와 구별되는 《젊은 예술가의 초상》의 가장 큰 변화이다(48). 그리고 그 변화는 내적 연상에 따른 인물의 의식의 흐름을 묘사할 수 있게 해주었다. 실제로 《젊은 예술가의 초상》의 플롯은 스티븐의 내적 연상에 의거하고 있으며, 자유간접화법은 그의 의식의 흐름을 극화시키고 보충한다.

전통적인 3인칭 시점으로 객관성을 지향하는 《스티븐 히어로》와 달리, 《젊은 예술가의 초상》에서 자유간접화법은 인물의 주관적 의식을 직접 드러냄으로써 서술 스타일과 인물의 의식의 변화, 발달 과정 사이의 연관성, 즉 인물의 의식 변화에 따라 스타일이 변화하는 작품의 서술상의 특징을 구체화시킨다. 대체로 초등학교 시절부터 사춘기까지의 스티븐의 묘사는 혼란스럽고 로맨틱하며 상징적인 언어로 묘사되어 있다. 이후 스티븐의 정신적 성숙과 함께 그에 대한 묘사는 점차 사실적이고 정적이며 비개성적인 어조로 변한다. 추상적인 어휘가 많이 등장하는 것도 이 단계의 특징이다. 마지막에 등장하는 스티븐의 일기는 그가 자신의 언어, 자신의 스타일로 쓴 그의 첫 작품으로서, 지금까지 작품 속의 인물로서 묘사의 대상이었던 스티븐이 묘사의 주체, 즉 예술가로 변모했음을 보여주는 증거이다.

외부 상황이나 사건, 작품 속의 실제 대화 등은 객관적인 서술을 통해 이루어지고 스티븐의 의식의 변화는 주관적인 서술, 특히 스티븐의 의식을 반영하는 스타일로 이루어진다. 이때 스티븐을 묘사하는 스타일을 자세히 살펴보면 자유간접화법이 작품 전체에 미치는 다양한 영향 관계를 알아볼 수 있다. 예를 들어 스티븐의 주관적인 의식, 특히 에피퍼니 경험은 인물의 내부 시선 속에서 이루어진다. 반대로 서술시점이 인물의 외부에 위치할 경우 스티븐의 시점에 대한 아이러니나 풍자효과를 가져온다. 스티븐의 시점과 서술 시점 사이의 차이와 거리가 아이러니와 풍자를 가능케 하는 것이다. 대체로《젊은 예술가의 초상》에서 아이러니 문제는 스티븐과 조이스를 동일시할 수 없다는 사실, 그에 따라 스티븐의 미학 이론이 조이스의 미학 이론과 다르다는 점을 부각시키는 방향으로 진행되었다. 예를 들어 틴달은《젊은 예술가의 초상》이 성인인 조이스가 젊은 시절의 자신의 모습을 기록한 것인 만큼 스티븐과 조이스를 동일시할 수 없으며, 이러한 차이는 스티븐에 대한 조이스의 아이러니한 입장을 설명하는 근거라고 주장한다(1950: 17). 그러나 작품의 아이러니를 작가의 전기적 사실과 연결시키는 것은 적절하지 않다. 커쉬너(Kershner)가 지적하듯이, 아이러니를 가능케 하는 것은 인물에 대한 작가의 심리적 · 인식론적 차이가 아니라, 서술 시점의 차이이다(299).《젊은 예술가의 초상》에서 화자와 인물의 분리는 객관적 상황과 인물의 주관적 시점 사이의 차이를 드러내며, 이에 따라 인물의 제한된 시각이 빚어내는 불완전한 인식과 상황 사이의 아이러니가 발생한다. 그리고 그 아이러니는 외부 상황과 인물의 내적 의식을 자유로이 오가는 자유간접화법을 통해 극화된다.

《젊은 예술가의 초상》에서 자유간접화법은 스티븐의 의식 성장 과정을 직접적으로 묘사하는 수단이다. 그런데 스티븐의 의식 성장은 그의 언어 습득 과정과 일치하며, 의식 성장 단계에 따라 변화하는 서술 스타일은 각 단계에 따른 스티븐의 언어구사 능력을 반영한다. 그러므

로 스타일에 나타난 언어와 의식의 상관성을 이해하기 위해서는 스티
븐의 언어 경험 과정을 자세히 살펴볼 필요가 있다.

유년기의 스티븐에게 언어는 의식과 의사소통이기에 앞서, 감각 즉
외부 자극이다. 때문에 그것은 아직 의사소통의 기능을 가지지 못하는
불안정한 상태의 기표에 불과하다. 실제로 유년기에서 초등학교 시절
까지 스티븐의 목소리를 거의 들을 수 없다. 스티븐의 침묵은 《더블린
사람들》에서 어린이가 주인공으로 등장하는 〈자매들 The Sisters〉, 〈어
떤 만남 An Encounter〉, 〈애러비 Araby〉의 경우처럼, 성인들의 언어활
동에 참여하지 못하는 미숙한 의식, 그리고 그 의식의 미숙함이 언어
의 부재에 근거함을 암시한다. 기표와 기의 간에 본질적인 연관성이
없으며 양자 간의 기호 작용이 단지 사회의 규약에 의거한 것이라면,
언어 습득은 사회화의 형태를 통해 이루어지는 것이라고 할 수 있다.
개인이 의미를 독창적으로 만들어 낼 수는 없기 때문이다. 기호 작용
이 기존 사회의 규약과 의사소통 체계 내에서만 가능하다면 언어 습득
은 기존 사회의 규약과 체계의 수용에 다름 아니며, 그 수용은 타인을
통해 이루어진다.

스티븐이 최초로 접하는 언어는 옛날 이야기를 들려주는 아버지의
목소리이다. 스티븐이 처음 접하는 타인이 아버지이며, 어머니가 아닌
아버지의 목소리를 통해서 언어를 배우게 된다는 것은 대단히 의미심
장하다. 프로이트(Sigmund Freud)의 오이디푸스(Oedipus) 모델에 따르
면, 아버지는 아들이 어머니와의 동일시를 통해 느끼는 안온함과 무의
식적 나르시시즘을 방해하는, '현실 원리' 라는 이름의 침입자이다. 반
면에 어머니는 언어라는 '상징 단계' 이전에 경험하는 '상상 단계,' 즉
현실과 환상이 구별되지 않은 언어 이전의 단계이다. 실제로 스티븐
이 경험하는 어머니는 언어가 아닌 감각이며 현실과 대치되는 환상 속

의 위안이다.

> When you wet the bed first it is warm then it gets cold. His
> mother put on the oilsheet. That had the queer smell.
> His mother had a nicer smell than his father(P 7).

스티븐에게 어머니는 촉감과 냄새, 즉 육체이다. 육체로서 어머니는 스티븐이 학교생활의 고달픔을 잠시 잊게 해주는 환상 속의 고향과 같은 곳이지만 언어를 가르쳐 주지는 못한다. 작품 내내 어머니는 침묵을 지키고 있다. 반면 아버지는 스티븐을 언어와 현실의 세계로 이끌며 그의 자의식 형성과 사회화 과정에 적극적으로 개입한다. 그런데 아버지는 아들의 정체성 형성과 현실 참여를 유도하지만, 동시에 ‘아버지의 이름’ 으로 행해지는 권위와 기성 사회 체계의 독단은 스티븐이 예술가로서 자신의 독자적인 시각과 언어를 성취하기 위해 극복해야 할 대상이기도 하다. 그러므로 스티븐의 의식이 성장함에 따라 아버지의 권위는 점차 줄어든다. 예를 들어 아버지의 파산으로 경매를 위해 방문한 코크(Cork)에서, 스티븐은 자신의 아버지 또한 젊은 시절 책상 위에 성적 암시가 가득 찬 단어(“foetus”)를 새겨 넣었던 평범하고 속된 인물이었으며(90), 한때 “코크에서 제일가는 미남”이었을지 몰라도 이제는 커피하우스에서 시끄럽게 떠들어대며 여급에게 추파나 던지는 무능하고 천박한 소시민에 불과함을 깨닫고 자신과 아버지 사이에 놓인 “운명 또는 기질의 심연”(96)을 확인한다.

작품 내에서 아버지의 이미지는 친부인 사이먼 디댈러스(Simon Dedalus) 외에 교장과 학감, 그리고 “늙은 장인”(old artificer)인 다이달로스(Daidalos)에게서도 나타나며, 이들은 각각 아버지의 이중적 가치를 암시한다. 예를 들어 교장과 학감은 종교의 형태로 구체화된 아버지의 권위를 나타낸다. 그리고 그들의 언어인 성경과 설교는 삶의 다양성과 개성을 부정하며 불변의 단일한 가치관만을 강조하는 획일적이고 단조로운 언어로 구성되어 있다. 스티븐에게 언어는 인생과 세계의 비밀을 알려 줄 도구일 뿐 아니라, '민족의 아직 창조되지 않은 양심'을 벼리는 '영혼의 대장간'이기도 하다. 그러나 교장과 학감의 언어는 삶에 대한 새로운 인식을 가로막는 장애물로서, 더블린사람들의 정신적 마비를 조장하고 있다. 따라서 아버지의 부정적 측면에 대한 스티븐의 거부감은 그들의 언어에 대한 거부로 나타난다. 코크 여행에서 친부를 거부하는 스티븐의 결심은 커피하우스에서 술꾼들과 아버지의 천박한 대화와 때를 같이한다. 술집에서 벌어지는 시끌벅적한 대화는 스티븐이 미학 토론에서 제외시켰던 말, 미적 체험과 무관한 "시장의 전통"(tradition of the market place)을 보여주는 말일 뿐이다. 아버지의 언어에서 미적 가치의 가능성을 찾지 못한 스티븐은 쉘리(Shelley)의 시 구절을 떠올리며 마음의 위안을 구한다(96).

스티븐은 아버지의 목소리를 통해서 언어와 사회에 진입하지만 정작 사회와 그 사회의 언어는 스티븐의 예술적 비전과 무관한 소음이거나 예술을 방해하는 획일화된 권위의 언어이다. 따라서 스티븐이 독자적인 예술가의 의식과 언어를 성취하는 과정은 억압기제로 작용하는 아버지의 언어, 개성을 억압하는 획일적인 체계로서의 언어를 해체하는 과정과 동일하다. 이렇게 볼 때 스티븐이 성직을 권유하는 교장과의 면담에서 교장의 부정확한 발음에 민감하게 반응하는 장면(155)은 시사하는 바가 크다. 학감 역시 "퍼늘"(funnel)과 "턴디쉬"(Tundish)를 구별하지 못한다. 영국인임에도 불구하고 단어의 정확한 쓰임새를 모르고 있는 학감은 스티븐의 의식 속에서 "아일랜드에 사는 한 가련한 영국인"(188)으로 전락하며 열띤 미학 토론은 학감의 무미건조한 충고와 그에 대한 스티븐의 무관심한 반응으로 끝나고 만다. 아들에게 아버지는 정체성을 제공하는 모델이 된다. 그러나 스티븐에게 친부, 교장, 학감 모두 그가 추구하는 예술가로서의 정체성을 제공해 주지 못한다. 따라서 그들의 언어도 스티븐의 예술적 비전과는 동떨어진 것이다. 스티븐이 추구하는 언어는 계시의 언어, 에피퍼니의 언어이며 그가 추구하는 정체성의 모델은 전설 속의 예술가, 다이달로스이다.

예술가로서의 인식과 함께 스티븐은 언어와 관련하여 두 가지 과제를 떠맡게 된다. 초등학교 시절 스티븐은 학생들이 사용하는 비속어의 암시적 의미를 이해하지 못해 대화에 참여하지 못한다. 예를 들어 "썩"(suck)이라는 말은 스티븐에게 하수구의 더러운 물이 빠지는 소리를 연상시키지만, 비속어로서 또래 사이에서 이루어지는 사회적 의미를 가지지 못한 채 스티븐의 의식 속에서 청각적 이미지로만 남아 있다. 의사소통 체계로서 언어는 사회적 규약이며 이것은 개인의 선택과 무관하다. 따라서 스티븐은 기존 사회의 언어 규칙을 수용해야 한다. 그러나 채소밭의 '썩은 양배추 냄새'에서 '민족의 양심'을 보여주기 위해서는 하수구의 더러운 물소리에 새로운 의미를 부여해 주어야 한다. 스티븐에게 언어는 사물과 세계의 본질을 이해하고 그것을 표현하는 수단이다. 그러나 사회적 규약으로서 언어는 세계에 대한 새로운 해석과 개인의 창조성을 부정한다. 그러므로 스티븐은 기존 언어를 수용하며 동시에 자신만의 개성적 언어, 마비된 인식을 일깨우고 사물의 본질을 드러내는 예술적 비전의 언어를 찾아야한다.

언어는 타인의 산물이다. 유아기 언어 습득이 부모를 중심으로 한 주변 인물들, 즉 타인들을 통해 이루어지기 때문이다. 타인의 목소리는 인간이 주변 세계와 접하는 최초의 언어적 경험이며, 그 세계로 나

아가기 위한 필수 과정이다. 게다가 그것은 개인의 자의식을 형성하는
조건이기도 하다. 예를 들어 어린이가 자신의 정체성을 지칭하는 고유
명사로서 이름을 얻게 되고 신체와 내적 경험을 획득하는 것은 타인을
통해서이다. 인간의 말은 외부로부터 와서 어린이의 개성을 형성하며
나아가 그의 내적 의식을 형성한다(AA 49). 스티븐은 주변 인물들의
목소리에 의식적으로 귀기울이며 현실 세계에서 자신의 위치와 역할
을 인식한다.

Trudging along the road or standing in some grimy wayside public
house his elders spoke constantly of the subjects nearer their hearts, of
Irish politics, of Munster and of the legends of their own family, to
all of which Stephen lent an avid ear. Words which he did not
understand he said over and over to himself till he had learnt them
by heart: and through them he had glimpses of the real world about
them. The hour when he too would take part in the life of that world
seemed drawing near and in secret he began to make ready for the
great part which he felt awaited him the nature of which he only
dimly apprehended. His evenings were his own; and he pored over a
ragged translation of *The Count of Monte Christo*. The figure of that
dark avenger stood forth in his mind for whatever he had heard or
divined in childhood of the strange and terrible. (···) there appeared an
image of himself, grown older and sadder, standing in a moonlit
garden with Mercedes who had so many years before slighted his
love, and with a sadly proud gesture of refusal, saying:

— Madame, I never eat muscatel grapes(P 62-63).

스티븐은 주변 인물들의 말을 통해서 아일랜드의 정치 상황, 선조들의 고향과 집안 내력을 알게 되며, 이 과정에서 자신이 처한 현실과 위치, 나아가 자신의 정체성에 대한 인식에까지 이른다. 스티븐이 성탄절 만찬에 벌어지는 친척들간의 정치 토론에서 듣게 되는, 민족에게 배신당한 희생자 파넬(Parnell)의 이야기는 《율리시즈》의 도서관 장면에서 벌어지는 문학 토론에서 셰익스피어(William Shakespeare)와 함께, 배반의 희생자가 되어 다시 등장하며, 소외된 예술가로서 스티븐의 자의식을 구성하는 주요 인물들 중 하나가 된다. 따라서 그가 듣는 것은 더 이상 아버지가 들려주던 유년기의 동화가 아닌, "실제 세계"(real world)의 이야기이다. 그 이야기 속에 자신의 구체적인 현실이 위치해 있기 때문이다. 그리고 그가 어렴풋하게나마 참여할 때가 왔음을 느끼는 "그 세계의 삶"(the life of that world)은 타인의 말과 이야기 그 자체이며, 비밀스럽게 준비하고 있는 "위대한 역할"(the great part)은 자신의 독자적인 목소리로 이끌어 가게 될 타인과의 대화이다.

《젊은 예술가의 초상》의 전반부에서 스티븐은 대체로 침묵을 지키고 있다. 스티븐의 의식의 흐름을 그의 내적 시선을 통해 묘사하는 화자의 목소리가 대신하기 때문이다. 스티븐의 목소리가 직접 들리기 시작하는 것은 학감, 린치와의 대화 등에서 볼 수 있듯이 후반부의 대학시절 장면부터이다. 이는 스티븐이 아직 자신의 언어를 가지기 위한 준비 과정에 있음을 의미한다. 그런데 그가 준비하고 있는 주체적 언어와 의식은 주위의 언어 환경에 의존하고 반응하는 내적 독백을 통해 구성된다(Kershener 19). 그런 의미에서 낯선 말들을 반복하는 그의 혼잣말("he said over and over to himself")은 타인의 말에 자신의 어조를 채색하여, 자신만의 "감정적—의지적 가치"(emotional—volitional value)를 형성하려는 노력, 즉 독자적인 목소리를 형성하려는 시도이다.[20] 그리고 그러한 시도는 스티븐의 언어 습득뿐 아니라 자의식 형성에도 영향을 미친다. 《몽테크리스토 백작 *The Count of Monte Christo*》의 주인공과의 동일시를 통해서 스티븐은 배신과 소외를 간접 경험하며, 이를 통해 소외된 예술가로서 자신의 이미지를 형성하기 때문이다. 나아가 《몽테크리스토 백작》의 여주인공, 메르세데스(Mercedes)는 그가 현실세계에서 체험하고자 하는 미적 경험인 "형체 없는 이미지"(P 65)의 모델을 제공하며, 이후 바닷가에서 보게 되는 새를 닮은 소녀(171)의 에피퍼니와도 연결된다. 그리고 《몽테크리스토 백작》의 거만한 거절 장면은 자신의 연인인 에마 클러리(Emma Clery)에 대한 스티븐의 냉정한 태도(252)에서도 다시 한번 등장한다.

《젊은 예술가의 초상》에 등장하는 문학 작품의 인유, 예술 이론, 스티븐이 쓴 시와 일기에서 볼 수 있는 타장르의 삽입은 언어 또는 타인의 말과 관련된 인물의 의식 성장 과정, 다시 말해서 의식에 대해서 타인의 말이 가지는 영향 관계를 보여주기 위한 것이다. 예를 들어 초등학교 시절 스티븐의 시(15)와 청소년기에 쓴 빌라넬(villanelle)은 각각 언어를 통한 세계 인식의 가능성과 시적 표현으로서 에피퍼니의 묘사 가능성에 대한 스티븐의 자각을 보여주며, "응용 아퀴나스"(applied

---

20) 자신의 목소리를 가진 주체적 의식은 타인의 말을 수용하는 과정에서 형성된다. 특히 타인의 말을 자신의 것으로 표현하는 "다시 말하기"(retelling)는 타인에 대한 의식과 배려를 의미하므로, 도덕적 성장과도 관련이 있다. One makes a self through the words one has learned, fashions one's own voice and inner speech by a selective appropriation of the voices of others. (···) Retelling in one's own words, on the other hand, is a more flexible and responsive process. It is the only way we can *originate* anything verbally. In retelling, Bakhtin argues, one arrives at "internally persuasive" discourse——which, in his view, is as close as anything can come to being totally own. The struggle within us between these two modes of discourse, the authoritative and the internally persuasive, is what we recognize as intellectual and moral growth(Emerson 1986: 31).

Aquinas), 작품의 대미를 장식하는 일기는 스티븐이 타인의 말과 시각을 주관적으로 해석, 응용하는 능력, 그리고 그것을 자신의 말로 표현할 수 있는 능력을 성취했음을 보여주는 것이다. 따라서 스티븐의 말에 삽입된 문학적 인유나 타인의 말을 상호 텍스트성의 증거로만 보거나(Wales 80), 장르의 혼합에 따른 작품의 이질적 요소를 전통적 소설관에 대한 의식적 거부(Raquelme 48-49)로 평가하는 것은 무리가 있다. 《더블린사람들》에도 거의 예외 없이 인물의 서재에는 문학 작품들이 꽂혀 있다. 실제로 〈작은 구름 A Little Cloud〉의 꼬마 챈들러(little Chandler)는 시인 지망생으로서 바이런(Byron)의 시를 읽으며, 〈참혹한 사건 A Painful Case〉의 더피(Duffy)는 자신을 주인공으로 한 글을 쓰고 있다. 그러나 이는 문학 작품 또는 타인의 말이 인물에 미치는 영향을 보여주기 위한 것으로, 〈작은 구름〉에서 바이런과 조이스 사이에 텍스트상의 직접적 연관성은 나타나 있지 않으며, 바이런의 시가 〈작은 구름〉의 독특한 현대적 서술 기법을 설명해 주는 것도 아니다.

린치와의 대화에서 스티븐이 전개하는 '응용 아퀴나스'는 스티븐이 자신의 언어를 소유하고 있음을 보여주는 증거이다. 스티븐의 미학이론의 뿌리가 아퀴나스에 있다 하더라도 그것은 더 이상 아퀴나스가 아닌 스티븐의 것이다. 스티븐의 목소리를 통해서 묘사되고 있기 때문이다. 자신의 언어를 소유한다는 것, 자신의 목소리를 가진다는 것은 타인의 말을 수용하여 이를 주관적으로 해석하고 변용할 수 있음을 의미하는 것이다. '응용 아퀴나스'는 스티븐이 해석하고 자신의 말로 변용시킨, 스티븐 자신의 이론, 즉 에피퍼니 이론으로서 여기에 아퀴나스의 목소리는 등장하지 않는다. 스티븐의 미학 이론에서 아퀴나스의 이론을 분리하여, 여기에서 양자간의 대화적 관계 또는 상호 텍스트 문제를 도출하는 것은 불가능하다. 작품 내에서 인물의 말이 가지는 독특한 가치는 그가 처한 구체적 상황, 즉 '시공성'을 반영하는 '감정적–의지적 어조'에 있다. 스티븐의 말은 독자적 예술관을 형성하려는 그의 의지의 산물로서, 아퀴나스를 염두에 둔 "은닉된 논쟁"(hidden polemic)이나 "이중의 목소리"(double voice)는 존재하지 않는다. 대화성은 타인에 대한 인식이다. 그러나 스티븐에게 아퀴나스의 말은 분명 타인의 말이지만, 그것은 '시공성'이 결여된 추상적인 말이며 스티븐의 의식에 어떤 영향도 미치지 않는다. 상호 텍스트 문제도 마찬가지이다. 아퀴나스의 사상이나 텍스트가 조이스의 문체에 직접적인 영향을 미치지 않는 한 상호 텍스트 문제를 말하기 어렵다. 대화성과 마찬가지로 상호 텍스트성도 단순히 상이한 텍스트나 사상들간의 상호 영향 관계가 아니다. 대화성이 타인과 그의 말에 대한 자의식적 반응이며 곁눈질하는 듯한 말, '이중의 목소리'가 그 자의식의 표현인 만큼, 이질적 텍스트가 상호 텍스스성을 구성하는 자격을 갖추기 위해서는 타인의 말(이질적 텍스트)에 대한 자의식이 인물의 말이나 작가의 문체에 구체적으로 드러나 있어야 한다. 미학 이론을 설명하는 스티븐의 말 속에는 아퀴나스에 대한 그의 자의식이 투영되어 있지 않으며, 스티븐을 묘사하는 조이스의 서술에서도 아퀴나스라는 이질적 텍스트에 대한 자의식은 나타나 있지 않다.

작품의 마지막에 등장하는 스티븐의 일기는 인물과 화자로서 스티븐의 이중적 역할을 보여준다. 그의 일기는 분명 자신의 목소리로 이루어져 있으며, 자신의 입장을 정당화시키려는 의도에 의해 제한된 시각만을 보여주는 한계를 드러내지만, 분명 일기 속의 자신을 객관적인 인물처럼 묘사하고 있다. 일기에 나타난 인물과 화자로서의 스티븐의 이중적 역할은 그가 자신만의 언어와 의식을 성취했음을 보여주는 증거이다. 화자가 되어 자신의 목소리로 자신의 입장을 객관화시켜 표현하고 있기 때문이다. 이와 함께 작품의 도입부에서 옛날 이야기 속의 "터쿠 아기"(tuckoo baby)가 유아기의 스티븐이라는 사실은 일기에 나타난 스티븐의 이중적 역할 못지않게 역할의 변화를 보여주는 증거이기도 하다. 자신만의 의식과 말을 소유하지 못한 채 화자의 일방적 묘사의 대상, 즉 무개성의 인물에서 자신의 목소리를 소유한 화자로의 변화를 보여주는 것이다. 그러나 《젊은 예술가의 초상》에서 예술가로서 스티븐의 이미지는 결코 완결되지 않으며, 그의 주관적 언어와 의식도 완전한 것은 아니다. 작품 속에서 스티븐은 언어와 의식을 성취하고 예술가로서 인식을 확고히 하게 됨에 따라 인물에서 화자로 변신한다. 그러나 스티븐은 작품 속의 화자일 뿐, 결코 작가가 되지는 못한다. 일기 속에서 타인의 객관화된 시점이 허용되지 않은 채 스티븐 자신의 시각만이 존재하기 때문이다. 자신을 객관적인 인물처럼 묘사하고 있지만 인물의 의식을 타인의 시점과 병치시키는 작가의 "외재성"(outsideness)이 없으며, 따라서 작품을 완결시킬 수 있는 작가만의 "여분의 시선"(surplus of seeing)이 존재하지 않는다. 예술가 스티븐의 첫 작품이 일기라는 사실, 즉 주관적 시각으로만 구성된 독백의 장르라는 사실은 스티븐의 미숙성과 그의 인물로서의 비완결성을 암시하고 있다. 조이스에게 인간은 결코 완결되지 않는, 따라서 무한한 변화의 가능성을 내포한 '과정' 속의 존재일 뿐이다.

스티븐의 언어 습득은 타인의 말에 자신의 주관적 심정을 투사하고 재해석하는 방식을 따른다. 그 결과, 타인의 말은 스티븐의 시각과 정서로 채색되면서 그가 처한 상황을 극화시키고 설명해 준다. 스티븐이 피정 기간에 듣게 되는 설교(P 108-136)는 신부의 말이 아니라 스티븐의 말이다. 28쪽에 걸쳐 계속되는 설교는 육체의 죄를 지은 스티븐이 피정 기간 내내 느끼고 있는 자책과 불안감의 표현이며, 지옥 묘사의

생생함은 스티븐의 불안감을 통해 더욱 다채로운 형태의 은유와 상징
으로 변한다. 설교의 폭력적 이미지를 교회 권력이 개인에게 가하는 가
학성의 증거(Booker 75)로 볼 수도 있겠으나, 설교 언어는 자신의 죄
를 정화시키고자 하는 스티븐의 죄의식을 극화하고 있을 뿐이다. 설교
자체가 신부의 말을 직접 전달하는 것이 아니고 스티븐의 의식을 통해
걸러지고 변형되어, 스티븐의 '감정적—의지적 어조'를 표현하는 말로
서술되고 있는 만큼, 신부의 직접적인 목소리는 들리지 않는다.《율리
시즈》에서 스티븐이 자신과 동일시하고 있는 '오만한 지성의 빛'인 루
시퍼(Lucifer)와 아일랜드의 정치, 종교, 가정 문제 등에 대한 스티븐의
거부감의 표현인 "논 세르비암"(Non Serviam)도 피정 기간중 그가 신부
의 설교에서 들은 말이다(P 117). 이와 같이 스티븐의 자의식은 타인
의 말을 주관적으로 수용, 변형시키는 과정에서 형성된다.

　신부의 설교가 스티븐의 의식 속에서 다채로운 은유와 상징을 통해
스티븐 자신의 가책과 불안감의 목소리로 변화한다는 사실은 스티븐
의 언어 습득과 예술적 비전이 연상과 상징의 조합 능력에 있음을 암
시하는 것이다. 강의를 들으려 집을 나선 스티븐이 거리에서 느끼는 에
피퍼니와 학감과의 대화에서 그 예를 살펴볼 수 있다. 수녀정신병원에
서 들리는 미친 수녀의 외침에서 촉발된 종교의 부정적 이미지는 독
실한 신자인 어머니와 가정의 비참한 현실로 이어진다. 그러나 물이 뚝
뚝 떨어지는 나무 사이를 비추는 회색빛 아침 햇살과 비에 젖은 나뭇
잎의 이상한 냄새는 종교에 억눌린 비참한 현실을 잊고 예술적 비전을
준비해 주는 재료가 된다. 그리고 비를 머금은 나무들은 하우프트만
(Hauptmann)의 연극에 나오는 소녀들과 여인들, 특히 그들의 "창백한
슬픔"(P 175)을 떠올리게 하며, 젖은 나뭇가지의 향기와 함께 조용한
세속적 즐거움을 불러일으킨다. 미친 수녀의 외침("Jesus! O Jesus!

Jesus!")이 종교를 강요하는 "어머니의 중얼거림"으로 이어지며 스티븐의 마음을 어둡게 하지만, 두 여성의 불행으로 상징되는 종교의 폐해는 비에 젖은 가로수의 냄새, '양배추 썩는 냄새'에서 확인할 수 있었던 현실의 냄새에 의해 사라지고, 조용히 삶의 세속성을 수용하는 '창백한 슬픔'을 간직한 소녀와 여인의 모습으로 대체된다. 스티븐이 이들에게서 보는 '창백한 슬픔'은 세속의 삶에 대한 원망이 아니라 삶의 조건을 겸허히 수용하는 "조용한 즐거움"(quiet joy)이다.

학감과의 대화에서도, 램프와 양동이의 "징글 울리는 말"(jingle of the words)과 학감의 '징글 울리는' 목소리의 유사성이 스티븐의 의식 속에서 합쳐지면서, 학감의 얼굴을 상징적으로 해석할 수 있는 가능성을 만들어낸다. 스티븐은 학감의 얼굴에서 "불이 켜지지 않은 등잔"(unlit lamp), "초점이 잘못된 채 걸려 있는 반사경"(reflector hung in a false focus)을 본다. 지적인 토론을 진행하고 있지만 '불이 켜지지 않은' 지성, '초점이 잘못된' 학감의 지성은 곧 한계를 드러낸다. 고급영어인 "턴디쉬"(tundish)를 "퍼널"(funnel)로 잘못 알고 있는 것이다(P 188).

사소한 사건을 상징적으로 해석하는 능력은 스티븐의 언어 습득 과정, 다시 말해서 언어를 통해 세계를 이해하는 과정이며 그의 에피퍼니 이론의 핵심이기도 하다. 어느 낯선 유부녀로부터 유혹을 받았다는 데이빈(Davin)의 이야기는 즉각 스티븐의 의식 속에서 민족의 비참한 현실을 보여주는 전형적인 상징으로 변한다.

The last words of Davin's story sang in his memory and the figure of the woman in the story stood forth reflected in other figures of the peasant women whom he had seen standing in the doorways at Clane as the college cars drove by, as a type of her race and of his own, a bat-like soul waking to the consciousness of itself in darkness and secrecy and loneliness and, through the eyes and voice and gesture of a woman without guile, calling the stranger to her bed(P 183).

스티븐이 자신의 예술을 통해서 보여주고자 하는 '민족의 양심'은 아직 유럽의 변방에서 '어둠과 비밀스러움과 고독'에 싸인 채 낯선 사람을 불러들이는 '농촌 아낙네'의 모습을 하고 있다. 게다가 낯선 사람을 유혹하는 아낙네의 '눈과 목소리와 제스처'가 '가식이 없는' 것이기에 더욱 비참하다. 여기에서 스티븐의 에피퍼니의 핵심은 데이빈이 직접화법으로 묘사해 준 유부녀의 말에서 '가식 없는 목소리'를 듣는다는 것이다. 데이빈이 말하는 그 유부녀가 남자를 파멸시키는 요부 또는 "위험한 여자"(femme fatale)가 아니라 '농촌 아낙네'의 이미지로 연결되는 것도 이 때문이다. '가식없는 눈'을 가진 '농촌 아낙네'는 자신이 끌어들이는 사람이 누구인지조차 모르고 있다. 이 에피퍼니의 모호성은 이후 스티븐의 연인인 에마 클러리를 통해 명확해진다.

she as a figure of the womanhood of her country, a bat-like soul waking to the consciousness of itself in darkness and secrecy and loneliness, tarrying awhile, loveless and sinless, with her mild lover and leaving him to whisper of innocent transgressions in the latticed ear of a priest(P 220-221).

스티븐이 에마와 젊은 신부를 질투하고 있는 것은 사실이나 에마를 '박쥐 같은 영혼'을 가진 '아일랜드 여성의 전형'으로 보는 것은 단순한 질투심의 결과가 아니다. 에마의 의식이 아직 '어둠과 비밀스러움과 고독'에서 벗어나지 못한 것은 사랑도 모르고 죄도 모르기 때문이다("loveless and sinless"). 따라서 에마의 고백은 "순진한 탈선"(innocent transgressions)에 지나지 않는다. 죄를 지은 적이 없기 때문이다. 그러나 스티븐에게 죄는 세상의 지혜를 얻기 위한 필수적인 과정이다(162). 스티븐이 에마를 '가식없는' 아낙네와 동일시하는 것은 죄의 개념조차 모르는 상태에서, 격자를 사이에 두고 세상과 떨어져 있는 신부를 불러들이고 있기 때문이다.

은유와 상징은 타인의 말을 주관적으로 재해석하여 자신의 것으로 만드는 과정뿐 아니라, 현실에 대한 정신적 비전을 표현하는 데 핵심적인 역할을 한다. 스티븐에게 아일랜드의 현실은 "자신의 새끼를 잡아먹는 늙은 암퇘지"(203)이다. 국적·언어·종교를 통해서 개인의 영혼을 영원히 어둠 속에 묶어두려 하기 때문이다. 아일랜드와 암퇘지 사이의 은유 관계는 어린 시절의 스티븐이 성모 마리아와 상아탑의 은유 관계를 이해하지 못해 어리둥절하던 모습(35-36)을 상기해 볼 때, 그의 의식과 언어 구사력 사이의 연관성을 다시 한번 확인하게 해준다.

자서전이나 전기는 일반적으로 '나'와 타인의 가치론적 친밀성을 특징으로 한다(AA 155). 인물과 화자가 동일인이거나 친밀한 관계에 있기 때문에 유사한 가치론적 시각을 공유하는 것이다. 따라서 《젊은 예술가의 초상》에서 스티븐이 조이스의 시각을 상당 부분 대변한다는 추론이 가능하다. 특히 작품의 초점이 예술가로서의 의식 성장에 맞추어져 있으므로 조이스는 스타일을 통해서 예술가로서 자신의 모습을 반추하는 기회를 갖게 된다. 그러나 《젊은 예술가의 초상》의 서술 스타일은 인물과 작가 간의 친밀성이라는 환상을 부정하면서 양자간의 대화적 관계를 강조한다. 자서전은 '자신의 객관화'를 통해서 작가가 자신과 대화적 관계를 형성하는 장르이다. 《젊은 예술가의 초상》이 조이스의 자서전적 소설이라면, 조이스는 자신의 객관화된 모습인 스티븐을 통해서 자신과 대화를 나누고 있다고 볼 수 있다. 그러나 대화는 양자 간의 시각차에 의해 이루어지는 것이다. 대화적 서술 스타일이 암시하듯이《젊은 예술가의 초상》에서 작가와 인물의 가치론적 친밀성이 존재한다 하더라도 양자간의 완전한 동일시는 불가능하다. 따라서 조이스가 들려주는 자신과의 대화는 스티븐과 조이스의 유사성 못지 않게 양자간의 상이성을 암시하고 있다. 결국《젊은 예술가의 초상》의 서술 스타일은 일반적으로 자서전적 소설이 보여주는 작가와 인물 간의 친밀성을 부정하는 특이한 경우라고 할 수 있다. 스티븐의 주관적 시각 안에서 묘사하며 그의 의식 성장의 단계에 따라 달라지는 서술 스타일은 인물의 내면을 생생하게 묘사하는 데 그치지 않고, 그 인물에게 독자적인 시각, 즉 인물의 개체성을 제공해 준다. 이는 작품이 진행되면서 스티븐의 독자적인 목소리가 빈번해지고 최종적으로 스티븐이 인물에서 화자로 변신한다는 사실에서도 확인할 수 있다.

인물이 독자적인 의식을 소유하고 자신의 목소리로 말한다는 것은 작가가 인물에 대한 시점의 우위성을 포기하고 인물과 동등한 위치를 점한다는 것을 의미한다. 이와 같이 작가가 인물에게 독자성을 부여하고 인물과 동등한 위치에 섰을 때 비로소 작가와 인물은 대화적 관계를 맺게 되는 것이다. 바흐친이 말하는 도스토예프스키 소설의 "다성성"(polyphony)도 인물과 작가의 동등성에 바탕을 두고 있다(Morson and Emerson 1990: 232. 238-240). 인물과 작가가 서로 동등한 입장에 있을 때 비로소 개성적이고 다양한 목소리들이 공존하며 대화적 관계를 만들어 낼 수 있는 것이다.

그러나《젊은 예술가의 초상》을 도스토예프스키의 작품과 비교하는 것은 무리가 있다. 작가의 '여분의 시선'이 계속 존재하며 인물의 자의식이 아직 미숙하기 때문이다. 도스토예프스키의 경우 자의식을 가진 인물들이 서로 타인의 의식과 충돌하며 보여주는 개별적인 목소리·시각·사상들의 떠들썩한 대화의 장을 이루고 있지만, 스티븐은 아직 예술가로서의 의식을 형성해 가는 '과정'에 있으며, 화자가 되어 자신의 목소리로 일기를 들려주지만 자신을 객관화시키는 능력이 부족하다. 사실 조이스는 스티븐을 통해서 의식 성장의 '과정'을 보여 주고 있다. 따라서 스티븐의 의식은 미완의 것으로, 그의 예술관과 자의식의 형성, 주체적인 언어 습득은 작품 내에서 상대적인 가치만을 지닐 뿐이다. 그러므로 스티븐의 의식은 아직 불완전하며 언어와 예술에 대한 그의 시각도 한계를 내포하고 있다. 결국 조이스는 성숙한 예술가로서 스티븐의 언어, 예술관의 가능성을 인정하면서 동시에 그 한계를 지적하고 있는 것이다. 따라서 스티븐을 화자로 인정하지만 자신을 객관화시키는 능력은 부여하지 않을 뿐 아니라, 자신과 스티븐 사이의 대화적 관계를 통해 양자간의 동일성을 부정한다. 《젊은 예술가의 초상》은 스티븐의 의식 성장을 다루고 있다. 그런데 마하피(Vicki Mahaffey)에 의하면, 스티븐의 의식의 중심을 차지하고 있는 전거(authority)는 부자 관계를 중심으로 한 가부장주의와 초월성이다(7). 이는 스티븐의 언어와 예술관이 가부장적 이미지와 초월적 성향으로 가득 차 있음을 의미한다. 이러한 성향은 스티븐의 의식 성장의 형태와 방향을 제공하지만 동시에 그의 미숙성의 원인이 되기도 한다.

　《젊은 예술가의 초상》이 스티븐의 의식 성장을 묘사하고 있지만, 그 성장의 전거가 동시에 한계가 된다면, 작품 속에서 의식 성장의 각 단계들에 대한 서술은 결국 그 의식의 한계 또는 무용성을 드러내는 이중적 기능을 가진다. 이것이 바로 조이스가 구사하는 이중 서술의 아이러니이다. 예를 들어 스티븐의 주관적 시점과 말은 그의 화자로서의 가능성, 그의 언어 습득의 증거이지만, 그 시점의 편협성과 한계를 은연중 드러냄으로써 예술가로서 스티븐의 성장이 결코 쉽게 완결되지 않을 것임을 암시하고 있다. 사실 조이스는 처음부터 스티븐을 미숙한 인물로 묘사하고자 했던 것 같다. 이는 《스티븐 히어로》에서 확연히 드러나는데, 예를 들어 스티븐의 미학 이론에 대해 학장은 "때로 약간 역설적이며 유치하다"(a little paradoxical at times and a little juvenile)(103)고 평하고 있다. 게다가 '응용 아퀴나스'에 대해서는 조이스 자신이 스티븐의 한계를 직접 지적하고 있다("To interpret his statements practically one needed a fuller knowledge than Mr Daedalus could have of his entire theology. At the same time he would not go so far as to say that Mr Daedalus had really, intentionally or unintentionally, misinterpreted Aquinas")(SH 109). 그렇다면 스티븐의 언어와 예술관의 문제가 구체적으로 무엇이며, 거기에서 가부장주의와 초월성이라는 전거는 어떤 관계가 있는지 알아보아야 할 것이다.

언어는 인간이 자신을 표현하는 대표적인 방법이며, 그 언어가 단순한 사회적 기호 체계에서 벗어나 '나'만의 고유한 의미와 가치를 지니기 위해서는 발화가 이루어지는 구체적인 '시공성'에 의지해야 한다. 이때 비로소 언어는 특정한 개인의 '감정적-의지적 태도'를 반영하는 살아 있는 말, 살아 있는 목소리로 변한다. 그러나 언어가 '시공성'에 의해 특정한 개인의 주관적인 목소리로 변할 경우 그것은 개인의 제한된 시각만을 반영하게 된다. 따라서 그 말은 구체적이고 살아 있는 개인의 내면의 목소리이지만 그 개인의 외형적 이미지를 보여주지는 못한다. 그 이미지는 자신의 시선이 아니라 타인의 시선, 그를 바라보고 있는 타인의 눈동자 위에서만 비치기 때문이다. 그러므로 자신을 표현하기 위해서는 타인의 시선이 반영된 이질적인 말, 타인의 말이 필요하며, 그 자신의 말과 타인의 말은 서로를 반영하면서 대화적 관계를 이루게 된다. 인간이 자신의 자아를 인식하기 위해서는 타인이 필요하며, 자신을 표현하는 말은 타인의 말에 의지한다.

But the self is like a sign in so far as it has no absolute meaning in itself, too (or rather, it most of all), is relative, dependent for its existence on the other. Bakhtin's metaphor for the unity of the two elements constituting the relation of self and other is *Dialogue*, the simultaneous unity of differences in the event of utterances(Holquist 35-36).

기호가 지시대상 없이 그 자체로는 무의미하듯이, 인간도 타인에 의해서 그 존재의 의미를 부여받는다. 바흐친이 자아를 기호에 비유한 것은 단순히 양자간의 유사성 때문이 아니라, 인간의 자아 형성과 그 표현 수단이 바로 기호, 즉 언어이기 때문이다. 인간은 항상 타인에 의지하며 타인과의 대화, 즉 그의 시선과 말을 수용하면서 자신의 이미지를 형성한다. 그러므로 자신만의 순수한 언어를 통해 자아를 성취하는 것은 불가능하다. 오히려 '나'의 말은 타인을 규정하기 위한, 타인을 위한 말이고, 타인의 말은 '나'를 규정하고 인식하게 해주는 '나'를 위한 말이다. 인간은 이와 같이 서로를 반영하는 말의 대화적 교류를 통해서 자신을 표현하고 의미를 형성한다. 그리고 그 말의 '발화'는 구체적 '시공성'에 근거하는 만큼 체계나 구조로 환원될 수 없는, 구체적이고 살아 있는 하나의 '사건'이 된다.

바흐친에게 '사건'은 서로 다른 두 시각, 의식, 목소리가 만나서 이루어 내는 가장 구체적이고 인간적인 상황이다. 왜냐하면 '사건'은 구체적인 '시공성'에 근거하므로 비반복성·비가역성·순간성을 특징으로 하며, 인간은 그 '사건'을 통해서 그가 처한 상황에 의미를 부여할 수 있기 때문이다. 그런데 이 '사건'은 바로 '사소한 것'의 "가장 섬세하고 사라지기 쉬운 순간들"(SH 216)에 대한 인식이자 그 표현인 에피퍼니와 유사하다. 그러나 에피퍼니를 중심으로 한 스티븐의 언어와 예술관은 실제 작품으로 구체화되지 못한 채, 이론적 가능성으로만 남아 있다. 스티븐이 언어의 대화적 본질을 아직 이해하지 못하고 있기 때문이다. 스티븐에게 언어는 순수한 의식의 표현이며 세계의 본질을 담고 있는 실체로서, 거기에는 타인의 이질적인 시각이나 목소리가 스며들 여지가 없다.

어린 시절의 스티븐에 대한 묘사에는 유독 감각적인 표현이 많이 등장하는데, 이는 스티븐이 감각을 통해 언어를 이해하는 성향이 있음을 암시한다. 예를 들어 성모 마리아와 상아탑의 은유 관계를 해석하면서 스티븐은 아일린의 차갑고 흰 손을 떠올린다(P 36. 43). 물질의 감각적 속성을 통해 비유적 언어를 이해하는 것이다. 언어가 사물 자체의 특정한 속성을 반영한다는 생각은 스티븐의 언어관이 실재론에 근거하고 있음을 의미한다. 스티븐에게 언어와 그 지시대상 사이에는 실제적인 연관성이 존재한다. 새의 이름을 가진 사람이 새와 같은 얼굴을 가진 것도 그 때문이다("Vincent Heron had a bird's face as well as a bird's name.")(76).

스티븐의 의식이 성장하면서 그의 언어도 점차 추상적이고 비유적인 특징을 보인다. 특히 그의 언어 속에 은유와 상징이 자리잡으면서, 에피퍼니 이론과 함께, 그의 언어와 예술은 낭만주의적 성향을 보인다. 스티븐에게 예술은 비밀스럽고 성스러운 세계이다. 외부 세계와 단절된 채 홀로 고독한 노래를 준비하는 스티븐은 "침묵, 유랑, 간지"(silence, exile, cunning)(247)에 의지한 채, 그가 추구하는 신화, 예술이라는 이상을 찾아 조국과 가족을 떠난다. 대체로 특정 아이디어나 진리는 낭만적 인물을 구성하는 대표적인 가치이며 그 가치는 상징적 성격을 가진다(AA 180). 스티븐이 낭만적 이상주의자라는 사실은 그의 언어관에도 나타난다. 그가 추구하는 자신만의 주관적 언어는 상징을 통해 사물의 본질을 읽으려 하는 낭만주의, 특히 상징주의의 전형적인 특징을 담고 있다.[21]

스티븐의 실재론적 언어관과 낭만주의의 상징적 언어 사이의 공통점이 있다면, 그것은 언어를 통해 사물의 본질을 인식할 수 있다는 믿음일 것이다. 그러나 이러한 믿음에는 언어의 순수성과 그 초월적 이미지에 근거하여, 차이와 이질성으로서의 타인의 시각과 목소리를 부정하는 문제가 있다. 그러므로 바흐친에게 낭만주의 언어는 분명 '나'와 타인의 상호 의존적 대화 관계를 부정하는 독단주의의 한 예로 보였을 것이다. 가디너(Michael Gardiner)는 바흐친이 염려했던 낭만주의의 독단적 성향과 그 위험성을 다음과 같이 설명하고 있다.

Perhaps (⋯) the main streak of romanticism in Bakhtin's thought, characteristic of a pre-capitalist, primarily oral culture, where a yearning for the immediacy and close personal contact hearing is the primary sense and where timbre, intonation and so on are the most important elements of human communication roughly, in short, what Jacque Derrida has termed 'phonocentrism' (170).

---

21) Stephen in the *Portrait* is searching for an authentic language which he can voice. It is a typically romantic quest, inherited by the Symbolists and Decadents of the late nineteenth century and passed on to the early modernists(Parrinder 115).

가디너의 글에서 '구어 문화'의 '즉각적이고 친밀한 개인적 접촉' '음색' '어조'는 바흐친이 주장하는 살아 있는 목소리의 '시공성'과는 다르다. 바흐친의 '구어 문화' '음색' '어조'는 구체성과 개별성, 현세성을 지향한다. 반면 낭만주의는 의미가 '현전'하는 원초적이고 초월적인 상태를 동경하고 있다. 따라서 낭만주의의 초월적 성향은 데리다(Jacque Derrida)가 지적한 "음성중심주의"(phonocentrism)의 폐해라는 위험성을 내포하고 있다. 데리다가 '음성중심주의'를 비판한 것은, 음성 언어만이 의미의 '현전'을 보여줄 수 있다는 믿음으로 인해 문자 언어의 기능이 음성 언어의 '대리보충' 역할로 격하되었기 때문이다. 그러나 '현전' 또는 궁극적 의미는 차이와 연기, 즉 '차연'이 만들어 낸 환상에 불과하다. '음성중심주의'는 '현전'의 순수성이라는 환상을 유지하기 위해 문자 언어를 이질적인 것으로 규정하고 억압했다. 그러나 궁극적 의미가 '차연'이 만들어 내는 환상이며, 언어에는 항상 그 이전에 타인이 사용했던 '흔적'이 남아 있는 만큼, 언어의 원초적 순수성이란 존재하지 않는 것이다. 이와 같이 의식과 언어의 순수성을 부정하며 독단적인 관점의 폐해를 경고한다는 의미에서 데리다와 바흐친은 같은 입장을 보이고 있다.[22]

이질성을 부정하는 스티븐의 언어관은 그의 예술 이론, 특히 부자 관계의 모티프에서도 드러난다. 스티븐에게 예술은 아버지에게서 아들에게 비밀리에 전수되는 창조 행위로서, 그것은 혼란스런 현실에 질서를 부여하는 신의 음성이자 이성이다. 예술적 감흥에 잠긴 스티븐은 창조의 순간을 다음과 같이 묘사하고 있다.

O! In the virgin womb of the imagination the word was made flesh. Gabriel the seraph had come to the virgin's chamber(P 217).

여기에서 창조는 신의 음성이자 이성인 로고스(logos)의 작용이다. 따라서 예술은 이성적인 것으로 가변적인 물질의 한계를 초월하는 '정신적 현현'이며 '처녀 자궁'에서만 형체를 얻게 되는 순수성 그 자체이기도 하다. 그런데 흥미로운 점은 성서의 비유에 나타난 부자 관계 모티프이다. 신의 음성을 통해 태어난 자는 바로 육화된 신인 예수이다. 예수가 신의 아들이자 육화된 신 자신임을 생각할 때, 수태고지에 비유한 스티븐의 창조 이론은 스스로를 창조함으로써 이성(異性)이라는 이질성을 부정하는 독단적 성격을 보여준다. 마하피의 지적처럼 분명 스티븐의 예술 창조의 전거는 가부장 제도와 초월주의에 있다. 그리고 이러한 특성은 스티븐의 예술관의 핵심을 이루며 예술가로서 자의식을 형성하는 데 중심적인 역할을 하지만, 동시에 장애물로 작용하기도 한다. 가부장제, 로고스-남근중심주의(logo-phallocentrism)는 모두 독백적 패턴이기 때문이다(Mahaffey 23). 이성과 질서를 중시하는 로고스-남근중심주의는 어머니 또는 여성의 이미지를 혼돈으로 규정

---

22) 바흐친에게 말은 항상 완전한 이해를 지향하는 속성을 가진다. 그러나 실제 상황에서 화자와 청자 간의 완전한 이해는 불가능하다. 따라서 바흐친은 말의 완전한 이해를 가능케 하는 이상적 존재인 "초월적 청자"(superaddressee)를 상정한다. 그러나 '초월적 청자'는 신비적이고 형이상학적인 존재로서 역사적 시간 속에서 신, 진리, 민족 등으로 구체화된다(SG 126-127). 완전한 이해의 가능성이라는 의미에서 '현전'과 바흐친의 '초월적 청자'는 유사한 면이 있다. 그런데 바흐친에게 말의 본질이 '이해'라면 데리다의 언어는 '차이와 존재'이다. 게다가 바흐친의 말이 '시공성'에 근거하는 반면, '현전'은 '차연'에서 출발한다. 또한 '현전'은 서양철학의 전통으로서 현실에 구체화되었지만 '초월적 청자'는 현실에서 구체화되지 못한 채, 영원히 응답에 응답을 거듭한다(SG 127). 현실에서 구체화될 경우 그것은 역사의 종말을 의미하기 때문이다(바흐친은 《카라마조프의 형제들 *Brothers Karamazov*》에서 조시마(Zosima) 신부나 예수를 '초월적 청자'의 예로 들고 있으나 이들의 역할은 대화의 활성화이지 완전한 이해에서 오는 최종적인 의미의 제공자는 아니다). 그러나 이러한 차이에도 불구하고 '현전'과 '초월적 청자'는 공통점이 있다. 데리다의 해체주의가 '현전'의 허구성을 밝히는데 있듯이 '초월적 청자'도 차이와 이질성에 의한 대화의 영원성을 반증하기 때문이다.

하여 창조 과정에서 철저히 배제한다. 스티븐이 '정적인 예술'을 선호하는 것도 여성을 혼돈으로 보는 그의 편협한 시각 때문이며, 이는 그의 미숙성의 증거일 뿐 아니라 작품의 아이러니의 원인이기도 하다. 예를 들어 헹케(Suzette Henke)는 삶을 이성적 질서로 환원시키고자 하는 스티븐의 시도를 남성적 예술관의 전형으로 보면서, 삶의 물질적 측면을 부정하는 스티븐의 예술관이 그의 예술가로서의 성장을 방해하는 아이러니로 작용한다는 점을 명확히 하고 있다.[23]

스티븐이 자신을 옹호하기 위해 사용하는 세 가지 무기들("silence, exile, cunning")의 하나인 "유랑"(exile)은, '민족의 양심'을 만들어 내기 위해 필요한 객관적 시야 또는 미학적 거리감의 성취라는 의미 외에, 소음으로 가득 찬 세속을 떠나 홀로 아버지의 음성, 신의 음성을 듣고자 하는 욕망을 암시한다. '유랑'이 예술가로서 자신의 정체성을 확인하고자 스티븐이 선택한 계략들 중의 하나인 만큼 그것은 혼돈과 변전의 세계를 벗어나고자 하는 욕망이며, 나아가 아버지의 음성을 통해 직접 자신의 정체성을 확인받고자 하는 욕망인 것이다. 그런데 신의 음성을 통해 태어난 자가 신의 아들이며 동시에 육화된 신 자신이듯이, 스티븐이 듣고자 하는 아버지의 음성은 사실 스티븐 자신의 음성이다. 스티븐이 원하는 것은 자신의 정체성을 확인하고 인증해 줄 자기 확신의 목소리이며, 이것이 그가 '유랑' 기간에 얻고자 하는 것이다.

---

23) Joyce's protagonist has constantly tried to achieve mastery over the outer world by adopting a male model of aesthetic creation. In the very act of "word-shaping," he can impose his will on a resistant environment and reduce the chaotic fluidity of life to the controlled stasis of art. Much of the irony in *A Portrait*, however, results from Joyce's satire of Stephen's logocentric paradigm. Joyce makes clear to his audience that Stephen's fear of woman and contempt for sensuous life are among the many inhibitions that stifle his creativity(Henke 74-75).

바흐친에게 타인의 가치는 그가 '나'와 다른 시각, 다른 목소리를 가졌다는 데 있다. 서로 다른 시각을 가지기 때문에 대화가 가능하며 대화, 즉 타인의 눈에 비친 '나'의 모습을 통해서 인간은 자신의 객관적 이미지를 얻을 수 있는 것이다. 그러나 스티븐은 타인을 원하지 않는다. 그가 원하는 것은 자기 확신으로, 타인의 시각을 통해 드러나는 자신의 객관적인 모습이 아니다. 스티븐이 타인의 관점을 거부하는 것은 린치, 크랜리와의 실제 대화 장면에 잘 드러나 있다. 작품의 결말부에 와서 스티븐은 드디어 자신의 목소리를 들려주고 있으나 그 목소리는 타인의 목소리와 어울리지 못한 채, 독백으로만 남아 있다. 유명한 미학 토론 장면은 린치와의 대화 형식으로 이루어져 있으나 독자는 린치의 목소리를 전혀 듣지 못한다.[24] 스티븐의 일방적인 연설만이 있을 뿐이다. 그런데 지금까지 많은 비평가들이 작품의 주제와 인물 분석의 손쉬운 재료로 취급하며 상당한 관심을 보였던 스티븐의 미학 연설은 실제로는 매우 무미건조한 어조로 이루어져 있다. 스티븐의 의식을 자극하는 어떤 외부의 말, 타인의 말도 없기 때문이다. 연설 도중 스티븐은 잠시 말을 멈추고 자신의 "생각에 매료된 침묵" (thought-enchanted silence)(P 213)을 즐긴다. 스티븐은 그 침묵 속에서 자신의 이론의 화려함을 만끽하지만 그것은 스티븐의 말이 아무도 들어주는 이 없는 혼잣말이었음을 암시할 뿐이다.

수동적인 태도의 린치와 달리 크랜리는 스티븐의 의식을 자극하며 둘 사이에는 긴장된 말이 오간다. 그러나 여전히 진정한 대화는 이루

---

24) 스티븐의 자의식이 비교적 명료해짐에 따라 주변 인물들의 목소리는 상대적으로 약화된다. 따라서 대학 시절의 스티븐은 초등학교 시절보다 오히려 주변 인물들과 진정한 대화적 관계를 형성하지 못한다. 친구들뿐 아니라 학감과의 대화에서도 의식의 대화적 교류는 이루어지지 않는다. 이는 스티븐의 의식 성장을 보여주는 증거이나 동시에 그의 유아론적 성향의 문제점을 암시하고 있다.

어지지 않는다. 스티븐이 크랜리에게 바라는 것은 자신의 처지에 대한 이해와 지지일 뿐이다. 그러나 크랜리의 관점은 일반론에 바탕을 두고 있으며, 이미 '침묵, 유랑, 간지' 속에 몸을 감싼 채 조국, 종교, 가정에 대한 일반적 관점과의 결별을 준비해 온 스티븐에게 크랜리의 말은 받아들이기 힘든 것이었다. 결국 크랜리의 말은 스티븐에게 아무런 영향도 주지 못한다.

스티븐이 예술가로서 자신의 소명을 깨닫는 교장과의 면담 이후부터 작품은 스티븐의 주관적 의식과 그의 목소리를 중점적으로 부각시키는 방향으로 서술된다. 이는 스티븐의 언어와 의식의 독립성을 보여주기 위한 것이다. 그러나 여기에는 스티븐의 주관적 시각을 과도하게 노출시킴으로써 스티븐-화자의 한계를 드러내는 아이러니도 함께 나타난다. 작가가 인물의 시선을 통해 외부 세계를 묘사하고 인물의 주관적 의식을 직접 보여주는 서술 방식은 스티븐의 언어 경험과 그에 따른 의식의 형성 과정을 보여주는 데 매우 효과적이다. 그러나 이러한 내재적 서술은 필연적으로 시야를 제한한다는 문제가 있다. 게다가 독자는 인물의 의식을 직접 경험할 수 있지만 인물에 대한 완결된 이미지는 얻지 못한다. 스티븐에게서 성숙한 예술가의 모습을 찾아낼 수 없는 것은 바로 이 때문이다. 인물을 완결시키는 외부의 시선, 즉 작가의 '외재성'이 없는 것이다. 독자가 인물의 내부에서 그의 인생을 경험하는 한 인물의 완결성은 확보될 수 없다. 왜냐하면 인물의 완결성은 외부에서 작가에 의해 주어지는 것이기 때문이다.

And it is precisely in this invariably determinate and stable excess of the author's seeing and knowing in relation to each hero that we find all those moments that bring about the consummation of the whole——the whole of each hero as well as the whole of the event which constitutes their life and in which they jointly participate, i.e,. the whole of a work(AA 12).

스티븐의 일기에서 볼 수 있듯이 작품의 결말부에서 스티븐이 화자로 변한다면, 스티븐-화자는 스티븐을 미숙한 예술가로 남겨둠으로써 자신과의 거리를 유지하며 아이러니한 여운을 남기는 조이스의 이중적 글쓰기의 결과이다. 스티븐과 조이스의 불일치를 작품의 아이러니의 원인으로 본 틴달의 지적(1959: 25)은 옳다. 그러나 그들의 차이는 조이스의 전기적 사실과 스티븐에 대한 묘사 사이의 불일치와는 무관하다. 게다가 그 불일치는 미숙한 '젊은 시절'의 "어느 한 예술가"(A Portrait of the Artist as A Young Man)의 의식 발달 '과정'을 보여주기 위한 조이스의 의도를 엿볼 수 있게 해주는 단서이다. 결국 조이스가 보여주는 스티븐은 변화 '과정' 중에 있는, 완결되지 않은 인물이다. 그가 성숙한 예술가로 성장하기 위해서는 그때까지 성취한 언어와 예술에 대한 이해를 재고하는 과정이 필요하다. 낭만적 상징주의, 타인과 이질성을 부정하는 로고스-남근중심주의가 스티븐의 언어와 의식을 사로잡고 있으므로, 그에 대한 반성적 시각을 가져야 하는 것이다. 그리고 그 반성적 시각은 언어의 이질적 본질, 언어와 의식의 타인 의존성에 대한 인식에서 출발해야 한다.

4

《더블린사람들》:
타인의 의미

　《더블린사람들》의 경우 《젊은 예술가의 초상》과 달리, 인물의 시각과 의식을 직접 전달하는 서술을 찾아보기 어렵다. 물론 자유간접화법이 계속 사용되며 〈진흙 Clay〉에서 볼 수 있듯이, 화자의 목소리가 인물의 의식과 욕망을 대신 전달해 주는 경우도 있다. 그러나 《더블린사람들》에서 인물의 의식과 서술 스타일 간의 직접적 연관성은 상대적으로 약화되어 있다. 초반부의 이야기들("The Sisters" "An Encounter" "Araby")은 어린이의 눈을 빌려 1인칭 시점으로 묘사되어 있으나, 《젊은 예술가의 초상》에서 유년기의 스티븐의 의식을 묘사하는 서술과는 다르다. 스티븐의 유년기는 단순한 구조의 반복되는 문장과 촉각·후각 등 감각적인 어휘들을 통해 서술되고 있으나, 《더블린사람들》의 초반부 이야기들은 비교적 잘 짜여진 안정된 구조와 때로 어린이의 의식 수준을 벗어나는 성숙한 어휘로 구성되어 있기 때문이다. 예를 들어 리꾈미는 〈자매들 The Sisters〉에서 "무효한"(inefficacious)이라는 단어가 어린이의 언어로 적절하지 않음을 지적하고 있다(91). 이와 같이 비교적 인물의 내부 시선에 의지하는 초반부의 이야기들에서도 의식과 서술 스타일 사이에는 상당한 간격이 존재한다. 따라서 어린이의 목소리

뿐 아니라 과거를 회상하는 성숙한 성인의 의식이 혼재(Beck 44)하며, 과거를 회상하는 성인이 어린이의 모습으로 등장한다(Kershner 24)는 해석도 가능해진다.[25]

청·장년기의 '더블린사람들'을 다루는 중, 후반기 이야기들도 대체로 외부 시선에 의존하고 있다. 작가의 시점이 인물의 외부에 존재하며, 인물의 내면보다는 외적 묘사에 치중하고 있는 것이다. 이러한 작가의 '외재성'은 작품 내에서 인물의 이미지를 완결시키는 필수조건이며, 나아가 작품에 대한 작가의 가치론적 태도를 객관적으로 드러내는 수단이기도 하다.

The artist assumes an essential position outside the event as a contemplator who is disinterested but who understands the axiological sense of what is coming to pass——as a contemplator who does not experience the event but co-experience it, for, without co-evaluating to some extent, one cannot contemplate an event as an event, specifically(AA 282).

작가의 시선이 인물의 내적 세계에 집중될 경우, 인물의 주관적인 감각과 의식을 좀더 충실히 묘사하고 행위의 윤리적 타당성을 보여줄 수 있는 장점이 있지만 인물의 완결성을 확보하기는 어렵다. 바흐친의 미학에서 작가와 인물의 관계는 '나'와 타인의 관계와 같다. '나'는 타

---

25) 벡(Waren Beck)과 커쉬너(Kershner)는 이를 "이중의 목소리"(double voice)를 들려주는 대화적 스타일로 보고 있으나, 어린이와 성인 양자 간의 긴장된 의식의 갈등과 교류는 별로 찾아볼 수 없다. '이중의 목소리'와 대화성은 단순한 의식의 혼재나 병치가 아니라 의식들간의 상호 교류와 영향 관계를 통해 구체화된다.

인의 외부에 위치함으로써 독자적인 '시각의 지평'을 갖게 되며, 이 '지평' 속에서 타인은 완결된 이미지 또는 대상이 된다. 그리고 그에 대한 '나'의 태도, 시각에 의해 대상은 새로운 의미를 얻게 된다. 다시 말해서 대상은 무의미한 사물에서 가치론적 존재로 변화하게 되며, 이 것이 바로 바흐친이 말하는 "미학적 사건"(aesthetic event)(AA 42)인 것 이다. 인물의 미학적 창조 역시 작가의 '외부성'에 의존한다. 작가는 외부에 존재함으로써 인물의 세계에 몰입되지 않은 채 객관적 태도를 유지하고, 따라서 "사심 없는 사색가"(contemplator who is disinterested) 로서 인물의 "가치론적 의미"(axiological sense), 미학적 가치를 부여할 수 있게 된다. 《젊은 예술가의 초상》에서 스티븐의 미숙성을 통해 볼 수 있었던 인물과 작품의 비완결성은 인물의 내부 시선에 의존한 서술 스타일의 특징을 보여주는 적절한 실례이다.[26]

 작품의 주제를 단순히 반복되는 모티프와 이미지의 통합 구조로만 보는 것은 적절하지 못하다. 주제는 세계에 대한 작가의 독특한 시각 이며 태도이다. 그리고 그 시각과 태도는 작품 속의 세계와 인물의 '가 치론적 의미'를 구성한다. 따라서 《더블린사람들》이 보여주는 서술시 점의 외재성은 조이스가 바라본 '더블린사람들'의 정신적 '마비'라는 주제를 구현함으로써 그의 미학적 입장을 드러낼 뿐 아니라, 이를 위 한 수단으로서 아이러니를 가능케 하는 구체적인 서술 스타일의 조건 이기도 하다. 왜냐하면 《더블린사람들》에서 아이러니는 인물의 주관 적 내적 시각과 작가의 '여분의 시선'이 빚어내는 차이, 그 시각차에

____

26) 제3장에서 살펴보았듯이, 《젊은 예술가의 초상》에서 조이스는 내부 서술과 외 부 서술을 혼용하여 균형을 맞추고 있다. 특히 외부 서술은 스티븐의 의식의 한계를 지적하는 조이스의 아이러니한 태도를 전달하는 역할을 한다. 그러므로 《젊은 예술가 의 초상》의 내부 서술에 대한 지적은 상대적으로 외부 서술이 많은 《더블린사람들》 과의 비교 가치에 근거한다.

근거하기 때문이다. 《젊은 예술가의 초상》의 내적 묘사가 아직 완결되지 못한 미숙한 예술가의 이미지, 그의 의식 성장의 '과정'을 보여주고 있다면, 작가의 외재성에 근거한 《더블린사람들》의 서술 스타일은 아이러니를 통해 '마비'라는 주제를 구현하기 위한 것으로, 여기에서 '마비'는 기존 사회의 언어 이데올로기가 개인에게 미치는 부정적 영향으로 나타난다. 특히 서술 시점의 외재성은 이데올로기에 얽매어 있으나 이를 정확히 인식하지 못함으로써 '마비'의 상황에서 벗어나지 못하는 인물들의 제한된 시각과 의식을 묘사한다. 예를 들어 중, 후반의 이야기들에서 인물들의 내면 묘사가 적다는 사실은 그들의 정신적 '마비'의 심각성을 암시하는 것으로, 리필미는 〈위원실의 담쟁이날 Ivy Day in the Committee Room〉, 〈어머니 Mother〉, 〈은총 Grace〉의 화자가 공통적으로 인물들의 외부에 존재하며 그들의 내면보다는 외형 묘사에 치중한다는 점, 그리고 그들이 삶을 제대로 인식하지 못하는 인물들이라는 사실을 지적하고 있다(120). 이러한 그의 지적은 작품의 주제와 서술 스타일 간의 연관성을 암시한다는 의미에서 매우 흥미롭다. 결국 《젊은 예술가의 초상》의 서술 스타일이 인물의 내적 의식을 극화시켜 독자로 하여금 인물의 내면적 성장 과정을 직접 느끼게 해 준다면, 《더블린사람들》의 외부 서술은 인물의 의식이 아니라, 그 인물이 그려내는 '마비'의 양상을 객관적 시점에서 관찰할 수 있게 해 준다. 이는 작품의 주제인 '마비'가 인물의 내면에서 경험할 수 있는 것이 아니라, 인물과 주변 환경 또는 타인과의 상호 관계 속에서 형성되는 것이고, '마비'에 대한 인식 역시 인물의 제한된 시각을 벗어나는 포괄적인 시각, 즉 외부 시점에서만 가능한 것임을 의미한다. 《더블린사람들》의 인물들이 대부분 의식의 자각을 얻지 못한다는 사실, 즉 정신적 '마비' 상황에 있다는 사실은 이를 묘사하는 서술 시점의 외재성이 작품의 주제와 관련하여 맺고 있는 불가분의 관계를 보여준다.

인물과 작품의 완결성을 위한 조건인 서술 시점의 외재성은 인물에 대한 작가의 '여분의 시선'에 의거한다. 다시 말해서 작가가 인물의 이미지를 완결시킬 수 있는 것은, 작가가 인물의 시각을 포함하는 더 넓은 시각의 '지평'을 가지기 때문이다. 그리고 이러한 작가와 인물의 시각차는 작품 내에서 아이러니를 구성하는 조건이 된다.[27] 실제로 외재적 서술이 중심을 이루고 있는 《더블린사람들》에서 각 이야기들의 에피퍼니는 시각차에 의한 아이러니와 밀접한 관계를 보이고 있다.

벡(Warren Beck)은 《더블린사람들》의 에피퍼니를 "자연주의적-객관적"(naturalistic-objective) 에피퍼니와 "주관적-심리적"(subjective-psychological) 에피퍼니로 나누어, 전자의 경우는 독자의 인식을 지향하는 형태로서 인물은 자신이 처한 상황의 의미를 파악하지 못하는 반면, 후자인 '주관적-심리적' 에피퍼니에서는 인물이 직접 에피퍼니를 경험하고 의식의 확장을 이룬다고 주장한다(24-25). 결국 인물이 체험하는 에피퍼니와 독자가 체험하는 에피퍼니가 따로 존재하는 것이다. 벡은 특히 독자의 에피퍼니를 목적으로 한 '자연주의적-객관주의적' 에피퍼니의 경우 인물에 대한 조이스의 아이러니한 태도가 확연히 드러나고 있음을 지적하고 있다. 여기에서 주목할 만한 사실은 '자연주의적-객관주의적' 에피퍼니를 묘사하는 서술 스타일이 외부 시점에 의존하며 '주관적-심리적' 에피퍼니의 경우, 상대적으로 내적 시점에

---

27) 아이러니는 흔히 "상황 아이러니"(situational irony) 또는 "극적 아이러니"(dramatic irony)와 "언어적 아이러니"(verbal irony)로 구분된다. '상황 아이러니'는 세계에 대한 인물의 비전과 이를 초월하는 독자의 포괄적 시점의 대조에 기인한다. 반면에 '언어적 아이러니'는 독자가 언어의 문자적 의미와 또 다른 의미 사이의 부조화를 인식할 때 생겨난다. 그리고 두 가지 모두 인물의 제한된 의식과 시각, 그리고 이를 초월하는 포괄적인 시각 사이의 차이를 전제로 하고 있다(Culler 154-155).

근접하는 면을 보인다는 것이다.[28] 로렌스도 에피퍼니를 두 가지로 나
누고 있다. 그녀는 《스티븐 히어로》에서 스티븐이 밝혔던 에피퍼니의
두 가지 소재, 즉 "말이나 제스처의 천박성"(vulgarity of speech or of
gesture)과 "마음의 중대한 국면"(memorable phase of the mind itself)을
각각 인물의 한계를 노출시키며 이에 대한 독자의 인식을 지향하는 경
우와 인물과 독자 모두의 인식을 지향하는 경우로 해석하고 있다(27).
결국 《더블린사람들》의 에피퍼니는 독자를 위한 경우와 인물을 위한
경우로 나뉘어지며, 양자의 구분은 서술 시점과 스타일의 차이에 기인
하는 것이다. 이 문제를 좀더 자세히 살펴보자.

독자를 위한 에피퍼니에서 서술은 외부 시점에 의존하며 주로 인물
의 외형에 대한 사실적 묘사와 직설적 표현이 두드러지게 나타난다.
〈짝패들 Counterparts〉, 〈두 건달들 Two Gallants〉, 〈하숙집 The Boarding
House〉, 초반부의 어린이 이야기들이 이에 해당한다. 여기에서 인물
들은 대체로 주체적인 언어와 의식을 소유하지 못하며, 타인의 언어
에 억압되어 있거나 그 언어와 갈등 관계를 보여준다. 〈두 건달들〉의
레너헌(Lenehan)은 코얼리(Corley)의 허영심으로 가득 찬 언어에 부러
움과 시기심을 가지고 있으며, 〈짝패들〉의 패링턴(Parrington)은 하루
종일 사무실에서 법률 계약서, 즉 타인의 말을 복사하고 있다. 패링턴
에게 상관인 앨런(Alleyne)의 말과 법률 계약서는 그의 의식을 지배하
고 있는 타인의 권위적인 말, 의식의 대화적 교류를 부정하는 독백의

---

28) 《더블린사람들》에서 인물의 내부 시각에 의존하는 내적 서술은 부분적으로
〈죽은 사람들 The Dead〉의 경우에서만 찾아볼 수 있을 뿐이다. 대부분의 경우 인물
의 주관적 내부 세계는 자유간접화법에 의존하고 있다. 따라서 화자는 인물의 내적
세계에 동의하는 듯하지만 '진흙'에서 볼 수 있듯이, 항상 이를 부정하는 가능성을 내
포하고 있다. 따라서 '주관적─심리적' 에피퍼니의 서술 시점은 내재적 시점에 '근
접'할 뿐, 온전한 내재적 시점의 서술은 아니다.

언어이다. 패링턴은 앨런의 말투를 흉내냄으로써 그 권위에 도전하지만, 이것이 계기가 되어 앨런의 미움을 산다. 〈하숙집〉의 도런(Doran)과 무니 부인(Mrs Mooney)은 침묵과 말, 자신의 목소리를 소유하지 못한 자와 소유한 자 사이의 억압과 굴종 관계를 보여준다. 특히 무니 부인의 언어가 사회의 일반적 이데올로기로 무장하고 있다는 점은 언어를 중심으로 한 개인과 사회의 갈등 양상을 극화시킨다는 의미를 가진다. 주체적 의식과 언어를 소유하지 못한 개인이 기존 사회의 이데올로기와 그 언어를 상대로 벌이는 싸움의 결과는 너무도 분명하다. 그런 의미에서 도런의 패배는 초반부 어린이 이야기들의 연장선상에 있다고 볼 수 있다. 세 이야기 속의 화자들도 성인 세계의 언어를 이해하지 못하며, 따라서 온전한 자아 인식에 도달하지 못한다.

어린이가 화자로 등장하는 〈자매들〉, 〈어떤 만남〉, 〈애러비〉의 경우, 1인칭 시점이라는 점에서 내부 서술이라고 볼 수도 있겠으나, 정작 에피퍼니 인식은 독자를 위한 것이다. 무엇보다도 인물이 주체적 언어를 소유하지 못한, 언어 습득 과정중의 어린이로서 주위의 성인 언어와의 갈등과 투쟁을 통해 자기 인식의 가능성을 형성해 가는 과정에 있다는 사실을 생각할 때, 인물의 에피퍼니는 불가능하며 또 가능하다 하더라도 그것은 불완전한 의식에 불과하다. 자신을 객관화시킬 수 있는 언어를 아직 소유하지 못한 탓이다. 예를 들어 〈자매들〉에서 플린(Flynn) 신부의 인생과 죽음에 대한 여동생들의 단순하고 무감각한 반응, 그들의 '마비' 된 의식을 경험하는 주체는 화자인 소년이 아니라 독자이다. 소년의 제한된 시각과 언어의 부재는 주변 어른들의 상투적인 반응과 의식의 틈새를 들여다보게 해줌으로써, 그들의 '마비' 양상을 간접적으로 드러내는 역할을 할 뿐이다.

〈애러비〉의 경우에서도 소년은 '번민과 분노' 를 표현할 언어를 가지

고 있지 않으며, 사춘기 소년에게 로맨틱한 감성을 불러일으킨 환각의
정체, 즉 월터 스코트(Walter Scott)의 소설 속의 세련되고 로맨틱한 언
어의 허구성을 깨닫지 못하고 있다. 〈어떤 만남〉에서도 '마비'에 대
한 인물의 의식은 나타나 있지 않다. 벡은 주인공 소년이 친구인 마호
니(Mahony)에 대한 이전의 경멸감, 우월감을 벗어 버리고 그를 도움의
대상으로 인식하면서 얻게 되는 참회가 이 이야기의 주제라고 주장하
지만(Beck 94), 주인공 소년은 '마비'의 주체가 아니다. '마비'의 양
상을 보여주는 인물은 소년이 만나게 되는, 독백을 즐기는 변태적 성
향의 남자이며, 〈어떤 만남〉은 소년이 경험하게 되는 '더블린사람들'
의 성적 '마비'의 한 양상을 보여줄 뿐이다. 게다가 세 가지 이야기에
공통적으로 성인의 시각과 목소리가 스며들어 있다는 사실, 커쉬너의
지적처럼 과거를 회상하는 성인의 목소리가 삽입되어 있다는 사실은
인물의 에피퍼니의 가능성을 부정하는 증거가 될 수 있다. 소년들이
어렴풋이 깨닫는 듯한 현실 인식이 사실은 이후 성인의 회상 시점(時
點)에서 이루어진 것일 가능성을 완전히 배제할 수는 없기 때문이다.

　인물의 에피퍼니를 보여주는 이야기는 주로 성인의 세계를 다루고
있으며 자신의 객관화, 타인의 시선, 의식, 목소리의 의미와 그 필요
성을 인식하는 인물이 등장한다. 타인을 수용함으로써 얻게 되는 에피
퍼니 인식을 다룬 〈죽은 사람들 The Dead〉이 대표적인 경우이며 〈경
주가 끝난 뒤 After the Race〉, 〈작은 구름 A Little Cloud〉, 〈참혹한
사건 A Painful Case〉의 인물들도 부분적으로 또는 불완전하지만 나
름대로 자아 인식을 성취하거나 그 가능성을 암시한다. 〈경주가 끝난
뒤〉의 지미(Jimmy)나 〈작은 구름〉의 챈들러(Chandler)는 비록 자신만의
주체적인 언어는 소유하지 못하지만 각각 갤러허(Gallaher)의 "값싸고
번지르르한 저널리즘" 언어의 허구성을 알고 있으며, 부와 세련성으

로 치장한 대륙의 언어를 모방하는 자신의 허영심이 얼마나 헛된 것인
가를 어렴풋이 깨닫는다.

  인물의 에피퍼니를 다루는 경우, 대체로 인물·화자·작가의 시각
이 다르게 작용한다. 인물의 제한된 시각이 유발시키는 상황과의 간
극, 즉 상황에 대한 인물의 무지·오판·오해 그리고 그에 대한 아이
러니한 논평은 분명 이야기 전체를 포괄하는 작가의 외재적 시점에
의거한다. 그러나 실제 이야기를 이끌어 가는 것은 화자이며, 인물에
대한 화자의 이중적인 역할이 인물의 에피퍼니와 작품의 아이러니를
가능케 한다. 화자는 인물의 시선을 따라 인물의 내면 세계, 감성, 분
위기, 상징성을 묘사하지만, 화자의 시각의 지평은 인물의 시각을 넘
어선다. 따라서 인물의 제한된 시각이 빚어내는 왜곡과 아이러니를 가
장 먼저 접하는 위치에 있다고 할 수 있다. 인물 의식의 내부와 외부의
경계선에 위치함으로써 화자는 인물의 내면적 성찰 순간을 직접 포착
하여 그의 에피퍼니를 묘사한다. 그러나 화자의 시각이 인물의 시각에
서 멀어질수록 인물의 내적 성찰보다는 아이러니가 강조된다.[29]

  인물 의식의 안과 밖을 동시에 묘사하는 화자의 이중적 역할은 《젊
은 예술가의 초상》에서 스티븐의 내적 의식을 상징적으로 묘사하며,
동시에 외부 세계에 대한 객관적·사실적 시각을 병행시켰던 자유간
접화법의 서술 스타일과 유사하다. 《더블린사람들》에서도 인물의 에
피퍼니 경험은 내부 시선을 따라 상징적·은유적 언어로 묘사되며, 이

---

29) 〈진흙〉은 화자의 이중적 역할과 관련하여 매우 흥미로운 경우를 보여준다. 〈진
흙〉의 화자는 마리아(Maria)의 시각을 적극 대변하고 있지만 동시에 이질적 시각, 즉
마리아의 외부에 존재하는 시각을 끌어들여 마리아의 실체를 드러낸다. 〈진흙〉은 화
자의 이중성이 가장 명확히 드러나는 경우이나 인물의 에피퍼니를 보여주지는 않는
다. 인물과 화자의 친밀성이 인물의 자아 성찰을 위한 것이 아니라 비참한 현실을 덮
으려는 인물의 욕망을 극화시키기 위한 것이기 때문이다.

에 따라 외부 시선에 의한 객관적·사실적 묘사는 줄어든다. 인물의 에피퍼니를 보여주는 대표적인 이야기인 〈죽은 사람들〉이 좋은 예이다. 성탄 모임의 떠들썩한 분위기를 객관적인 입장에서 담담하게 묘사하던 화자는 게이브리얼의 자의식이 심화되고 그의 자아 성찰의 순간이 본격화되면서 완전히 인물의 주관적 시각 속으로 사라지며, 그의 언어도 상징과 은유로 가득 찬다.

　인물의 에피퍼니를 다룬다고 하더라도 인물의 자아 성찰이 게이브리얼의 경우처럼 완전하게 이루어지는 경우는 드물다. 대부분의 경우, 부분적인 성찰 또는 가능성만을 암시하는 수준이기 때문이다. 따라서 인물의 내적 경험에 대한 화자의 적극적인 역할이 쉽게 눈에 띄지 않는다. 〈이블린 Eveline〉과 〈참혹한 사건〉의 결말부에서 화자가 보여주는 불명확한 태도에서 그 예를 확인할 수 있다. 여기에서 화자는 인물의 내적 의식의 반영이나 인물의 제한된 시각이 보여주는 한계와 아이러니 묘사, 둘 중 어느것에도 적극적인 관심을 보이지 않는 듯하다. 리꾈미는 이를 지시적 언어의 한계로 설명하고 있다. 화자 서술의 중심 스타일인 "지시적 스타일"(referential style)이 극도로 혼란된 인물의 정서를 묘사하는 데 한계가 있으므로, 내적 심리 묘사를 위해 은유적 언어를 시도하지만 그 한계를 깨닫고 더 이상의 서술 자체를 포기한다는 것이다.

　　For instance, at the ends of "Eveline" and "A Painful Case," the teller's language and the character's interior voice diverge when the emotion can no longer be presented directly as referential language. In both those stories, instead of continuing the representation of mind, the teller uses metaphorical language briefly, then stops the narration. In

Dubliners, reaching the limits of the mimetic style means reaching the end of the telling(195).

《더블린사람들》이 "모사적 스타일"(mimetic style)과 '지시적 언어'에 의존하는 것은 사실이다. 그러나 각 이야기 속에는 인물의 내적 세계를 묘사하는 은유적 언어가 항상 존재하며, 이를 통해 화자는 인물의 자아 성찰의 순간을 묘사한다. 리꿸미의 말대로 은유적 언어가 잠시 나타났다가 곧 사라지고 서술 자체가 중단된다면, 작품 내에서 인물의 에피퍼니는 존재할 수 없다는 의미가 된다. 그러나 〈죽은 사람들〉에서 볼 수 있듯이 인물의 에피퍼니는 분명 존재하며 《더블린사람들》에는 '지시적 언어'만 있는 것이 아니라 상징적 · 은유적 언어도 있다. 〈이블린〉의 마지막 장면에 나타난 화자의 망설임은 '모사적 스타일'과 '지시적 언어'의 한계 때문이라기보다는 〈이블린〉이 독자의 에피퍼니를 위한 경우이기 때문이다. 따라서 화자는 이블린의 고뇌를 알고 있지만 그 내면의 고통에 대해서 침묵으로 일관한다. 이블린의 심리적 갈등이 최고조에 달한 상황에서조차 화자의 눈과 귀는 인물의 외부에 위치해 있다.

'Come!'
No! No! No! It was impossible. her hands clutched the iron in frenzy. Amid the seas she sent a cry of anguish.
'Eveline! Evvy!' (D 39)

선택을 강요하는 급박한 순간, 이블린의 갈등은 '고뇌에 찬 비명'으로 변하지만 어느 곳에서도 그 비명소리를 들을 수 없다. 오히려 승선

을 재촉하는 프랭크(Frank)의 목소리만 들릴 뿐이다. 자유간접화법
("No! No! No! It was impossible")이 화자와 인물 간의 친밀성을 암시
하고 있지만 화자는 결코 이블린이 자신의 목소리를 표현하도록 허용
하지 않는다. 결국 목소리를 잃어버린 이블린은 "사랑도, 이별도, 인식
도" 표현하지 못하는 "한 마리 가엾은 동물"이 되고 만다.

《더블린사람들》의 에피퍼니 묘사는 서술 시점의 외재성에 근거한다.
독자의 에피퍼니를 위한 경우 특히 그러하며 인물의 에피퍼니를 묘사
할 때에도 화자는 인물에 대한 '여분의 시선'을 포기하지 않는다. 결국
인물의 시각은 항상 불완전한 상태에 머물게 된다. 따라서 화자의 적
극적 개입을 통해 자아 성찰의 기회를 가지기도 하지만 대부분의 경
우, 그 성찰의 온전성에 대한 의문이 완전히 사라지지는 않는다. 《더블
린사람들》에서 〈죽은 사람들〉을 제외하고 진실된 자아 성찰을 이루는
경우가 거의 없다는 사실, 인물의 에피퍼니를 묘사하는 경우에서조차
그 인물의 깨달음에 대한 확신을 가질 수 없다는 사실은 작품의 주제
와 서술 시점의 관계를 다시 한번 확인시킨다. 《더블린사람들》에서
'마비'의 양상은 인물의 시각을 벗어난다. 다시 말해서 인물은 자신
의 시각 내에서 객관화된 자신의 이미지를 보지 못한다. 인물의 객관적
이미지를 보고 그것을 묘사하는 것은 화자이다. 그러므로 인물에게 화
자는 '나'의 이미지를 완결시킬 수 있는, '여분의 시선'을 가진 타인이
다. 인간이 자신의 객관적 이미지를 형성하기 위해서 타인의 시선을
필요로 하듯이, 작품 내에서 인물은 화자의 외부 시선을 필요로 한다.
화자는 인물의 시각과 의식을 넘어섬으로써 인물의 의식 한계를 드러
내지만, 동시에 인물의 '환경,' 즉 그의 외형적 이미지를 제공하기 때
문이다. 화자의 이러한 이중적 역할은 인물에게 주체적 의식을 성취할
수 있는 기회이자 동시에 한계로 작용한다. 따라서 주체적 의식을 향

한 자의식이 강한 인물일수록 화자에 대한 불만이 많으며, 이러한 불만은 특히 자신을 묘사하는 비개성적이고 진부한 서술 스타일에 대한 항의, 자신만의 독특한 시점, 주관적 감성을 표현할 수 있는 독자적인 스타일에 대한 요구, 나아가 스스로 화자가 되고자 하는 욕망으로 구체화된다. 《젊은 예술가의 초상》은 인물과 화자 사이의 이러한 긴장 관계가 작품의 주제와 서술 스타일로 구체화된 대표적인 경우이다.

인물의 객관적 이미지를 '완결' 시킬 수 있는, '여분의 시선' 을 가진 타인으로서 화자의 존재와, 그 화자의 말, 즉 서술 스타일, 그리고 주체적인 의식과 독창적인 언어를 추구하는 인물의 관계는 현대 문학에서 작가와 언어의 위상, 나아가 문학의 본질에 대한 새로운 이해를 가능케 한다. 바르트(Roland Barthes)에 의하면, 텍스트는 수많은 인용들의 집합체에 불과하며 작가는 이질적인 글들을 혼합하고 배열하는 자일 뿐이다(1988: 146). 따라서 독자적인 언어와 고유한 의미의 기원으로서 작가의 전통적인 위상은 더 이상 유지되지 못한다. 작가는 언어의 창조자가 아니라 기존의 언어를 이용하며 소비하는 자일 뿐이다. 그리고 그 언어는 기존의 텍스트에서 유래한 타인의 언어이다. 문학이 언어를 통해 이루어지는 작업 전반을 의미한다면 그것은 언어라는 이름의 타인을 다루는 작업이라고 할 수 있다. 언어를 통해 인간은 타인을 만나고 교류하며 그 과정에서 자신의 객관적 이미지와 의식을 형성한다. 《젊은 예술가의 초상》에서 조이스는 스티븐의 낭만주의적 언어관과 소외 의식을 극화시켜 예술에 대한 스티븐의 주관적 시점과 그 한계를 보여준다. 자신만의 언어를 추구하는 스티븐의 독단적인 태도는 타인의 시각과 목소리에 대한 거부로 나타나며, 이는 다시 타인으로부터 자신을 소외시키는 결과를 가져온다. 그런데 언어 문제는 본질적으로 타인의 문제이며, 예술적 인식은 언어와 타인에 대한 대화적 관점에서 출발하는 것이다.

언어는 타인의 산물이며 인간은 타인의 시각과 말을 통해 자신을 인식하고 존재의 의미를 구축한다. 따라서 자신을 규정하는 타인의 시각과 말을 부정한다면, 자신에 대한 인식, 즉 자아 성찰은 불가능하다. 부커는 스티븐과 도스토예프스키의 "지하생활자"(Underground Man)를 예로 들어, 타인을 부정하는 독단적 언어의 문제, 그에 따른 인물의 소외를 흥미롭게 지적하고 있다.

> Stephen and the Underground Man are also quite similar in the way both respond to a sense of being constituted by others with an attempt to establish their difference from and independence of others, an attempt that leads to a radical sense of isolation and alienation in both characters(195).

자신만의 독자적인 언어를 추구하는 스티븐과 같이, 도스토예프스키의 지하생활자는 자신을 규정하는 타인의 시각과 말을 거부하고, 자신만의 고유성을 주장할 수 있는 독자적인 서술을 찾는다. 타인에 의지하지 않는 독립된 의식, 독자적인 말을 추구하는 것이다. 그러나 그는 스티븐과 달리, 자신의 독자적 의식과 언어도 사실은 타인의 언어로부터 만들어지는 것, 즉 허구에 불과하다는 사실을 알고 있다. 지하생활자가 느끼는 이러한 딜레마는 타인의 시각과 말, 즉 화자의 서술을 거부하는 인물의 갈등을 극화시킨 것이다. 스티븐과 지하생활자에게 타인은 곧 언어, 특히 그들을 규정하고 묘사하는 화자의 언어이다. 게다가 지하생활자가 예민하게 느끼고 있듯이, 화자로부터의 독립을 주장하는 자신의 의식 또한 화자가 만들어 낸 가공의 산물에 불과하다. 따라서 타인의 부정은 자신을 부정하는 것이며, 이때의 소외는 타인으로부터의 소외가 아니라 자신으로부터의 소외이다. 지하생활자의 분노에 찬 고함소리는 타인과 그의 '여분의 시선,' 스스로 화자가 되고자 하지만 그 모순점을 너무나 잘 알고 있는 인물의 분열된 의식의 표현으로, 타인의 언어를 수용하지 못함으로써 야기된, 점차 '마비' 되어 가는 의식의 처참한 절규이다.

《더블린사람들》의 에피퍼니가 보여주는 서술의 외재성, 특히 인물의 에피퍼니를 묘사하고 또 제한을 가하는 화자의 이중적 역할은 각각의 이야기들에서 보여주는 '마비'의 다양한 양상이 타인과 언어의 문제를 중심으로 드러나고 있음을 일깨워 준다. 인물들이 보여주는 '마비'가 자신과 상황에 대한 깨달음의 부재라고 한다면, 이는 외부 서술자 또는 화자로서 타인의 시각과 말을 수용하지 못하며, 이로 인해 자신의 이미지를 형성하지 못하는 지하생활자의 모습과 다를 바 없기 때문이다. 《더블린사람들》의 인물들에게 타인은 언어를 의미하며, 그 언어를 수용하는 과정에서 겪게 되는 갈등 속에서 그들의 '마비'의 양상이 드러난다. 이와 같이 언어 문제는 《더블린사람들》의 주제와 서술 스타일을 이어 주는 연결고리로서, 이는 작품 전반에 걸쳐 반복해서 드러나는 책의 모티프에서도 거듭 확인되는 사항이다.

《더블린사람들》에서 각 이야기들의 인물과 배경 묘사에 책에 대한 언급이 많다는 것은 매우 흥미롭다. 예를 들어 〈자매들〉의 교리문답서, 〈애러비〉에서 월터 스코트의 소설, 〈어떤 만남〉의 소년잡지와 남자의 책들 외에, 〈작은 구름〉의 챈들러는 아마추어 시인으로서 바이런의 시를 읽으며 갤러허의 저널리즘 언어와 경쟁한다. 〈참혹한 사건〉의 더피의 서재에도 워즈워스의 시집, 교리문답서, 하우프트만, 니체의 책이 꽂혀 있으며, 게다가 그는 "3인칭 주어와 과거형 술어로 자신에 대한 짧은 문장을 쓰는 자서전적 버릇”(D 106)이 있다. 그리고 비록 문학 작품이나 아마추어 작가의 이미지와는 거리가 멀지만, 〈짝패들〉의 패링턴은 법률 계약서를 복사하고 있으며, 작품의 대미를 장식하는 〈죽은 사람들〉의 게이브리얼은 〈데일리 익스프레스〉지의 자유기고가이며 브라우닝(Robert Browning)의 시를 인용하여 연설을 한다.

각각의 인물과 관련하여 책은 그의 성격, 시각을 구성하고 표현하는 수단이며 동시에 그가 경험하는 갈등의 대상으로서 타인과 그의 언어이기도 하다. 그것은 〈애러비〉와 〈어떤 만남〉의 소년에게 낭만적 환상을 심어 주고, 챈들러에게 비속한 현실을 잊게 해주며, 게이브리얼로 하여금 아이버즈(Ivors) 양의 민족주의를 비판할 근거를 마련해 준다. 언어는 외부로부터 주어진 타인의 선물이다. 그러나 《더블린사람들》에서 그 선물은 인물에게 헛된 욕망을 불러일으키고 나아가 그를 억압하고 ‘마비’ 시키는 부정적인 측면을 더 많이 드러낸다. 〈애러비〉에서 스코트의 로맨스는 소년의 사춘기 감수성을 자극하고 낭만적 시각을 형성하지만 바자회 매장에서 벌어지는 젊은 남녀의 속된 대화에 힘없이 무너지면서, 소년을 ‘번민과 분노’로 몰아넣는다. 소박하게 살아가던 챈들러에게 헛된 욕망을 불어넣어 그의 시적 감수성을 현실에 대한 무능으로 뒤바꾸어 놓는 것도 신문기자인 갤러허가 늘어놓는 ‘값싸고 번지르한 저널리즘’의 언어이다. 《젊은 예술가의 초상》에 등장하는 수많은 문학 작품에 대한 인유, 스티븐이 읽는 책과 그를 둘러싼 타인의 언어는 스티븐의 의식 발달을 자극하고 촉진한다. 그러나 《더블린사람들》에서 인물들이 읽는 책, 나아가 그들을 둘러싼 타인의 언어는 그들의 욕망과 허영심을 부추기고 비참한 현실을 드러내며, 그들에게 ‘마비’의 족쇄를 채운다. 예를 들어 〈이블린〉에서 이블린은 종교와 아버지의 목소리에 억눌려 있으며, 〈경주가 끝난 뒤〉의 지미는 세련된 대륙의 언어에 예속되어 있고, 〈하숙집〉의 도런은 사회적 관습과 도덕적 선입견을 무기로 내세운 무니 부인의 언어와 그 권위 앞에서 한마디 변명도 못하고 원치 않는 결혼을 하게 된다.

앞으로 자세히 살펴보겠지만 《더블린사람들》에서 인물이 경험하는 갈등은 언어를 중심으로 전개된다. 인물과 그를 둘러싼 타인의 언어 사이의 갈등에서 '마비'의 양상이 극화되는 것이다. 초반부의 세 이야기는 언어 능력이 미숙한 어린이들이 성인의 언어를 해석해 가는 과정에서 느끼는 당혹감과 좌절을 보여준다. 〈자매들〉의 소년은 신부의 병명을 알지 못한다. 코터(Cotter) 노인이 소년이 듣고 있는 것을 보고 입을 다물기 때문이다. 소년은 노인이 '하다가 만 말'의 의미를 알아내려 하지만 병명을 숨기는 수상쩍은 태도로 인해 의구심만 커질 뿐이다. 〈어떤 만남〉, 〈애러비〉에서도 소년 잡지나 미국 탐정소설, 스콧의 로맨스 소설로 이루어진 소년들의 언어는 은밀한 욕망을 감추며 낮은 목소리로 반복되는 남자의 독백, 어둠침침한 상점에서 벌어지는 남녀의 비속한 언어를 이해하지 못한다.

초반부의 이야기들이 어린이 언어와 성인 언어의 갈등을 극화시킴으로써 그들의 눈을 통해서 본 성인 세계의 '마비'를 그리고 있다면, 더블린사람들의 청·장년기를 다룬 중, 후반의 이야기들에서는 주로 타인의 언어가 인물에게 불러일으키는 욕망과 그 허구성, 인물을 '마비' 시키는 언어의 억압적 이데올로기 문제가 다루어지고 있다. 예를 들어, 〈이블린〉은 가부장적 언어 이데올로기의 폐해를 보여주는 전형적인 경우이다. 이블린은 가정 내에서 여성의 희생을 강요하는 전통적인 가부장적 권위주의에 억눌린 채 자신의 주체적인 언어와 의식을 소유하지 못한다. 〈이블린〉에서 인물의 목소리를 전혀 들을 수 없는 것은 이 때문이다. 따라서 독자적인 목소리, 의식, 의지가 없으므로 이블린은 주인공이 될 수 없다는 휴 케너의 극단적인 주장(Beck 121)도 충분히 제기될 수 있다. 〈이블린〉은 분명 인물의 의식과 행위를 중심으로 전개되는 이야기가 아니다. 오히려 교착 상태에 빠진 인물의 '마비' 된 의식, 언어의 부재를 보여주는 객관적인 시점의 서술만이 있을 뿐이며, 이 서술이 암시하는 언어의 투쟁 양상, 이블린의 의식을 무대로 벌어지는 두 언어 이데올로기의 싸움이 이 이야기를 이끌어 가고 있다.

이블린의 의식은 두 가지 상이한 언어 이데올로기로 이루어져 있다. 우선 이블린을 사로잡고 있는 가부장 이데올로기가 있다. 이는 폭력적 성향의 아버지와 신부의 사진으로 구체화되는데, 특히 아버지와 그의 친구인 신부는 가부장제와 종교의 연관성을 암시하면서, 세속적 가치를 향한 일탈의 가능성을 부정하는 종교의 독단주의를 보여준다. 의미를 알 수 없는 어머니의 외침("Derevaun Seraun")은[30] 이러한 억압 상황에서 자신의 의식과 언어를 잃어버린 채 일생을 마감해야 했던 비참한 여인의 절규라는 의미에서 이블린의 미래의 모습이다. 특히 그 절규가 의미를 알 수 없는 이상한 소리라는 사실은 의사소통조차 불가능할 정도로 피폐해진 한 인간의 '마비' 된 의식의 정점을 보여준다.

이블린의 의식을 구성하는 또 다른 언어는 애인인 프랭크가 들려주는 부에노스 아이레스의 이국적 이야기, 여성 잡지, 로맨틱한 오페라 등으로 이루어진 낭만과 환상의 언어이다. 이블린은 낭만과 환상의 언어를 이용하여 가부장적 언어의 억압과 폭력에서 벗어나고자 하지만, 〈이블린〉의 화자는 통속 연애소설의 스타일을 통해 그 언어의 허구성

---

30) derevaun seraun의 정확한 의미는 알 수 없다. 엉터리 게일어로서 '쾌락의 끝은 고통' 이라는 틴달(Tindall)의 주장이 있지만 게일어가 아니라는 게일어 전문가의 지적도 있다. 한편 마갈라너(Magalaner)는 미친 자의 외침이므로 의미 없는 말일 뿐이라고 주장한다(Beck 114).

을 드러낸다. 이블린과 프랭크의 로맨스 묘사(D 36-37)에 나타난 상투적인 이미지들은 이블린의 현실을 통속적인 연애소설의 한 장면으로 변형시킴으로써, 인물이 자신이 처한 현실을 객관적으로 인식하지 못하도록 할 뿐 아니라, 허구적 언어에 지배되는 인물의 의식 또한 허구에 불과함을 암시한다. 다시 말해서 프랭크에 대한 이블린의 사랑이 통속 소설이 만들어 낸 허구적 이미지에 근거한 것일 수 있다는 것이다. 이블린은 "무엇보다도 자신에게 남자가 생겼다는 것이 신나는 일이었고, 그래서 그를 더욱 좋아하게 되었다"(First of all it had been an excitement for her to have a fellow and then she had begun to like him)(D 36-37).

이블린이 마지막까지 승선을 결정하지 못하는 것은 한편으로 가족에 대한 의무감 때문이지만 프랭크와 그의 세계를 구성하는 낭만적 언어의 취약성 때문이기도 하다. 결국 낭만적 언어가 약속했던 탈출구는 통속 소설에서만 존재하며, 그 탈출구에 대한 믿음은 이블린의 의식을 사로잡고 있는 낭만적 언어의 영향을 보여준다. 가부장적 언어가 이블린의 삶을 억압하고 황폐화시킨다면 낭만적 언어는 허구적 의식과 환상을 통해 대안을 마련해 주는 듯하다. 그러나 그것은 낭만적 언어의 기만에 불과하다. 마지막 순간에 스스로 허구성을 드러냄으로써 이블린의 선택을 부정하기 때문이다.

《더블린사람들》의 주제가 '마비'임은 잘 알려져 있으나 여기에서 흥미로운 사실은 작품의 구성이 인간의 삶의 각 단계를 암시하는 네 가지 양상으로 이루어져 있다는 점이다. 물론 더블린에는 어린이에서 성인에 이르기까지 다양한 사람들이 정신적 '마비' 상태의 삶을 살아가고 있고, 이러한 '마비'의 양상들은 동시 발생적인 것이다. 비록 실제 삶에서 다양한 '마비' 양상들이 동시적으로 공존한다 하더라도 작품으로 구체화될 경우, 각 이야기들의 배열은 또 다른 의미를 가진다. 독서 행위가 직선적 시간경험 속에서 이루어지며 《더블린사람들》의 이야기들이 의도적으로 어린 시절에서 청장년층의 이야기로 이어지도록 배열되었다는 사실은, 작품을 통해 삶의 각 단계와 과정의 유기적 관계를 보여주려는 시도라고 볼 수 있다. 결국 《더블린사람들》은 '마비'를 중심으로 한 인간의 일생, 어린 시절부터 죽음에 이르기까지 그의 삶의 각 단계와 과정을 파노라마처럼 펼쳐 놓는다. 그리고 그 '마비'에 걸린 사람의 이름은 바로 '더블리너'(Dubliner)이다.

인간의 삶의 과정을 암시하는 《더블린사람들》의 구성은 《젊은 예술가의 초상》에서 볼 수 있었던 인물 의식의 발달 과정과 비교할 만하다. 제3장에서 확인했듯이 《젊은 예술가의 초상》에서 의식의 발달은 서술 스타일과 밀접한 관계가 있다. 작품이 진행됨에 따라 변해 가는 스타일의 양상은 인물의 의식 그 자체를 직접 반영한다. 《더블린사람들》의 경우, 스타일이 인물의 의식의 변화 과정을 직접 반영하지는 않는다. 그러나 작품 전체의 유기적 구성을 염두에 둘 경우, 각각의 이야기들 사이에는 스타일상의 연관성, 인물들간의 의식의 변화 과정이 분명히 드러나 있다.

어린 시절을 다룬 이야기들에서 인물들은 대체로 성인의 세계에 대해 침묵으로 일관한다. 아직 독자적인 언어와 의식을 소유하지 못한 탓이며 따라서 에피퍼니도 독자의 몫으로 남는다. 그러나 이야기가 성인, 특히 중년 단계에 들어서면서 인물의 의식과 서술 스타일에 커다란 변화가 나타난다. 이때부터 대중적인 수사(public rhetoric)가 강해지고 화자의 일방적인 서술보다는 인물들간의 대화가 우세해진다. 미성년자에 비해 성인의 생활은 대화로 이루어지며, 이에 따라 사회생활의 중재 범주로서 공적인 언어의 중요성이 강조되는 것이다. 결국 인물의 내면보다는 외면이 중시되며, 사회생활의 문맥에서 인물의 말은 인물 그 자신이 된다(Kershner 95). 미성년의 경우 의식과 언어의 부재로 인해 타인과의 적절한 관계와 그 과정에서 자신의 개성을 표현하는 것이 불가능하지만, 성인의 경우 이미 의식과 언어를 소유하고 있으므로 의식을 반영하는 언어와 타인과의 관계가 중요한 문제로 부각된다.

《젊은 예술가의 초상》에서 간간이 끼어드는 외부 시점의 서술이 인물의 주관적 시각의 한계와 모순을 지적하고 풍자하지만, 전체 맥락에서 볼 때 인물의 의식은 분명 발달한다. 《더블린사람들》에서도 이야기들이 진행됨에 따라 주관적인 의식을 가진 인물들이 등장하며, 대화를 통해 타인과의 관계를 형성한다. 그러나 스티븐이 자신의 예술적 인식을 성숙시키기 위해서 독단적 시각을 버리고 언어와 의식에서 차지하는 타인과 이질성의 긍정적 위상을 이해하고 수용해야 하듯이, 《더블린사람들》의 인물들 역시 타인과 언어에 대한 대화적 관점을 필요로 한다. 각각의 인물들이 보여주는 '마비'는 결국 편협한 시각에 갇혀 타인의 시각과 언어를 긍정적으로 수용하지 못한 결과이다. 타인의 시각을 빌려 자신의 상황을 객관화시키는 것, 타인의 눈을 통해 자신의 객관적 이미지를 형성하는 것이 바로 《더블린사람들》의 인물들이 깨닫고 성취해야 할 과제인 인물의 에피퍼니이다. 그러나 대부분의 인물들에게 타인과 그의 언어는 억압과 욕망의 원인일 뿐이다. 그리고 언어를 중심으로 이루어지는 인물과 타인의 갈등은 각 이야기마다 독특한 '마비' 양상을 구현하고 에피퍼니의 종류와 가능성을 결정하고, 스타일의 특이성을 설명해 준다.

〈경주가 끝난 뒤〉, 〈두 건달들〉, 〈작은 구름〉에서 타인의 언어는 인물의 욕망을 자극하고 자의식을 활성화시킨다. 특히 〈경주가 끝난 뒤〉에서 타인의 언어에 내재한 막대한 물리적 힘은 인물의 의식과 언어를 완전히 '마비' 시켜 버린다. 지미에게 세구엥(Segouin)을 비롯한 대륙에서 온 그의 친구들은 유럽의 부와 세련된 문화를 대표하는 인물들이다. 이들이 탄 자동차의 경적 소리와 스피드는 물리적 현상으로 표현된 유럽의 부를 나타내며, 재빨리 지껄이는 이들의 말소리는 자동차의 스피드에 가속되어 세찬 바람으로 변하면서 지미의 목소리를 빼앗아 가 버린다.

> The Frenchmen flung their laughter and light words over their shoulders, and often Jimmy had to strain forward to catch the quick phrase. This was not altogether pleasant for him, as he had nearly always to make a deft guess at the meaning and shout back a suitable answer in the face of a high wind(D 41-42).

대륙의 부와 문화에 대한 지미의 동경심은 〈죽은 사람들〉에서 대륙에서 유행한다는 이유로 아내에게 골로쉬 덧신을 신도록 강요하는 게이브리얼의 모습(D 178)을 연상시킨다. 그러나 아일랜드의 전통적 가치를 재인식함으로써 유럽에 대한 편협한 동경심을 벗어나 자신의 목소리를 내는 게이브리얼과 달리, 지미에게는 대륙에 대한 열등감과 동경심을 상쇄할 만한 것이 없다. 이야기 내내 세찬 바람처럼 몰아치는 말소리가 가득하지만 주인공인 지미의 목소리는 들리지 않는다. 세구엥을 비롯한 대륙의 손님들만이 흥겨운 분위기와 대화를 즐기고 있으며, 지미는 이들의 대화로부터 소외되어 있다. 이는 지미가 대륙의 손님들만큼의 부와 문화적 자부심을 가지지 못했기 때문이다. 〈경주가 끝난 뒤〉에서 언어는 인물이 처한 물리적 환경 그 자체이며, 지미에게 가해진 물질적 제약은 그의 언어의 상실로 나타난다.

〈두 건달들〉과 〈작은 구름〉에서 화자는 타인의 언어에 대한 인물의 자의식적인 반응을 아이러니의 형태로 드러낸다. 〈두 건달들〉의 레너헌 역시 코얼리의 재담과 언변에 질투심을 느끼고 있지만 코얼리가 단지 재치와 언변밖에 없는 허수아비임을 알고 있다. 이러한 레너헌의 이중적 태도는 코얼리의 언어에 대한 그의 비판적 시각을 통해 드러나며, 이때 레너헌의 목소리와 화자의 목소리는 동일한 어조를 띤다. 비록 코얼리의 큰 체구에 밀려나는 레너헌의 물리적 소외감을 반복해서 묘사하고 있지만(D 47, 49) 화자는 곧이어 코얼리의 외모와 독단적 태도를 풍자한다. 레너헌의 소외에서 코얼리에 대한 풍자로 진행되는 이러한 묘사 속에는 자신의 열등감과 타인에 대한 질투심, 그리고 그 질투심의 무의미함까지 알고 있는 레너헌의 자의식이 직접 투영되어 있다. 코얼리의 거들먹거리는 걸음걸이에 부딪쳐 레너헌이 두 번씩이나 보도에서 밀려나자마자 화자는 즉시 코얼리의 우스꽝스런 외모 묘사를 시작한다. 코얼리의 머리와 모자가 우스꽝스런 두 개의 구근(球根)을 연상시키는 것(D 49)은 걸을 때마다 고개를 흔드는 버릇 때문이며 레너헌이 두 번이나 떠밀린 것도 이 때문이다. 게다가 이러한 걸음걸이는 "똑바로 누군가를 쳐다볼 때는 엉덩이부터 온몸을 움직이는" 희극적인 몸짓을 연출한다. 화자는 이어서 코얼리의 언변이 사실은 독단적이고 허식과 자만에 가득 차 있음을 지적한다. 코얼리 언어의 허구성에 대한 묘사는 이후 혼자 남은 레너헌의 간접 독백과 맥을 같이한다. 싸구려 식당에 앉아 레너헌은 과거 자신의 불안정한 생활에 대한 불안과 무가치한 인간 관계의 허무함을 새삼 확인하는데, 이는 현재 코얼리의 생활 그 자체이기도 하다. 커쉬너는 여자를 대할 때의 코얼리의 반복적인 접근 방식과 태도, 몸짓에 주목하면서, 인간 관계의 반복적 패턴화는 일종의 독백주의의 표상이며 비인간화 결과를 가져온다고 주장한다. 그의 주장에 따르면 레너헌도 코얼리와 다를 바가 없다. 그도 코얼리의 방식을 모방하고자 하기 때문이다. 결국 " '두 건달들' 의 인물들은 기계인형이나 자동인형, 빈 껍데기뿐인 걸어다니는 인형처럼 보인다."(All the characters of "Two Gallants" appear to be mechanical dolls or marionettes, ambulatory masks with nothing behind their appearances) (87) 그러나 커쉬너는 레너헌의 자의식을 부각시키려는 화자의 태도를 간과하고 있다. 화자는 자신의 언어가 코얼리의 허식에 가득 찬 언어보다 우월함을 주장하려는 레너헌의 욕망을 대변해 주고 있다.

> 'You're what I call a gay Lothario, said Lenehan. 'And the proper kind of Lothario, too!'
>
> A shade of mockery relieved the servility of his manner. To save himself he had the habit of leaving his flattery open to the interpretation of raillery. But Corley had not a subtle mind(D 50).

코얼리에 대한 풍자의 대미를 장식하는 이 장면의 서술은 전적으로 레너헌의 입장만을 부각시키고 있다. 비록 레너헌이 코얼리의 재치와 언변에 기생하며 그를 부러워하고 있지만 레너헌은 자신이 코얼리와 다르다는 사실을 강조하고 있다. 그는 코얼리와 같이 "빈 껍데기뿐인, 걸어다니는 인형"이 아니다. 화자의 말을 빌려 아첨꾼으로서 자신의 모습을 그려내고 변호할 정도의 의식이 있기 때문이다.

인물과 화자의 긴밀한 관계와 그에 따른 서술의 아이러니는 〈진흙〉의 마리아와 화자의 경우에서 가장 극적인 양상을 보여준다. 그러나 아직 청년기의 단계에 해당하는 〈작은 구름〉에서 화자는 인물의 자의식을 드러내고 나아가 타인의 언어에 대한 인물의 반격을 돕는 정도에 그친다.

〈경주가 끝난 뒤〉, 〈두 건달들〉, 〈하숙집〉, 〈작은 구름〉에는 공통적으로 언어를 중심으로 한 인물과 타인의 갈등이 나타나 있다. 특히 이 갈등은 언어를 소유하지 못한 자와 소유한 자의 대립 양상으로 구체화되는데, 〈경주가 끝난 뒤〉의 지미와 세구엥, 〈두 건달들〉의 레너헌과 코얼리는 각각 언어를 소유하지 못한 자와 소유한 자를 대표한다. 〈하숙집〉의 도런과 무니 부인 역시 마찬가지이다. 특히 도런은 종교가 개인에게 가하는 도덕적 이데올로기의 희생자라는 면에서 이블린과 유사하며, 무니 부인은 사회적 편견을 배경으로, 도덕을 경제적 문제로 왜곡시킨다. 그런데 도덕을 경제 문제로 해석하는 무니 부인이 성격상의 본질을 가지지 못한 모순된 이데올로기와 수사법상의 인물에 불과하듯이(Kershner 92), 허영과 허식의 언어뿐인 세구엥과 코얼리 역시 허위 의식의 희생자일 뿐이다. 이들의 언어는 자아 인식을 향한 언어의 대화적 기능을 수행하지 못한다. 〈작은 구름〉과 〈짝패들〉에서도 언어의 소유를 둘러싼 대립관계는 계속되며, 특히 타인의 언어에 대한 반감이 노골화되면서 〈짝패들〉에서는 폭력의 양상으로 나타난다.

〈작은 구름〉에서 주목할 만한 점은, 최초로 자신의 언어를 추구해야 할 필요성을 인식하는 인물이 등장한다는 점이다. 그만큼 인물의 자의식이 두드러지게 나타나는 것이다. 아마추어 시인 지망생 챈들러는 갤러허의 저널리즘 언어의 허구성을 알고 있으며, 갤러허의 언어를 능동적으로 수용하여 반격을 가하는 면모까지도 보여준다. 문학 언어와 저널리즘 언어의 대결이라 할 챈들러와 갤러허의 갈등은 런던에서 신문기자로 성공한 갤러허의 언어가 '단지 값싸고 번지르한 저널리즘'에 불과하다는 화자의 지적과, 결혼에 대한 허영심을 지적하며 도전의지를 굽히지 않는 챈들러의 모습에서 절정에 이른다.

〈작은 구름〉에서 타인의 언어의 허구성과 그에 도전하는 인물의 모습을 볼 수 있었다면, 〈짝패들〉에서 패링턴은 그 언어를 탈취하려 시도한다. 패링턴이 상관인 앨런과 불화를 일으킨 것은 그가 앨런의 말투를 흉내내다 들켰기 때문이다. 직장 내의 수직적인 관계에서 상관의 말이 가지는 권위는 내용보다 어투에 있다. 상관의 말을 흉내내는 카니발적 희화화가 내용보다 어조, 어투에 의존하는 것은, 내용이 의사소통을 목적으로 하며 반복 가능한 비개성적인 것에 비해 어조, 어투는 특정 인물의 개별성, 그의 독특한 이미지를 구성하는 '감정적-의지적 가치'를 지니기 때문이다. 따라서 패링턴이 앨런의 어투를 모방하는 것은 앨런의 언어에 내포된, 앨런만의 독특한 권위와 그의 인격에 대한 도전이자 언어를 통해 그것을 빼앗고자하는 시도이다.

패링턴은 필경사로서 하루 종일 계약서를 베끼고 있다. 결국 그는 앨런과 계약서, 두 종류의 타인의 언어를 모방하는 것이다. 그런데 앨런의 언어는 폭력적이고 권위적인 가부장적 언어이며 법률 계약서는 의미의 다양성과 인간의 의지적 참여를 부정하는 독백의 언어이다. 인물을 둘러싼 언어가 폭력적이고 권위적인 남성 언어, 일방적인 복종을 강요하는 독백의 언어라는 점에서 〈짝패들〉은 〈이블린〉과 유사하다. 이블린 역시 권위적인 아버지의 폭력적 언어와 일방적인 도덕성만을 요구하는 신부의 종교적 독백 언어에 지배받기 때문이다. 그러나 로맨스 소설의 낭만적 언어에서 탈출구를 찾으려 했던 이블린과 달리, 패링턴은 타인의 언어에 도전하고 그것을 빼앗으려 든다. 실제로 그 시도는 성공한다. 술자리에서 보여주는 패링턴의 거친 언어와 아들에 대한 폭력이 바로 그것이다. 결국 패링턴은 타인의 언어와의 투쟁에서 승리하는 유일한 인물이다. 그러나 폭력과 독백의 언어는 의식의 확장을 가져오지 못한다. 술집과 아들에 대한 폭력 장면에서 화자는 객관적인 거리를 유지하며 패링턴의 언행을 외부 시점에서 서술하고 있다. 그런데 객관적 자세에도 불구하고 화자의 목소리에는 패링턴의 분노가 가득 차 있다. 내재적 서술이 아님에도 불구하고 인물의 심정이 화자의 서술에 직접 드러나는 것이다. 이는 패링턴이 폭력과 독백의 언어를 소유한 증거이자 그러한 언어가 가지는 배타적 성향의 증거이다. 언어의 대화적 특성은 타인의 시점을 긍정적으로 수용하는 데에서 출발하며, 인물은 대화적 언어를 통해 자신의 이미지를 구성한다. 반면 폭력과 독백의 언어가 가지는 배타적 성향은 인물의 자기 인식을 방해한다. 화자는 패링턴의 분노를 자신의 목소리에 삽입시킴으로써 폭력적 언어의 맹목성·배타성을 강조한다. 따라서 패링턴의 폭력에 대한 묘사 정도가 심해질수록 그의 자아 인식 가능성은 그만큼 적어 보인다.

〈진흙〉에서 인물과 화자 사이의 친밀성, 이에 따른 스타일 문제는 여러 비평가들의 관심을 끌고 있다. 일찍이 벡은 〈진흙〉의 스타일이 마리아의 자의식과 그에 대한 조이스의 아이러니한 태도를 동시에 묘사하고 있음을 지적한 바 있으며(200-201), 커쉬너는 〈진흙〉의 문장이 대체로 등위접속사 but을 중심으로 한 상반된 목소리로 구성되어 있음을 지적하면서, 이를 인물에 대한 조이스의 대화적 글쓰기의 증거로 보고 있다(106). 그런데 접속사 but을 중심으로 나뉘어지는 상이한 목소리들은 〈진흙〉의 스타일이 보여주는 '이중의 목소리'를 보여주는 실례일 뿐 아니라, 인물과 화자의 관계, 그 친밀성에 따르는 서술의 진실성 여부에 의문을 제기하게 한다.

She used to have such a bad opinion of Protestants, but now she thought they were very nice people, a little quiet and serious, but still very nice people to live with. (⋯) There was one thing she didn't like

and that was the tracts on the walls; but the matron was such a nice
person to deal with, so genteel(D 98).

웨일스(Katie Wales)는 and, but, very nice의 나열을 특징으로 하는
단순한 구문 스타일이 마리아의 단순한 의식을 표현하기 위한 것이라
고 말한다(44). 한편 노리스(Margot Norris)는 〈진흙〉의 서술이 마리아
의 욕망을 반영하며 따라서 마리아의 부정적 측면을 회피하거나 단점
을 대체하는 역할을 한다고 주장한다(147). 실제로 접속사 but 이후의
서술은 마리아의 현실을 최대한 긍정적으로 묘사하려는 노골적인 의
도를 드러낸다. 따라서 화자의 서술이 마리아의 욕망을 대신 전달한다
고 할 때, 그 서술의 객관성은 의심받을 수밖에 없다. 게다가 화자에 대
한 신뢰성 역시 검증되지 않았다.

화자의 서술이 인물의 욕망을 대변한다는 의미에서 〈진흙〉의 마리아
와 《율리시즈》의 〈나우시카 Nausicaa〉 에피소드의 거티(Gerty)는 공통
점이 있다. 〈나우시카〉의 전반부는 거티의 의식과 언어, 시점, 욕망으
로 이루어져 있기 때문이다. 그러나 여성 잡지 풍의 진부한 낭만적 언
어로 이루어진 거티의 의식과 달리 마리아는 자의식을 가진 인물이다.
화자에게 자신에 대한 묘사 스타일을 요구하기 때문이다. 그러나 화자
는 마리아의 요구대로 서술하지 않는다. 마리아에 대한 긍정적 묘사
외에 단점과 불리한 사항에 대해 침묵하고 회피하는 또 다른 무언의
묘사가 있으며, 화자는 의도적으로 이 묘사의 흔적을 드러내기 때문
이다. 커쉬너가 말한 인물과 조이스의 대화, 이중의 목소리는 바로 이
러한 화자의 이중 서술을 의미하는 것이다. 노리스 역시 이중 서술의
아이러니에 주목하고 있다. 마리아의 비참한 현실을 미화시키고 회피
하는 서술이 오히려 마리아의 욕망의 맹점을 드러낸다는 것이다.

The narration does not technically "lie" in the sense of deliberately concealing a known fact but rather exhibits the "blind spot" that is epistemological consequence of desire. As we look for glorified images of ourselves in the admiring eyes of others, we fail to see ourselves as we are at that moment, as seekers of glorified self-reflections in other's eyes. Maria's narration is doomed to fail in its attempt to direct and control how others see her precisely because it has such a blind spot and cannot, therefore, entirely manipulate the truth about herself——or itself(Norris 153).

화자는 분명 마리아의 요구대로 그녀의 비참한 현실과 본 모습을 감추고 회피한다. 그러나 이 과정에서 화자는 의도적으로 감상적이고 낭만적인 어조, 노골적으로 드러나는 마리아의 어투, 과장된 어법 등을 사용함으로써 독자에게 이중 서술의 증거와 의도를 노출시킨다. 결국 타인의 눈 속에서 이상화된 자신의 모습을 확인하고자 했던 마리아의 욕망은 실현되지 못한다. '나'의 이미지는 분명 타인의 '여분의 시선'을 통해 이루어진다. '나'의 최종적 이미지를 결정하는 말은 타인의 말이다. 여기에 타인의 의미와 가치가 있는 것이다. 마찬가지로 '나'는 타인에 대해 '여분의 시선'을 가지며 그를 최종화시키는, 즉 타인의 최종적 이미지를 결정하는 말을 가지고 있다. 이는 '나'의 시선, '나'의 말이 '나' 자신이 아닌 타인을 위한 것임을 의미한다. 만약 '나'의 '여분의 시선'과 말을 "나 자신을 위한 나"(I-for-myself)를 위해 사용한다면, 그것은 타인을 배제하는 독단적 시각과 독백의 언어로 추락할 것이다. 이와 함께 언어의 대화적 본질은 부정되고 자아 인식은 불가능해진다. 바흐친의 미학이 윤리 문제와 연결되는 것은 바로 이 때문이다.

〈진흙〉의 이중 서술은 타인의 눈에 비친 '나'의 이상적인 이미지, 타인의 시선을 이용해 '나'의 욕망을 충족시키는 문제를 보여준다. 분명 '나'의 이미지는 타인의 시선 속에서 이루어지며, '나'에 대한 묘사는 타인의 입에서 나온다. 따라서 '나'와 타인은 서로 보완적인 관계에 있다. 〈진흙〉의 화자가 보여주는 이중 서술의 아이러니는 타인의 위상을 부정하는, '나 자신을 위한 나'의 시각과 언어의 위험성, 그 허구성을 경고하고 있다.

아일랜드의 '도덕사의 한 장'을 보여주려는 의도로 쓰여진 《더블린사람들》에서 '마비'는 도덕성 부재를 암시하는 대표적인 증상이다. 《더블린사람들》의 인물들이 보여주는 도덕적 '마비' 증상은 언어와 타인문제를 중심으로 구체화되며 〈진흙〉의 경우도 예외가 아니다. 그러고 이러한 도덕적 관심은 바흐친과 조이스를 잇는 연결고리이며, 이들의 미학을 이해하는 단서이기도 하다.

언어가 타인을 위한 공간이기를 멈추고 인물의 주관적 시각과 의식을 일방적으로 표출하는 수단이 되었을 때, 그 언어는 대화의 언어가 아니라 독백의 언어가 된다. 물론 독백의 언어 속에 인물의 객관적 이미지가 형성되는 것은 불가능하다. 시나 일기, 기도, 고백 등의 독백 성향의 언어가 개인의 강렬한 의식과 감정을 토로함에도 불구하고 대화의 풍요로운 이미지를 제공하지 못하는 것은 타인의 시선이 부재한 탓이다. 게다가 이러한 언어는 시공상의 특수성보다는 일반적이고 초월적인 가치를 지향한다. 인간의 구체적 이미지와 '감정적–의지적 가치'는 타인의 시선과 구체적 '시공성'에 근거한다. 따라서 대화의 세계는 언제나 추상적 체계를 벗어나는 가변적이고 물리적인 현실의 세계이다.

〈참혹한 사건〉의 더피는 독백 언어의 특징과 한계를 보여주는 인물이다. 그는 현실의 저속함과 허세, 무질서를 증오하며, '혼자만의 정신적 생활'을 영위하고 있다. 그리고 그 '정신적 생활'은 추상적 가치, 체계, 질서를 지향하는 독백의 언어로 이루어져 있다. 그가 비록 "3인칭 주어와 과거형 술어를 써서 자기 자신에 관하여 짧은 문장을 지어보는 괴상한 자서전적인 버릇"(D 106)이 있지만, 그 글쓰기의 '3인칭 주어'는 더피의 객관적 이미지를 담지 못한다. 그것은 자신의 객관화가 아니라 "어린아이의 자기 중심적 자기 극화(self-dramatization)와 병적인 도피성"(Beck 229)을 보여주는 증거일 뿐이다. 더피의 언어의 독백적 성향은 시니코 부인(Mrs Sinico)과의 관계에서도 드러난다.

Little by little he entangled his thoughts with hers. He lent her books, provided her with ideas, shared his intellectual life with her. She listened to all. Sometimes in return for his theories she gave out some fact of her own life. With almost maternal solicitude she urged him to let his nature open to the full: she became his confessor(D 108).

더피에게 시니코 부인은 자신의 사상을 표출할 도구일 뿐이다. 그는 책, 사상, 이론으로 가득 찬 '자신의 생각을 시니코 부인의 생각에 얽어매고' 있다. 의식 교류로서의 대화가 아니라 일방적인 강의인 것이다. 물론 그 강의는 세속적·물리적 현실과 무관한 추상적 '이론들'로 이루어져 있다. 반면 시니코 부인의 언어는 실제 자신의 삶을 보여준다. 게다가 인간적 본질을 요구하는 시니코 부인의 설득에 더피는 '고백'의 언어를 들려준다.

독백의 언어는 더피를 나르시시즘으로 이끌며 그의 유아론적 자기애는 독단적 시각을 더욱 강화하고 타인과의 교류를 더욱 어렵게 만든다.

> Sometimes he caught himself listening to the sound of his own voice. (…) he heard the strange impersonal voice which he recognized as his own, insisting on the soul's incurable loneliness. We cannot give ourselves, it said: we are our own(D 109).

더피가 듣게 되는 '사람의 소리 같지 않은 이상한 목소리'는 분명 더피의 내면의 목소리이다. 그러나 그 목소리에는 인간의 '감정적-의지적 어조'가 결여되어 있다. 그 목소리가 주장하는 '영혼의 치유할 수 없는 외로움'도 타인을 인정하고 수용하고자 하는 솔직한 요구가 아니라, 고독을 통해 자신의 추상적 · 정신적 생활의 우월성을 보여주려는 시도일 뿐이다. 그의 고독은 스스로 선택한 것으로 그것은 더피의 독백적 언어가 살아갈 공간을 마련해 준다. 따라서 고독의 목소리가 말하는 "우리"(we)는 타인이 배제된, '나'와 '나 자신을 위한 나'로 구성된 '우리'일 뿐이다. 더피는 자기 자신을 포기할 수 없으며 그는 자기 자신 일 뿐이다.

시니코 부인과 결별한 뒤 더피가 마지막으로 쓴 글은 그의 왜곡된 시점을 극명하게 보여준다.

> Love between man and man is impossible because there must not be sexual intercourse, and friendship between man and woman is impossible because there must be sexual intercourse(D 110).

더피의 글은 질서 · 체계 · 추상성을 좋아하는 그의 취향을 그대로 반영하듯 균형잡힌 문장과 논리적이고 이론적인 내용으로 이루어져 있다. 그러나 그의 논리는 공리에서 벗어나 있다. 우선 '사랑'과 '우정'의 위치가 뒤바뀌어 있으며 각각의 정의도 왜곡되어 있다. 시니코 부인과의 결별에 대한 자기 합리화를 보여주는 이 글은 더피의 시선과 언어가 얼마나 왜곡되고 경직되어 있는지를 암시한다.

더피의 글에서 볼 수 있듯이 그에게 언어는 자신의 주관적 사상을 표출하고 자신을 극화하며 합리화시키는 도구일 뿐이다. 더피와의 만남에서 삶을 되찾으려 했던 시니코 부인과 달리, 더피에게 시니코 부인은 자신의 생각을 주입하고 정당화시키기 위한 글쓰기의 도구, 그의 주관적 이미지를 그려내기 위한 공간이었을 뿐이다. 따라서 시니코 부인과 결별한 후 그가 글쓰기를 그만두었다는 것은 결코 우연의 일치가 아니다.

시니코 부인은 더피의 고독한 내면의 목소리를 듣지만 그것이 자기 합리화를 위한 방책이라는 것을 깨닫지 못하고, 더피의 '우리'를 타인을 수용하고자 하는 적극적인 삶의 욕구로 이해한다. 이로 인해 더피는 시니코 부인의 '속된 시각'에 실망한 나머지 결별을 선언한다. 시니코 부인에 대한 자신의 글쓰기가 실패했음을 알게 된 것이다. 그러나 시니코 부인의 해석에는 문제가 없었다. 유아론과 왜곡된 논리로 가득 찬 그의 글에서 확인할 수 있듯이, 문제는 더피 자신에게 있다. 평소의 생각을 글로 발표하라는 시니코 부인의 말에 더피는 도덕이나 예술에 대한 이해가 전혀 없는 "우둔한 중간 계급의 비평"(D 108)에 굴복할 수 없다며 거절한다. 추상적 가치를 지향하는 더피의 '고상한 언어'는 대중의 '비속한' 소음을 허용할 수 없는 것이다. 대중의 우매한 비평은 정신적 삶과 고상한 사상을 증명하는 그의 고독, 주관적 시각의 견고함을 위해 상정한 타자아(alter-ego)로서의 '우리'를 단지 남녀간의 세속적 관계에 대한 요구로만 해석하기 때문이다. 결국 더피에게 시니코 부인은 '우둔한 중간 계급'에 불과했다.

〈참혹한 사건〉의 구성과 관련해서 눈길을 끄는 것은 작품에 등장하는 신문기사의 소제목이 이야기의 타이틀("A Painful Case")로 다시 사용된다는 점이다. 이는 《더블린사람들》 전반에 걸쳐 자주 등장하는 책, 작가 이미지를 가진 인물들(챈들러·패링턴·더피·게이브리얼)의 모티프와 관련하여 언어 문제에 대한 조이스의 지속적 관심을 보여준다. 인간은 책을 포함한 다양한 타인의 말을 통해 의식을 형성하고 또 타인의 말과 시각에 의지해 자신의 이미지를 구축한다. 따라서 글을 읽고 쓰는 인물들은 언어의 대화적 본질, 즉 언어의 타자성에 대한 조이스의 관심을 직접 대변하며, 글에 대한 인물의 반응은 타인의 시각과 언어에 대한 그의 반응 양상과 일치한다.

〈참혹한 사건〉에서 더피는 시니코 부인의 죽음을 다룬 신문기사에 심한 불쾌감을 느낀다. 신문기사의 "진부한 문구, 부질없는 동정의 표현, 조심스런 말들"(D 112)이 눈에 거슬렸기 때문이다. 그런데 더피가 신문기사에 이렇게 예민하게 반응하는 데에는 또 다른 이유가 있다. 신문기사의 생명은 객관성에 있으며 그것은 '3인칭 주어와 과거형 술어'를 통해 확보된다. 그런데 이러한 서술은 더피가 자기 극화를 위해 사용했던 방식이다. 게다가 시니코 부인에게 자신의 이미지를 그려 넣기 위해 그는 이론으로 가득 찬 '진부한 문구'를 사용하고 자신의 고독을 드러내면서 '부질없는 동정의 표현'을 유도했다. 평범하고 천한 죽음과 그 사건의 자세한 내막을 감추는 신문기자의 '조심스런 말들'은 그가 비속한 현실을 멀리하기 위해서 추구했던, 천박한 현실의 악취가 제거된 언어이다. 결국 신문기사에 대한 불쾌감은 자신의 허위성에 대한 불안감의 결과이며, 나아가 자신에 대한 반감의 무의식적 표

현이다. 〈진흙〉에서 이중 서술의 아이러니가 타인을 욕망 충족의 수단
으로 전락시킨 인물에 대한 윤리적 책임을 묻고 있듯이 〈참혹한 사건〉
의 신문기사와 소제목은 더피의 독단성, 그의 허위 의식, 언어와 타인
에 대한 그의 왜곡된 시점을 고발한다.

　〈죽은 사람들〉은 《더블린사람들》에서 거의 유일하게 긍정적인 희
망과 자아 인식에 이르는 인물을 그리고 있다(Kershner 138). 인물의 에
피퍼니가 나타나 있는 것이다. 그리고 그 에피퍼니는 빈번한 인물의
내면 묘사를 통해 이루어지는데, 인물을 둘러싼 상황의 세부적 묘사에
서 그에 대한 인물의 심리적 반응으로 이어지는 시점의 변화와 자유
간접화법은 《젊은 예술가의 초상》에서 스티븐의 에피퍼니 묘사를 연
상시킨다. 물론 자아 인식이 쉽게 이루어지는 것은 아니다. 게이브리
얼은 파티 기간 내내 타인과의 적절한 관계 형성에 어려움을 느끼며,
호텔에서는 마이클 퓨리(Michael Furey)에 대한 질투심에 시달린다. 그
러나 그는 타인을 부정하지 않는다. 자신에 대한 타인의 긍정적 역할
을 알고 있고 양자간의 관계가 대립이 아닌 대화의 관계임을 이해하기
때문이다. 따라서 〈죽은 사람들〉에서 게이브리얼의 자아 인식은 독단
적 시각의 편협성을 극복하고 타인을 수용하는 과정을 중심으로 전개
된다.

　프레디(Freddy), 브라운(Browne), 다시(D'Arcy) 등의 남성들이 등장
하지만 〈죽은 사람들〉에서 게이브리얼이 접하는 인물들은 대체로 여
성이다. 게이브리얼과 남성 인물들간의 접촉이 미미하며, 그들의 역
할이 부차적인 것에 비해 여성들과의 접촉과 그들의 영향이 강조되는
것은 성적 차이에서 오는 타인의 이질성을 강조하고 그 이질성 수용의
어려움을 보여주기 위한 것이다. 실제로 게이브리얼은 여성에 대해 편
협하고 정형화된 관점을 가지고 있다. 따라서 게이브리얼의 타인 수용

문제는 정형화된 여성관의 한계와 그 해체 과정으로 구체화된다. 커쉬너는 게이브리얼이 릴리(Lily), 아이버즈(Ivors), 그레타(Gretta)를 각각 순수한 처녀, 유혹자, 아내의 이미지로 정형화시키고 있으며(146), 그들에게 그 정형화된 이미지를 일방적으로 적용시키려 들기 때문에 대화에 실패한다고 주장한다. 이거스(Tilly Eggers) 역시 여성에 대한 게이브리얼의 정형화된 관점에 주목한다(32). 그런데 인물의 정형화된 관점과 실제 사이의 간격은 《더블린사람들》에서 조이스의 인물 창조의 기본 원리이며 나아가 에피퍼니의 도구가 된다. 게이브리얼은 릴리를 과거의 기억에 근거해 어린아이 취급하지만 릴리는 이미 성숙한 처녀이다. 아이버즈의 과격한 민족주의 성향도 게이브리얼을 당혹시키며, 계단 위에서 '우아함과 신비로움'으로 그를 매혹시켰던 아내는 마이클 퓨리의 애인이었음이 드러난다. 결국 게이브리얼의 정형화된 시각으로는 세 여성의 실체를 바로 볼 수 없다. 이거스는 게이브리얼의 정형화된 시각이 현실의 다양성과 가변성을 보여주려는 조이스의 의도를 반영한다고 말한다.

Joyce uses what is typical about Gretta to show what is unique. He relies on the reader's need to make sense of multiple, sometimes conflicting, viewpoints. (⋯) he can use the static image to express the fluidity of time and identity and the individuality which defies classification(38).

그레타에 대한 게이브리얼의 정형화된 시각은 아이러니하게도 그레타의 개별성을 증명한다. 릴리는 더 이상 과거의 어린 소녀가 아니며 아이버즈도 대학 시절의 학생과 동료가 아니다. 현실은 '시간의 흐름'

속에서 항상 변화하며 정체성·개체성에 대한 다양한 시각의 필요성을 요구한다.

스태니슬라우스는 조이스의 에피퍼니를 다음과 같이 설명하고 있다.

Jim always had a contempt for secrecy, and these notes were in the beginning ironical observations of slips, and little errors and gestures——mere straws in the wind——by which people betrayed the very things they were most careful to conceal. 'Epiphanies' were always brief sketches, hardly ever more than some dozen lines in length, but always very accurately observed and noted, the matter being so slight(134).

무심코 드러내는 사소한 실수나 몸짓은 행위자의 눈에는 보이지 않는다. 그것은 행위자를 바라보는 관찰자의 외부 시선에서만 포착된다. 그리고 그것의 아이러니도 행위자의 제한된 시각을 폭넓은 문맥에 위치시킬 수 있는 관찰자의 시선과 의식 속에서만 가능하다. 이렇게 볼 때, 조이스의 에피퍼니는 인물과 작가의 시각차에 근거한 인식론적 문제라고 할 수 있다. 게다가 그것은 사소하고 일시적인 것의 기록이다. 중대한 사건의 경우 행위자는 사건을 여러 각도에서 오랫동안 숙고한다. 그러나 사소한 일인 경우 행위자의 의식은 본래 자신의 의식의 '지평'에 안주한 채, 제한된 주관점 시점을 그대로 유지한다. 인물의 시각과 의식이 협소할수록 그가 처한 상황의 전체적 맥락과 큰 차이를 드러내며, 이 차이가 오해가 아닌 아이러니가 되는 것은 사건에 직접 개입하지 않고 '손톱을 다듬으며' 전체적 조망만을 유지하는 작가의 객관성 때문이다.

스태니슬라우스가 설명하는 에피퍼니는 분명 《스티븐 히어로》나

《젊은 예술가의 초상》에서 스티븐이 설명하는 내용과는 거리가 있다. 스티븐의 미학 이론이 미적 체험이라는 인물의 주관적 인식론, 즉 인물의 에피퍼니를 다루고 있는 반면, 스태니슬라우스의 에피퍼니는 작가의 입장에서 본 시점과 서술의 문제이기 때문이다. 그런데 전술한 바와 같이 《더블린사람들》은 대체로 외부의 서술 시점에 근거하고 있으며 에피퍼니도 인물과 작가의 시각차에 따른 아이러니에 의존하고 있다. 결국 《더블린사람들》은 '천박할 정도로 꼼꼼하게' 묘사된 시점과 아이러니의 산물이며, 에피퍼니는 주로 독자를 향한다. 그런데 〈죽은 사람들〉이 인물의 에피퍼니를 보여주는 예외적인 경우라면 인물은 자신의 제한된 시각의 한계를 깨닫고 이를 벗어나야 한다. 실제로 게이브리얼이 만나는 여성들은 그의 정형화된 시각의 한계를 지적하며 타인의 외재적 시각을 수용할 필요성을 일깨운다. 스티븐의 의식 성장이 내적 서술과 상징적 언어에 의존했듯이, 게이브리얼의 내면을 흐르는 독백과 그 속의 낭만적 감성, 눈 내리는 서쪽의 상징성, 과거에 대한 애잔한 기억은 타인의 시각과 언어를 수용하고 용해시키는 공간이며, 그의 의식의 확장을 준비하는 내적 서술의 실례이다.

커쉬너는 〈죽은 사람들〉에 두 가지 방향의 대화가 병존한다고 주장한다. 게이브리얼과 타인의 대화, 그리고 일상적 독백과 눈, 서쪽, 죽음을 향하는 서정적인 내적 목소리 사이의 갈등으로 이루어진 게이브리얼의 내적 대화가 그것이다(139-140). 그런데 커쉬너의 흥미로운 지적은 조이스의 서술 스타일에서 바흐친의 대화적 텍스트의 도식적 실례를 보여주는 데 그침으로써 아쉬움을 남긴다. 게이브리얼과 타인의 대화는 인물의 제한된 시각의 한계와 아이러니를 묘사하는 꼼꼼한 외부 서술이며, 게이브리얼의 내적 대화는 타인을 위한 공간이고 인물의 에피퍼니를 준비하는 상징적 언어의 내적 서술이다. 〈죽은 사람들〉의

서술은 게이브리얼과 타인들 간의 갈등을 묘사하는 외부 서술로 시작
해서 타인의 시각과 목소리를 수용하고 거기에서 삶의 의미를 깨닫는
게이브리얼의 내면의 목소리로 끝난다. 조이스의 미학 이론과 주제,
서술 스타일은 결코 분리되지 않는다.

　게이브리얼은 과거의 기억에 의거하여 아이버즈에게 로맨틱한 이미
지를 부여하고자 하지만 민족주의자로 변신한 아이버즈는 게이브리얼
의 정치 성향, 대륙문화에 대한 허영심을 비난한다. 마땅한 변명거리
를 찾지 못했던 게이브리얼은 구세대의 '친절성, 유머, 인간성' 등 민
족주의를 초월하는 보편적 가치를 주장하는 연설을 통해 아이버즈에
대항한다. 아이버즈의 비난이 동기가 되어 게이브리얼은 지적 우월감
과 대륙문화에 대한 허영심을 버리고 아일랜드의 과거와 전통적 가치
의 중요성을 인식한다. 모국어를 부정하며 조국에 "진저리를 내는"(D
187) 게이브리얼은 '역사라는 악몽' 에 시달리는 스티븐과 유사하다.
이들에게 과거와 역사는 비참한 아일랜드의 현실의 원인이며, 인생과
예술을 향한 개인의 의지를 얽매고 좌절시키는 족쇄에 불과했다. 그러
나 게이브리얼은 타인의 시각, 타인의 '시간' 을 수용한다. 과거와 전
통에 대한 찬미가 아이버즈의 비난에 대한 변명이자 늙은 이모들에 대
한 위로의 형식으로 나타나 있으나, 여기에 더 이상 지적 우월감이나
골로쉬 덧신을 강요하는 허영심은 찾아볼 수 없다.

　게이브리얼의 연설에는 타인들의 다양한 의식과 목소리가 혼재하고
있다. 아이버즈의 도발적인 말, 그에 대한 게이브리얼의 응답, 향수 속
에 살아가는 늙은 이모들의 과거 지향적인 말이 뒤섞여 그야말로 대
화적 텍스트의 전형을 보여준다. 물론 게이브리얼의 연설에 스며든 타
인들의 목소리는 그의 혼란된 의식을 증명한다. 그러나 그 혼란은 의
식의 부재나 타인과의 갈등과는 무관하다. 그것은 게이브리얼의 타인

수용성과 배려, 타인에 대한 윤리적 자세의 결과이며 나아가 삶의 모순된 제 양상들마저 긍정적으로 바라볼 수 있는, 삶에 대한 성숙한 인식의 출발점이다.

> The thread of Gabriel's troubled consciousness is woven in with the lives of others; it is conspicuous and unique, but it is bent and held within the socio-ethical fabric, and his deepest self-realizations are found through his essentially generous responsiveness. In broadest terms his epiphany is the subsidence of unsettled personal conflict into fuller knowledge of life's ineluctable paradoxes, as his ambivalence is contained and transmuted into comprehensive empathy(Beck 345).

게이브리얼은 《더블린사람들》에서 유일하게 자아 인식과 의식의 확장, 즉 에피퍼니를 경험하는 인물이다. 《더블린사람들》의 다른 인물들이 대체로 타인의 시각과 언어의 가치를 이해하지 못하거나 배척함으로써 자신과 상황에 대한 객관적 인식에 이르지 못하는 반면, 게이브리얼은 타인을 적극 수용하며, 이를 통해 자신의 객관적 위치와 역할을 깨닫고, 모순되고 이질적인 삶의 조건을 '사회-윤리적 문맥'으로 확장, 연결시킨다.

《더블린사람들》이 아일랜드의 '마비' 된 '도덕사의 한 장'을 보여준다고 할 때, 그 '마비' 된 도덕의 양상은 타인의 의미에 대한 인식의 부재에서 유래한다. 따라서 게이브리얼이 보여주는 타인에 대한 공감과 배려는 그의 에피퍼니의 조건일 뿐 아니라, 《더블린사람들》의 도덕적 주제를 확인시켜 주는 요소이기도 하다.

5

《율리시즈》: 대화의 세계

소설의 사회적 성격은 근대 사회에서 대중의 도래와 함께 성장한 장르라는 사실 못지않게 사회에 대한 능동적 역할에 의해서도 드러난다. 특정 사회의 단편적 이미지가 아닌, 복잡한 사회 계층 구조와 이데올로기의 역동성을 입체적으로 보여주기 때문이다. 게다가 소설 장르 특유의 다양성은 삶과 세계, 그리고 역사에 대한 새로운 시각을 제공해 준다. 이와 관련해서 바흐친은 소설 장르의 특징을 다음과 같이 규정하고 있다.

I find three basic characteristics that fundamentally distinguishes the novel in principle from other genres: (1) its stylistic three-dimentionality, which is linked with the multi-languaged consciousness realized in the novel; (2) the radical change it effects in the temporal coordinates of the literary image; (3) the new zone opened by the novel for structuring literary images, namely, the zone of maximal contact with the present (with contemporary reality) in all its openness(DI 11).

여기에서 "다언어적 의식"(multi-languaged consciousness)은 이질적

언어와 다성성, 그리고 이를 통해 구체화되는 의식의 교류로서 대화성을 의미한다. 소설 속에 나타난 다양한 언어와 그 언어의 다층적 의미, 이를 통해 드러나는 특정 사회의 이데올로기와 인물의 의식은 시나 드라마에서 찾아볼 수 없는, 리얼리티에 대한 소설 장르의 풍요로움을 확보해 준다. 그리고 이러한 언어와 의식의 풍요로움은 스타일을 통해서 예술 작품 속에 구현된다. 바흐친이 스카즈(skaz), 패러디 등을 예로 들며, 소설 연구에서 양식화(stylization)의 중요성을 강조한 것은 결국 이 모든 것을 효과적으로 극화시키는 것이 스타일이기 때문이다.

　삶이 고정되고 완결된 이미지로 표현될 수 없는 것은 변화와 미래를 향해 항상 열려 있기 때문이다. 따라서 삶의 반영으로서 리얼리티 역시 단일한 시점과 닫힌 체계로 환원될 수 없다. 소설의 대화성이 보여주는 다양성과 열린 태도는 현실을 변화와 가능성의 장으로 파악할 수 있게 해주며, 또한 역사 의식을 제공해 준다. ‘현재’ 또는 “당대의 리얼리티”(contemporary reality)의 의미와 가치는 그것이 미래를 향한 가능성을 내포하고 있을 때 비로소 가능한 것이다. 소설이 특정 시대의 ‘문학적 이미지’를 구성한다는 것은 그 시대를 역사에 대해 열려진 가능성으로 파악하는 것을 의미하며, 이를 위해 그 가능성의 원동력으로서 다양한 언어와 시각, 의식의 역동성을 묘사해야 함을 의미하는 것이다.

　모슨(G. S. Morson)과 에머슨(Caryl Emerson)은 바흐친이 말하는 소설의 본질을 대화성, 크로노토프, 카니발로 요약하고 있다(1990: 433). 여기에서 크로노토프는 특정 시대의 ‘문학적 이미지’를 구체적인 시공간 속에 위치시키는 역할을 한다. 특히 “라블레 크로노토프”(Rabelaisian Chronotope)[31]의 육체 이미지는 미래를 향해 열려 있는 가능성의 세계, 역사의 비완결성을 보여주는 증거이다. 삶과 죽음, 성과 속, 식사와 배설이 혼재하는 라블레의 육체는 언제나 삶과 세계의 순환적 영속성을 향해 열려 있다. 그리고 특정 시대의 '문학적 이미지'와 이데올로기를 반영하는 다양한 계층의 목소리, 즉 이질적인 말들, 인물 의식의 복잡성을 보여주고 의식 교류의 조건을 제공하는 '이중의 목소리,' 기존의 권위적 언어를 풍자하고 해체하는 패러디의 희극적 기능은 소설 장르의 역동성을 마련해 주는 대화적 스타일의 문제로 수렴된다.

조이스의 《율리시즈》가 현대 소설의 고전으로 인정받고 있는 것은 전위적 기법과 휴머니즘이라는 보편적 주제 때문만은 아니다. 《율리시즈》에는 다양한 언어와 의식이 구체적인 삶의 모습 속에 녹아들어 있으며, 이들이 보여주는 '당대의 리얼리티'는 역사의 변화에 능동적으로 참여하는 삶의 역동성으로 나타난다. 실제로 《율리시즈》는 바흐친이 주장한 소설 장르의 특징을 가장 잘 증명하는 실례이다. 예를 들어 틸(Donald Theall)이 주장하는 《율리시즈》의 세 가지 의사소통 양식은 바흐친의 다성적 이어성(polyphonic heteroglossia)을 연상시킨다. 틸에 따르면 《율리시즈》에서 의미의 형성과 전달을 가능케 하는 언어 양식은 세 가지이다. 상형문자, 알파벳, 아이콘, 그림 등 전통적 기초 체계; 책, 전화, 영화 등 기술을 매개로 한 재생산 양식; 설교, 무언극, 수수께끼 등의 대중적 표현의 기교적 양식이 그것이다(30). 이들 각각의 양식은 서로 중복되고 혼합되면서 《율리시즈》 텍스트의 수많은 이질적 언어의 혼재와 스타일의 다양성을 가능케 한다. 문제는 이러한 언어

---

31) 《라블레와 그의 세계 *Rabelais and His World*》의 중심을 이루고 있는 카니발 이미지는 일종의 크로노토프이다. 바흐친은 "소설에서 시간과 크로노토프의 형태"(Forms of Time and the Chnonotope in the Novel)에서 카니발을 르네상스의 '문학적 이미지'를 대표하는 크로노토프로 보고 있다. 따라서 모슨과 에머슨처럼 크로노토프와 카니발을 상이한 개념인 듯 구분하는 것은 무리가 있다. 세 가지 요소는 서로 포함되고 중첩되면서 바흐친 사상의 통일성을 확보해 준다. 예를 들어 라블레에서 세계를 향해 열려 있는 육체는 《예술과 응답》의 "루프홀"(loophole)의 연장이며, 이는 다시 도스토예프스키 연구에서 '곁눈질하는 말' '이중의 목소리' '비최종화'로 재등장한다.

양식이 단순히 의사소통의 그물망을 형성하는 데 그치지 않고, 각각의 양식을 대표하는 언어들간의 역동적 투쟁을 보여준다는 데 있다. 각각의 양식은 서로 의미의 보편성을 확보하기 위해 경쟁하며 이 과정에서 대화적 텍스트의 주된 특징인 타인의 말, 이질적인 말에 대한 의식, 즉 자의식을 가진 인물과 언어가 탄생한다. 이러한 사실은 《율리시즈》에서 스타일의 중요성, 그리고 그 스타일의 지향점이 단일한 시점과 독백의 언어를 거부하는, 열림과 대화의 세계임을 암시한다.

《율리시즈》는 기법의 난해함과 보편적 주제, 신화적 구조에도 불구하고 결코 추상과 초월을 지향하지 않는다. 우선 더블린의 하루라는 가장 구체적인 시간과 공간에 위치해 있으며 실제 인물들과 사건이 배경을 이루고 있다는 점을 생각할 수 있다. 에피퍼니와 관련하여 앞에서 살펴보았듯이, 구체적인 '시공성'은 조이스 예술의 출발점이자 핵심이며, 동시에 그의 예술의 세속적 성향을 보여주는 증거이다. 조이스의 세속성은 《율리시즈》에 수없이 등장하는 육체적인 이미지들에 의해서도 증명된다. 특히 블룸의 물질주의 성향과 〈하데스 Hades〉, 〈레스트리고니언스〉, 〈서씨〉 등에서 집중적으로 등장하는 성과 속, 삶과 죽음, 그로테스크한 육체 이미지는 라블레를 연상시킨다. 일찍이 틴달은 "배설"(cloacal)[32]이라는 말로 육체에 대한 조이스의 관심을 상기시키면서 라블레와의 유사성을 지적한 바 있다(25).

라블레와의 유사성은 이미지뿐 아니라 어휘와 스타일에서도 발견된다. 양자 모두 어려운 구문과 어휘, 암시, 백과사전식의 다양한 분야의 지식을 동원하기 때문이다. 무엇보다도 삶의 물질적 속성을 통해 권위

---

32) 조지 오웰(George Orwell)은 《젊은 예술가의 초상》을 읽은 후 조이스에게 배설강 박증이 있는 듯하다고 평한 바 있으며, 조이스도 이를 인정했다(Ellmann 1982: 414).

와 고정된 체계를 풍자한다는 의미에서 조이스와 라블레는 동일한 수사적 전략을 사용하고 있다. 바흐친이 라블레 연구에서 보여준 육체적 언어의 희극성과 전복적 기능은 육체에 대한 조이스의 관심이 미학적 의미뿐 아니라 정치적 맥락으로까지 확대될 수 있는 가능성을 제공한다. 부커는 바흐친의 라블레론과 조이스를 접맥시켰을 때의 장점을 다음과 같이 설명하고 있다.

> Reading Joyce through Bakhtin's Rabelais suggests that Joycean motifs like the use of scatological imagery or of radical mixture of different discouses serve as transgressive assault on the official authority and as joyous carnivalesque celebration of life(51).

《율리시즈》가 바흐친이 말하는 소설 장르의 핵심적 특징을 고루 갖추고 있다고 했을 때, 그 특징을 구체화하는 것은 스타일이다. 바흐친의 미학 이론이 언어의 풍성함과 그 대화적 역동성에 집중된다면 《율리시즈》의 주된 특징 역시 풍성한 어휘와 스타일의 다양성으로 나타난다. 물론 문학 언어의 미학적 가치는 어휘의 풍요로움이 아니라 그것이 조직, 구성되고 표현되는 스타일에 있다. 바흐친이 대화성과 관련하여 '양식화' 문제를 집중적으로 논하는 것도 이 때문이다. 스타일은 개성의 표현이다. 작가는 스타일을 통해 자신을 표현하기 때문이다. 스타일은 작가로 하여금 자신의 직접적인 목소리를 드러내지 않은 채, 작품 뒤에 숨어 '손톱을 다듬을' 수 있는 미학적 거리를 확보해 주며, 작가는 이를 통해 객관성을 유지하고 인물들이 스스로를 표현할 수 있는 공간을 마련해 준다. 결국 스타일은 객관화된 작가의 개성이고 세계관이며, 인물의 의식과 목소리가 독자성을 가짐으로써 작가를 포함

한 타인의 목소리와 대등한 입장에서 대화를 형성하게 해주는 본질적
조건이다.

　바흐친이 도스토예프스키에게서 발견한 스타일상의 공통적 특징은
이중성이다. 그가 '양식화'를 말하면서 예로 들었던 아이러니, 패러디,
'곁눈질하는 말' '이중의 목소리' '은닉된 논쟁' "루프홀"(loophole) 등
은 공통적으로 이중의 의미, 태도, 의식을 내포하고 있다. 그리고 이
러한 이중성은 타인에 대한 도스토예프스키의 인물들의 자의식을 반
영한다. 도스토예프스키의 인물들의 말에는 항상 타인의 시각과 말에
대한 자의식이 자리잡고 있다. 따라서 이들의 말에는 타인의 시각을
염두에 둔 곁눈질, 타인의 응답을 예상한 굴절된 말, 나아가 인물의 의
식을 형성하고 영향을 미치는 타인의 목소리가 직접 들리기도 한다.

　도스토예프스키의 타인의 말은 언어의 타자성을 주장하는 바흐친의
입장과 유사하다. 인간은 후천적으로 타인을 통해 언어를 습득하며 언
어를 통해 의식을 형성하고, 타인과의 언어 교류를 통해 자신의 이미지
를 형성한다. 결국 언어는 타인으로부터 온 것이며, '나'만의 의식으로
충만한 순수한 언어는 존재하지 않는다. 게다가 '나'의 이미지가 '나'
에 대한 타인의 '여분의 시선,' 그 표현으로서 타인의 말과의 끊임없는
대화를 통해 이루어지는 만큼 언어는 본질적으로 대화적 속성을 지닌
다. 바흐친이 도스토예프스키를 높이 평가한 것은 그가 언어의 타자성
과 대화적 속성을 정확히 인식했을 뿐 아니라 인간을 타인과의 지속적
인 대화적 교류를 통해서 삶의 의미를 형성하며, 결코 완결되고 최종
화될 수 없는, '과정'으로서의 존재로 파악한 예술가였기 때문이다.

　바흐친에게 스타일은 이질적인 타인의 말을 창조적으로 수용하는 태
도와 방식의 문제이다. 그리고 이것은 '나'와 타인 간의 철학적 인식
론의 문제이며, 바흐친 미학의 출발점인, 삶과 예술의 관계를 설명하

는 은유이기도 하다. 언어를 매개로 해서 인물을 창조하는 작가의 예술 창조 과정은 세계를 재료로 해서 삶의 의미를 형성하는, 세계 속에서 인물로서 '나'의 이야기를 엮어내는 것과 같기 때문이다. 그런데 삶이 '나'와 타인, 나아가 세계와의 끊임없는 상호 작용의 연속이며 '과정'이라면, 작품 속의 인물과 세계 역시 완결될 수 없다. 인물이 완결된다면 창작 과정에서 작가와 인물의 상호 영향 관계, 즉 서로를 창조하는 동등한 대화적 관계는 더 이상 이루어지지 않기 때문이다. 작가는 인물을 통해서 작가로서 자신의 이미지를 창조한다. 그런데 인물의 이미지를 완결시키고 그 완결된 이미지에 대해 말한다면, 작가와 인물은 서로 무관한 존재가 된다. 인물은 더 이상 살아 있는 존재가 아니며 작가는 창조자가 아니라 비평가, 심리분석가, 도덕론자가 되고(AA 7), 그의 말은 대화가 아니라 인물에게 일방적으로 부여되는 독백이 된다. 따라서 삶과 언어, 세계를 대화적으로 파악하는 작가는 결코 인물을 완결시키지 않는다.

대화의 세계에는 독백이 존재하지 않는다. 독백은 삶과 언어, 세계의 대화적 본질을 부정하고 모든 것을 단일한 시각과 원리로 고정시키기 때문이다. 대화성의 부정은 타인의 '여분의 시선'과 그에 따른 '나'의 변화 가능성을 부정하는 것이다. 현실의 반영으로서 예술이 의미를 가지는 것은 예술이 인간과 세계 사이의 역동적 상호 작용을 보여주기 때문이다. 세계는 인간 의지의 대상이며 인간은 세계를 변화시키면서 존재 가치를 형성한다. 그리고 이는 인간과 세계가 미래를 향해 열려 있음을 의미한다. 그러나 이질적 시각을 부정하는 독백의 세계에서는 상호 작용이 존재하지 않는다. 따라서 삶과 예술의 의미화 작용은 불가능하다. 인간과 세계는 단지 추상적 원리의 수동적 반영체일 뿐이다.

'과정'과 열림으로써 인간과 세계, 그리고 양자간의 대화적 관계는 사실 특정 작가의 주관적 세계관이 아니라 예술 자체를 가능케 하는 조건이다. 따라서 진정한 예술가는 언어와 인간, 세계의 대화적 속성에 주의를 기울이며, 그의 작품은 완결되지 않은 인물, 가능성을 향해 열린 세계, 상이한 의식과 목소리들로 가득 찬 "거리의 소음"(U 28.386)을 묘사한다.

　도스토예프스키의 인물들은 갈등 속에 존재한다. 타인과의 갈등에서 인물의 총체적 의식, 세계관, 시각이 드러나며 대화가 시작되는 것이다. 인물들의 조화로운 공존을 가능케 하는 도덕적 원리가 있다면 그것은 인간을 추상화, 획일화시키는 독백주의의 환상일 뿐이다. "인간들을 묶어두는 것은 믿음이 아니라 의심"(Ellmann 1982: 557)이라는 조이스의 시각도 일반인들의 순진한 도덕성에 대한 풍자가 아니라 도덕적 원리의 추상성·폐쇄성·비현실성에 대한 반감의 표현으로 이해할수 있다. 도덕이 추상적 원리로서 개인에게 단일한 시각만을 강요할 때 그것은 "우리를 불행하게 하는 엄청난 말"(CW 87)이 되기 때문이다.

　대화의 세계를 지향하는 작가에게 전체주의적 체제는 개인의 자유와개성을 파괴하는 것일 뿐이다. 자유를 인생의 중심적인 가치로 보았던조이스(Stanislaus 120)에게 전체주의적 체제에 대한 반감은 삶에 대한다양한 시각의 필요성으로 이어진다. 그가 서간체 형식을 좋아하지 않은 것도 "단일한 각도에서만 보게 되는 필연적 단점"(Letters 229) 때문이었다. 따라서 《율리시즈》에서 볼 수 있는 다양한 서술 스타일이 삶의경험을 질서짓는 절대적 방식의 불가능함을 암시한다는 로렌스의 지적(208)은 적절한 것이다. 그런데 각각의 스타일들은 결코 총합을 지향하지 않으며 어느 스타일도 다른 것에 비해 우위를 점하지 않는다. 특정 스타일이나 시점의 우위성을 인정할 경우 필연적으로 스타일들간의 수직적 서열과 체계화가 뒤따르게 되며, 최상위의 시점은 작품 전체를 포괄하는 작가의 도덕적 · 철학적 입장을 대변하게 된다. 즉 작품의 중심 주제가 되는 것이다. 그러나 주제는 중심적인 스타일의 무게와 위치가 아니라 스타일의 조작과 그에 대한 작가의 태도를 통해 드러나는 것이다. 《율리시즈》의 중심 주제가 휴머니즘이며 이를 구현하는 인물이 블룸이라 하더라도, 블룸의 '인간적' 측면을 묘사하는 스타일이 다른 스타일에 대해서 우위성을 가지는 것은 아니다. 예를 들어 〈사이클롭스〉에서 "외부 화자"(off-scene narrator)는 블룸을 시티즌의 폭력에 맞서 사랑을 설파하는 선지자 엘리야로 묘사하고 있지만 그의 과장어법은 "상황 속의 화자"(in-scene narrator)의 편협한 시각과 독설 못지않게 불안정하다. 특히 과도한 완곡 어법, 불필요한 세부 묘사, 의식적인 찬미는 스스로 신빙성을 부정하는 듯한 인상을 준다. 사랑을 옹호하는 블룸의 주장이 끝나자마자 이를 조롱하는 '외부 화자'의 목소리("love loves to love love")(U 273.1493)는 시티즌과 블룸 모두 두 화자의 풍자와 패러디의 대상일 뿐이라는 사실을 암시한다. 엘만은 두 화자의 시각을 각각 원시(presbyopic)와 근시(myopic)로 나누었다(1972: 111). 만약 '상황 속의 화자'의 편협한 시각이 그의 근시 때문이라면, 블룸을 이상화시키는 '외부 화자'의 원시는 현실의 세부사항을 간과한다. 결국 '사이클롭스'에서 우위를 가진 스타일은 존재하지 않는다(Lawrence 114).

로렌스는 신문기사를 패러디한 〈애올러스 Aeolus〉에서 표제어(heading)와 서술된 내용의 불일치에 대해서도 상당히 흥미로운 의견을 들려준다. 표제어는 소설에서 경험 세계를 구축하는 전통적인 3인칭 서술의 결과물, 즉 서술된 내용의 외부에 존재하면서, 그 전통적 서술의 안정된 목소리를 파괴한다는 것이다(60). 사실 《율리시즈》의 각 스타일들은 특정 시점을 부각시키는 동시에 그 시점의 맹점과 한계를 함께 드러낸다. 스스로를 부정하고 해체하는 서술인 것이다. 따라서 스타일간의 우열 관계는 존재하지 않으며, 각 스타일들은 서로의 장단점을 공격하고 보충하면서 스타일들의 대화를 연출한다. 고대영어에서 현대의 피진영어(pidgin english)에 이르기까지 수많은 문체가 등장하는 〈태양신의 황소〉에서 블룸과 주변 인물들은 특정 시대의 문체와 언어, 시각에 의해 다양한 모습으로 변하지만, 어떤 문체도 왜곡되지 않은 순수한 모습을 보여주지는 않는다.

스타일은 언어, 인간, 세계에 대한 작가의 미학적 태도를 표현한다. 조이스를 중세의 미학 전통의 계승자로 평가하면서, 에코(Umberto Eco)는 다음과 같이 말한다.

> Every word embodies every other because language is a self-reflecting world. (…) If you take away the transcendent God from the symbolic world of the Middle Ages, you have the world of Joyce(7).

언어는 의식의 반영이 아니라 의식 그 자체이다. 그리고 그 의식은 타인의 의식, 타인에 대한 의식이기도 하다. 언어는 타인으로부터 온 것이기 때문이다. 따라서 어떤 언어이든("every word") 거기에는 다른 언어("other"), 즉 타인의 의식과 목소리가 내포되어 있으며, 타인의 시선을 통해 본 '나'의 이미지를 상정하면서 '나'의 말은 '나'의 자의식의 반영이 된다. 언어가 스스로를 반영하는 하나의 세계("language is a self-reflecting world")가 되는 것은 타인의 시선을 수용하고 반영하는 언어의 열린 성향, 즉 대화적 속성 때문이며 서로를 반영하는 언어 속에서 '나'와 타인이 공존하는 현실의 공간은 대화의 세계로 변한다. 무질서해 보일 정도의 다양한 세부사항과 모티프들을 신화적 구조와 상징으로 통합시켰던 조이스는 분명 세계를 상징으로 해석했던 중세

의 미학 전통과 연결된다. 에코가 조이스에게서 발견한 중세적 특징은
바로 이것이었다. 그러나 에코 스스로 지적하고 있듯이 조이스의 중세
에는 '초월적인 신'이 존재하지 않는다. 작품의 질서, 통일성을 보장
하는 초월적 이미지나 원리가 없는 것이다. 이미지와 모티프들이 서로
를 반영하며 거대한 그물망을 형성하고 있지만 이를 통제하고 수렴하
는 신은 존재하지 않는다는 것이다. 그리고 신이 존재하지 않기 때문에
조이스의 작품은 변화와 열림, 육체와 다양성으로 가득 찬 세속성의
미학을 구현할 수 있는 것이다. 스타일에 나타난 조이스와 바흐친의 연
관성은 중세의 세계에서도 유효하다.

조이스의 스타일에 대한 최근의 관심은 그의 미학의 본질을 밝히려
는 노력의 일환이다. 특히 실험적 서술 기법들이 다양하게 등장하는
《율리시즈》의 경우, 스타일 연구는 초기의 비평가들이 밝혀냈던 작품
의 일반적 구조와 의미, 주제를 조이스의 미학적 입장에 대한 이해로
확장, 연결시킬 수 있는 장점이 있다.

《율리시즈》의 서술 전략이 보여주는 스타일의 다양성은 텍스트의 의
미와 해석의 단일성을 파괴함으로써 언어, 인간, 세계의 대화적 측면
을 드러낸다. 조이스가 블룸을 통해 보여주고자 했던 휴머니즘의 가치
역시 그를 묘사하는 서술 스타일의 대화적 성향과 관계가 있다. 따라서
《율리시즈》의 스타일 연구는 각 에피소드마다 달라지는 스타일과 의미
의 불확정성의 관계, 그리고 이들의 대화적 성향을 규명하는 방향으로
전개되어야 할 것이다.

《율리시즈》에서 전위적인 스타일들은 〈애올러스〉에서 본격적으로
시작되며 주로 언어의 지시 기능을 부정하는 방향으로 진행된다. 표제
어와 서술 내용의 불합리한 연결, 교차대구법과 같은 말장난이 본격적
으로 등장하면서 〈애올러스〉 이전의 전반부에서 사용된 이니셜 스타일

의 지시적 언어가 파괴되는 것이다. 물론 이니셜 스타일은 후반부에도 등장한다. 〈나우시카〉나 〈유매우스 Eumaeus〉의 경우를 예로 들 수 있다. 그러나 거티를 묘사하는 여성잡지풍의 로맨틱한 언어는 거티의 실체가 아닌 허구적 이미지와 왜곡된 의식만을 보여주며, 〈유매우스〉의 피곤에 지친 서술("narrative(old)")은 산양가죽(Skin the Goat)으로 통하는 오두막의 주인 피츠해리스(Fitzharris)의 모호한 정체성, 좌중의 분위기를 이끌어 가는 선원 머피(Murphy)의 이야기의 신빙성 문제를 제기함으로써 사실적 정보의 제공이라는 이니셜 스타일의 주된 기능을 스스로 부정한다.

후반부의 부정적 기능과 달리 전반부의 이니셜 스타일은 작품의 배경과 인물에 대한 기본 정보를 제공한다. 특히 자유간접화법과 내적 독백은 인물과 서술의 밀접한 관계를 통해 사실적 개연성을 확보해 준다. 그러나 이는 후반부의 과격한 실험적 스타일에 대한 상대적 차이일 뿐이다. 전반부의 이니셜 스타일에서도 불안정한 서술이 드러나며 특히 인물과 서술의 불규칙한 관계가 두드러지게 나타나 있다. 《젊은 예술가의 초상》과 《더블린사람들》에서 자유간접화법은 인물의 주관적 시점을 묘사하는 내적 서술, 그리고 객관적 외부 상황을 배경으로, 인물의 제한된 시각이 초래하는 삶의 아이러니를 묘사하는 외부 서술로 나뉘어 있다. 인물의 내면과 외부 상황을 오가면서 자유간접화법은 인물의 주관적 시선의 진실성과 제한된 시선의 아이러니를 보여주는 일관된 기능을 수행한다. 인물과 서술 사이에 일정한 간격과 패턴이 유지되는 것이다. 그러나 《율리시즈》에서는 이와 같은 관계가 적용되지 않는다.

〈텔레마커스 Telemachus〉, 〈네스토 Nestor〉, 〈프로테우스 Proteus〉는 대체로 화자의 객관적인 서술로 시작해서 곧 인물의 내적 독백으로 연결되는 방식으로 쓰여 있다. 외부 상황 묘사에서 그에 대한 인물의 내적 반응으로 이어지는 서술은 《젊은 예술가의 초상》이나 《더블린사람들》의 주된 서술 방식이었으나, 《율리시즈》에서는 인물의 내적 독백을 직접 서술하는 의식의 흐름 기법으로 인해 인물과 화자의 구별이 모호해진다. 〈텔레마커스〉에서 멀리건(Mulligan)이 암송하는 예이츠의 시를 화자는 다음과 같이 묘사한다.

Wavewhite wedded word shimmering on the dim tide(U 8.246).

세심하게 선택한 형용사와 합성어, 분사의 과용, 타동사 뒤에 오는 수식용 부사어 등이 조이스의 '꼼꼼한' 문체의 특징이며, 이후 《율리시즈》의 초반부에서 "더욱 발전되어"(developed further) 이니셜 스타일의 원형을 이룬다고 볼 때(Lawrence 36), 상기의 예문은 분명 《젊은 예술가의 초상》과 《더블린사람들》의 '꼼꼼한' 문체보다 '더욱 발전된' 모습을 보여준다. 두운을 이용하며 말장난("Wavewhite wedded word")을 만들어 내는 화자의 독자적 의식이 그것이다. 여기에서 화자의 서술에 사용된 두운은 〈프로테우스〉에서 소변을 보는 스티븐의 내적 독백을 연상시킨다.

In long lassoes from the Cork lake the water flowed full, covering greengoldenly lagoons of sand, rising, flowing. My ashplant will float away. I shall wait. No, they will pass on, passing, chafing against the low rocks, swirling, passing. Better get this job over quick. Listen: a fourworded wavespeech: seesoo, hrss, rsseeiss, ooos. Vehement breath of waters amid seasnakes, meandering horses, rocks. In cups of rocks it slops: flop, slop, slap: bounded in barrels. And, spent, its speech ceases. It flows purling, widely flowing, floating foampool, flower unfurling(U 41.453-60).

첫 문장은 화자의 객관적인 서술이며 곧 스티븐의 내적 독백이 이어진다. 그런데 흥미롭게도 〈텔레마커스〉에서 보았던, 화자의 두운을 이용한 말장난이 스티븐의 내적 독백에서 똑같이 반복된다("flowing, floating foampool, flower unfurling"). 《젊은 예술가의 초상》의 전반부에서 확인할 수 있었듯이, 스티븐이 청각 이미지에 예민한 것은 사실이다. 따라서 스티븐의 의식 속에 포착된 섬세한 소리의 변화("seesoo, hrss, rsseeiss, ooos. (…) slops: flop, slop, slap")가 그의 내적 독백 속에 구체화되는 것이 가능하다고 볼 수 있다. 그러나 마지막 문장의 두운은 의식의 흐름 속에 자연스럽게 떠오른 말이라고 보기 어렵다. 인위적인 느낌이 강하기 때문이다. 마지막 문장은 스티븐의 내적 독백 이라기보다는 화자의 독자적 서술인 듯한 인상이 강하다. 게다가 스티븐의 내적 독백에도 로렌스가 지적한 조이스 서술의 기본 특징들이 드러나 있다. 반복해서 나타나는 현재분사들, 타동사 뒤에 위치한 부사("Better get this job over quick"), 합성어("wavespeech") 등을 쉽게 확인할 수 있다.

일반적으로 인물에 대한 화자의 서술에서 가장 중요한 것은 객관성이라고 할 수 있다. 객관성을 통해 인물의 이미지와 상황의 개연성이 확보되기 때문이다. 그런데 《젊은 예술가의 초상》과 《더블린사람들》에서 조이스의 화자는 인물의 내면과 외부 상황을 분리시킴으로써 내면의식 묘사의 충실성, 그리고 거리 유지에 의한 인물에 대한 비판과 아이러니를 동시에 성취한다. 그리고 《율리시즈》에서 조이스의 서술은 '더 발전된' 모습을 보인다. 화자가 인물 이미지의 개연성 확보에서 벗어나 인물을 압도하고 스스로 인물을 만들어 내는 것이다. 상기의 예에서 볼 수 있듯이, 스티븐의 내적 독백은 화자가 인물의 시각과 목소리를 인물의 이미지에 맞추어 흉내내는 서술, 소위 "찰스 아저씨 원리"(Uncle Charles Principle)[33]가 아니다. 오히려 화자의 말장난, 신조어, 어투 등이 인물의 내적 독백에 그대로 반영되어 있기 때문이다. 결국 《율리시즈》에서 전반부의 이니셜 스타일은 《젊은 예술가의 초상》 《더블린사람들》의 '꼼꼼한' 문체의 연장선에 있음에도 불구하고 내외적 서술 시점과 화자의 위치 문제로 설명하기 어렵다. 《율리시즈》에서 화자는 텍스트의 모든 곳에 편재한다. 따라서 단순히 객관적 외부 서술과 인물의 내면 묘사의 상징적 성향을 구분하는 것은 불가능하다.

《율리시즈》의 화자는 인물의 감수성과 의식, 언어 능력을 초월하는 묘사를 보여준다. 따라서 내적 독백의 경우도 인물의 내면 의식을 극화하는 것이 아니라 화자의 개성적 서술 능력의 화려함을 극화시킨다. 또한 인물 외부의 객관적 상황을 묘사하는 경우에도 인물의 내적 의식 묘사에 사용된 상징적 언어가 계속 유지된다. 인물의 내면과 화자의 외부 시선의 경계가 존재하지 않는 것이다. 결국 후반부뿐 아니라 전반부의 이니셜 스타일도 인물의 내면과 객관적 상황에 대한 정확한 묘사를 지향하지 않는다. 따라서 인물의 주관적 시각과 화자의 객관적 시각의 구분이 없으므로 서술된 내용에 대한 신빙성 문제가 생겨난다.

해변에서 조개를 줍는 남녀와 그들의 개에 대한 스티븐의 의식의 흐

---

33) '찰스 아저씨 원리'는 케너(Hugh Kenner)의 용어로서, "채색된 서술"(coloured narrative)이라고도 한다. 특정 인물의 시각에서 진행되는 서술로서 일종의 자유간접 화법이다(Wales 86-87). 웨일스는 특히 이를 바흐친의 "혼성화"(hybridisation)와 유사한 개념으로 보고 있다.

름은 인물의 시각에 따라 시시각각 변화하는, '프로테우스' 와 같은 현
실을 보여준다. 해변가의 개는 스티븐의 의식 속에서 헤인즈(Haines)가
꿈에 본 표범을 연상시키며, 꿈에 대한 생각은 다시 스티븐 자신의 꿈
내용으로 이어진다. 스티븐의 성적 욕망을 암시하는 동양적 배경의 이
국적인 꿈은 조개를 줍는 남녀를 이집트인, 더 나아가 이집트의 방랑
민족인 집시로 변화시킨다. 그리고 그 집시여인은 스티븐의 에로틱한
시의 소재를 제공한 후, 그의 연인이었던 에마 클러리로 변한다.

After he awake me last night same dream or was it? Wait. Open
hallway. Street of harlots. Remember. Haroun al Raschid. I am
almosting it. That man led me, spoke. I was not afraid. The melon he
had he held against my face.. Smiled: creamfruit smell. That was the
rule, said. In. Come. Red carpet spread. You will see who.
Shouldering their bags they trudged, the red Egyptians(U 39.365–70).

꿈에 대한 스티븐의 내적 독백에서 이집트의 왕 하룬 알 라쉬드는
조개 줍는 남녀와 이집트인을 연결시키는 결정적인 단서이다. 그리고
화자는 스티븐의 내적 독백을 그대로 수용해 두 남녀를 '붉은 얼굴의
이집트인들' 로 묘사한다. 인물의 의식과 화자 서술의 연속성이 확보되
는 것이다. 〈프로테우스〉의 중심 모티프는 에피소드의 명칭이 암시하
듯이 '변화' 이다. 따라서 모든 것이 변화하는 상황에서 그 어느 것도
본질을 드러내지 않는다. "가시적인 것의 불가피한 양상"(ineluctable
modality of the visible)은 사물의 본질을 끊임없이 변화시키며, 이를 구
체화시키는 것은 서술 스타일이다. 인물의 내적 의식이 화자의 외부
서술과 구별 없이 이어지면서 서술은 객관성을 잃고 불안정해진다.

《율리시즈》에서 화자의 서술은 인물과 사건을 객관적으로 묘사하고 설명하는 것이 아니라, 서술 스타일 자체의 다양한 유희적 가능성을 드러낼 뿐이다. 인물과 사건의 의미 또한 서술 스타일에 의해 형성되고 변화된다. 〈로터스-이터즈 Lotus-Eaters〉는 동양의 이국적 이미지로 가득 차 있다. 〈칼립소 Calypso〉에서 더운 날씨와 빵 차, 식수회사 광고로 촉발된 동양의 이미지는 목욕탕에 들어설 때까지 블룸의 의식을 사로잡고 있으며, 그의 낭만적이고 노곤한 상상은 외부 상황을 묘사하는 이니셜 스타일의 객관성마저 모호하게 만든다. 인물의 의식과 화자의 서술이 상호 영향을 미치며 서로를 변화시키기 때문이다. 따라서 땅에 떨어진 흑맥주의 거품이 "넓다란 입사귀의 꽃잎"(U 65.317)처럼 흐르고, 약국의 약병들은 식물 이미지를 촉발시킬 뿐 아니라 그것을 바라보고 있는 인물의 성격까지 드러낸다.

The alchemists. Drugs age you after mental excitement. Lethargy then. Why? Reaction. A lifetime in a night. Gradually changes your character(U 69.474-75).

블룸의 유사과학적 성향, 불완전한 지식, 마약의 폐해를 염려하는 소시민의 건전한 도덕성 등을 형성하는 것은 바로 화자 서술의 무한한 자유에 근거하고 있다. 〈로터스-이터즈〉에서 동양의 나른함, 꽃, 약물로 가득 찬 블룸의 의식과 흑맥주의 거품이 '넓다란 잎사귀의 꽃잎'으로 변하는 외부 현실은 인물과 사건을 스스로 창조해 가는 '더 발전된' 이니셜 스타일의 단면을 보여준다.

휴 케너가 '침묵의 미학'이라고 표현한 사실적 정보의 고의적 누락은 인물과 상황에 얽매이지 않는 서술 스타일의 자유로움, 나아가 인물과 상황을 직접 창조하고 변화시키는 스타일의 독자성을 보여준다. 〈칼립소〉에서 블룸은 모자를 쓰고 집을 나선다(U 46.66). 그러나 정육점에서 돌아온 후 블룸의 묘사에서 모자에 대한 언급을 찾아볼 수 없다. 이후 화장실로 향하며 블룸은 모자를 어디 두었는지 기억하지 못함을 깨닫고 당황한다(U 56.486). 모자에 대한 최초의 언급에서 화장실 장면까지 인물과 독자 모두 모자의 행방에 별다른 관심을 두지 않게 된다. 물론 모자를 결국 찾았음이 밝혀진다(U 58.21). 그러나 그 모자가 '못에 걸려 있었는지' 아니면 '마루에 있었는지'는 끝내 알 수 없다. 모자와 관련해서 인물과 독자 모두 제한된 의식과 정보만을 소유한다. 완전한 정보는 화자만이 가지고 있을 뿐이다. 그러나 화자는 정보를 공유하지 않는다. 특정 정보를 숨기고 심지어 왜곡함으로써 인물을 통제하고 조작하며, 단일하고 체계적인 해석의 가능성에 대한 독자의 기대를 좌절시키는 것이다.

프렌치는 《율리시즈》를 읽는 것이 일종의 여행으로서, 독자는 스스로 율리시즈가 되어 의미를 추구하는 방랑자가 된다고 밝힌 바 있다 (4). 독자-율리시즈가 여행중에 겪게 되는 모험, 즉 해석상의 난점들은 스타일이 만들어 낸 역경들이다. 독자-율리시즈는 매순간 세계와 그것을 묘사하는 스타일 사이의 부조화를 염두에 둔 채, 화자의 어조, 시각, 제스처에 신뢰와 의심의 이중적 반응을 보이게 된다. 이렇게 해서 독자는 스타일과 대화적 관계를 맺게 되며, 스타일은 인물의 이미지를 통제, 조작하고 텍스트에 대한 독자의 자의식을 자극하는, 텍스트 속의 제3의 인물, 독자의 의식을 활성화시키는, '여분의 시선'을 가진 타인이 된다. 그런데 이 여행의 목적이 "인간을 더 잘 보는 것"(French 5)이라면, 이는 결국 단일한 시점과 체계로 고정될 수 없는, 열림과 변화로서의 삶과 인간, 그리고 이들의 대화적 속성에 대한 인식과 다르지 않다.

〈애올러스〉에 들어서면서 스타일은 내용을 압도한다. 전반부의 이니셜 스타일에서도 인물과 상황에 대한 서술의 지시적 기능을 부정하는 측면이 있었으나, 〈애올러스〉에서는 이것이 본격화된다. 특히 눈에 띄는 것은 표제어와 내용의 불일치이다. 로렌스는 표제어가 신문기사에서 빌려온 언어인 만큼 익명성·집단성을 특징으로 하며(64), 이니셜 스타일로 이루어진 서술 내용의 안정성을 풍자하고 패러디한다고 주장한다(59-60). 〈애올러스〉의 배경이 신문사인 만큼 표제어가 익명성·집단성을 대표하는 신문 기사체이고 이니셜 스타일로 서술된 내용은 신문이 보도하는 뉴스의 내용, 즉 현실이라는 로렌스의 해석은 분명 일리가 있다. 그런데 표제어가 사회의 집단적 이데올로기를 반영한다면 내용을 이루는 이니셜 스타일은 대체로 인물과 상황의 객관적 묘사를 담당한다. 그리고 일반적으로 표제어는 서술된 내용을 요약, 설명하는 기능을 가진다. 그러나 〈애올러스〉에서 양자간의 관계는 극히 불안정하다. 표제어가 내용을 자의적으로 왜곡하는 느낌이 강하기 때문이다. 로렌스는 이를 지시적 기능을 바탕으로 서술의 안정성을 지향하는 이니셜 스타일, 나아가 소설 일반의 현실 묘사 가능성에 대한 회의의 표현이라고 본다. 그러나 양자간의 관계를 꼼꼼히 살펴보면 또 다른 측면을 발견하게 된다.

이니셜 스타일로 서술된 내용에는 인물의 행동과 말이 객관적으로 묘사되어 있다. 따라서 서술 내용이 인물들의 개성적 언어로 이루어져 있는 반면, 표제어는 비개성적인 익명의 언어, 사회의 언어로 이루어져 있다는 추론이 가능하다. 그러나 실제 표제어들에 나타난 말장난에 가까운 표현과 어조는 비개성적인 익명의 언어라는 주장을 의심하게 한다. 게다가 표제어가 집단성·사회성을 대표한다면, 그 언어는 객관성을 보여주어야 한다. 그러나 로렌스도 인정하듯이 표제어에는 객관성이 결여되어 있다. 만약 내용의 요약과 해설로서 표제어가 필요한 경우가 있다면 〈애올러스〉가 아니라 열아홉 개의 단편들로 이루어진, 《더블린사람들》의 축소판, 〈배회하는 바위들〉일 것이다.

〈애올러스〉가 이전의 서술 스타일과 구별되는 것은 그것이 자의식을 가진 화자의 서술이라는 데 있다. 로렌스는 표제어가 서술 내용을 패러디하고 있음을 알았지만 일견 객관적인 듯한 표제어 속에 이죽거리고 있는 화자의 목소리, 그리고 그 너머에 있는 작가의 모습을 긴밀하게 연결시키지 않았다. 문제는 표제어의 왜곡이 의식적이고 자의적이라는 것이다. 표제어에서 화자의 독립된 목소리를 듣게 되는 것은 이 때문이다.

표제어는 대체로 네 가지 종류로 나뉘어진다. "블룸 퇴장"(EXIT BLOOM), "블룸이 돌아옴"(RETURN OF BLOOM)과 같이 무대지시어 같은 객관적 상황 묘사를 위한 경우, 그리고 "주여 불쌍히 여기소서"(KYRIE ELEISON), "자넨 할 수 있어"(YOU CAN DO IT), "영리하지, 참으로"(CLEVER, VERY)처럼 인물의 말의 일부분을 직접 인용하는 경우, 종반부의 표제어들에서 주로 등장하는 상징적 왜곡, 그리고 "더럽지만 정겨운 더블린"(DEAR DIRTY DUBLIN) 등, 아이러니한 코멘트가 그것이다. 그리고 이러한 표제어의 선택에 어떤 분류상의 원칙도 찾아볼 수 없다. 마치 화자가 표제어를 제멋대로 선택한 것처럼 보인다.

문학이 삶을 반영한다고 하지만 문학이 삶 자체는 아니다. 예술과 삶의 존재 양식이 서로 다른 탓이다. 형식주의자들이 '문학성'의 조건으로 추구했던 "기법"(device) 연구는 결국 삶과 구별되는 문학 자체의 존재 양식을 밝히려는 시도였다. 그런데 문학 언어가 '일상어에 가해진 폭력'이라면, 이때 폭력은 필연적으로 삶에 대한 왜곡을 동반하게 된다. 결국 '문학성'은 왜곡의 구조이며, '기법'은 삶을 왜곡해서 '낯설게 하는' 방법이다. 사회 이데올로기와 역사성이 결여되어 있고 인간의 살아 있는 목소리를 언어학의 변별적 자질로 축소시켰다는 이유로 바흐친은 형식주의자들을 비판했지만, 삶의 예술적 표현에 따르는 필연적인 문제에서 예술의 본질을 파악하고자 했던 그들의 노력은 분명 시사하는 바가 크다.

〈애올러스〉에서 표제어의 선택에 나타난 네 가지 양상은 삶을 왜곡하고 '낯설게 하는,' 소설의 구성 방식과 유사하다. 작가는 이니셜 스타일의 지시적 기능을 통해 상황을 객관적으로 묘사하고, 인물의 말을 직접 인용해 작품 속의 사실적 대화를 이끌어 나간다. 그리고 특정 이미지나 모티프의 상징성을 이용해서 작품의 전반적인 구조적 완결성, 주제의 암시 효과를 획득한다. 이와 더불어 조이스의 경우, 아이러니를 통해 스타일의 객관성을 유지하면서 동시에 작가의 시각을 간접적으로 드러낸다. 《젊은 예술가의 초상》과 《더블린사람들》에서 조이스는 아이러니를 통해 인물과 작품에 대한 자신의 입장을 간접적으로 드러낸 바 있다. '더럽지만 정겨운 더블린'은 조국에 대한 조이스의 애증의 감정을 표현하는 말로서, 《더블린사람들》에 대한 조이스의 코멘트이다.

DEAR DIRTY DUBLIN

Dubliners.

— Two Dublin vestals, Stephen said, elderly and pious, have lived fifty and fifty three years in Fumbally's lane.

— Where is that? the professor asked(U 119.921-24).

디지 교장의 편지를 전하러 온 스티븐은 맥휴 교수에게 자신이 구상한 이야기를 설명하고 있다. 그가 《피스가산에서의 팔레스티나 조망 또는 자두의 우화 *A Pisgah Sight of Palestine or The Parable of The Plums*》라고 이름 붙인 이 이야기에서 스티븐은 '약속의 땅'에 들어가지 못한 모세(Moses)를 파넬의 몰락과 연결시켜 아일랜드의 암울한 현실, '마비'된 '더블린사람들'을 암시하고 있다. 즉 여기에서 스티븐은 《더블린사람들》의 작가인 조이스 자신이며, 조이스는 표제어를 통해 작품에 대한 자신의 입장을 간접적으로 드러내고 있는 것이다.

표제어가 소설 구성과정을 암시한다면 화자는 작가인 셈이며, 그가 표제어 선택에서 보여준 현실의 왜곡은 삶의 예술적 표현과 관련하여 글쓰기 문제에 대한 조이스의 자의식의 표현이다. 그리고 글쓰기 문제에 대한 소위 메타픽션적 자아 반영성은 〈유매우스〉에서도 계속된다.

로렌스는 〈유매우스〉의 언어가 익명의 대중적인 "문화언어"(voice of culture)라는 점에서 〈애올러스〉의 표제어와 같은 언어이며, 특히 오랫동안 사용해 낡아 버린 '진부한 언어'라고 말한다(168). 그렇다면 조이스가 이러한 대중적 '문화언어,' 사회 집단의 공적 의식을 대표하는 낡고 진부한 언어를 택한 이유는 무엇인가? 브런스(Gerald Bruns)는 〈유매우스〉의 언어가 빅토리아시대 소설의 언어를 패러디 한 것임을 암시한다.

J. Hillis Miller, in a brilliant little book entitled *The Forms of Victorian Fiction*, tells us that in certain Victorian novels the narrator is constituted as a kind of 'general consciousness,' a 'collective mind' that is 'embodied in the already existing language of the tribe' (366).

　브런스의 논의는 '일반 의식' '집단적 정신'으로 가득 찬 화자나 인물의 말이 개성이 없는 일반 대중, 사회 집단의 시각을 대변하며, 실제로 〈유매우스〉의 서술은 인물과 상황에 대한 통찰을 제공해 주지 못한다는 것이다. 따라서 '산양 가죽'의 정체, 선원 머피의 이야기의 진위성도 불확실하다(Bruns 367-376). 리펠미도 〈유매우스〉의 "실수, 거짓 정보, 거짓말, 변장"을 지적하며, 이러한 요소는 "모든 서술 스타일들을 변장 또는 날조"로 보도록 만든다고 주장한다(221). 그런데 〈유매우스〉에는 언어의 진부함 못지않게 흥미로운 사실이 있다. 화자의 이미지를 가진 인물이 등장한다는 것이다. 머피와 블룸이 바로 그들이다. 선원인 머피의 이야기는 대중들의 이국적 호기심을 자극하는 모험담으로서, 통속 소설의 전형을 보여준다. 그의 이야기 역시 낡아빠진 '진부한 언어'로 이루어져 있으며, 이 점에서 블룸도 예외가 아니다. 스티븐을 위한 그의 조언과 충고도 집단적 언어와 시각을 대변하기 때문이다. 게다가 블룸은 그곳에서의 경험을 소재로 해서 〈역마차의 오두막 탐방기 *My Experiences in a Cabman's Shelter*〉(U 528.1231)를 쓸 생각을 한다.

　《율리시즈》에는 실제 인물과 사건, 허구적 내용이 구별되지 않고 뒤섞여 있다. 엘만이 "명암합성법"(chiaroscuro coalesce)이라 불렀던 (1982: 364) 사실과 허구의 혼합은 서술된 내용의 진위성 파악을 더욱 어렵게 하는 요소이다. 그런데 만약 블룸이 탐방기를 쓴다면 그것은 머피와 '산양 가죽' 등, 역마차 오두막의 실제 인물들과 그들에게서 들었던 근거 없는 이야기들로 구성될 것이다. 여기에서 작가로서 블룸과 조이스의 비교가 가능해진다. 다음은 그 상상 속의 탐방기에 대한 화자의 논평이다.

the coincidence of meeting, discussion, dance, (···) the whole galaxy
of events, all went to make up a miniature cameo of the world we
live in especially as the lives of the submerged tenth, viz, coalminers,
divers, scavengers etc., were very much under the microscope lately(U
528.1222-27).

‘우연한 만남’ ‘토론’ 등, ‘자잘한 사건들로 이루어진 우주’ ‘광부,
마부, 청소부’ 등 허식 없는 적나라한 삶의 장은 바로 조이스가 평생토
록 지워버릴 수 없었던 ‘세계의 축소판 카미오’로서 더블린의 모습,
《더블린사람들》의 모습이다. 그리고 이를 ‘현미경’으로 자세히 관찰
하고 ‘꼼꼼히’ 기록하는 “방관자이며 인간 심성의 연구자”(U 524.
1046-47)인 블룸은, ‘천박할 정도의 꼼꼼한’ 문체 뒤에서 무심히 ‘손
톱을 다듬는’ 조이스의 모습과 같다.

그러나 블룸의 탐방기는 《더블린사람들》의 일부가 될 수 없다. 글을
써 보려는 블룸의 생각은 화장실에서 읽었던 현상 단편소설, 〈맛참의
뛰어난 솜씨 Matcham's Masterstroke〉를 쓴 필립 뷰포이(Philip Beaufoy)
가 3파운드 13실링 6펜스의 원고료를 받은 사실(U 56.502-17)에 기인
한다. 게다가 그런 소설들의 특징을 블룸 스스로도 잘 알고 있다.

It did not move or touch him (···) Print anything now. (···) begins
and ends morally. *Hand in hand*. Smart(U 56.511-15).

뷰포이의 소설은 전혀 감동을 주지 못하지만 그것은 대중을 위해서
라면 ‘무엇이든지 인쇄하는’ 시대의 요구에 부응한다. 게다가 마지막
을 ‘도덕적으로’ 끝맺음하는 재간도 보여주며, ‘손에 손잡고’ 해피 엔

딩을 향하는 진부한 표현은 대중소설의 전형이다. 그러나 그 진부한 표현을 멋진 결말("Smart")이라고 생각하는 블룸의 문학적 자질은 아마추어 수준을 벗어나지 못한다.[34]

아마추어 작가인 블룸의 의식과 시각은 대중적 언어와 가치관으로 이루어져 있으며, 그의 문학적 취미 역시 대중적 성향을 보여준다. 따라서 그의 탐방기는 사실과 허구를 결합해 그럴 듯하게 치장한 이야기가 될 뿐이다. 그리고 머피의 이야기는 그 그럴 듯한 이야기의 실례이다. 결국 이야기꾼과 아마추어 작가로서 머피와 블룸은 울프가 낡은 언어와 그럴 듯한 구성, 감동이나 통찰력이 결여된 진부한 도덕성을 이유로 비난했던 '물질주의자'와 다를 바 없다. 브런스가 〈유매우스〉의 언어와 서술을 밀러(J. Hillis Miller)가 주장한 빅토리아 소설의 특징과 연결시킨 것은 이 때문이다. 그런데 머피와 블룸이 보여주는 빅토리아 시대 소설은 대중 이데올로기이자 그에 호소하는 언어와 시각, 문학과 사회에 대한 기성 관념에 의거한 독서와 해석이라는 의미에서 바르트가 말하는 "읽을 수 있는 텍스트"(readerly text)의 전형이다.

아트리지(Derek Attridge)와 페레(Daniel Ferrer)는 조이스 연구의 흐름을 개괄하면서 다음과 같이 말한다.

Much of this work (…); one would have thought that the need to make Joyce readable and reputable had long since passed, and that the time had come to take the full measure of his literary revolution——

---

34) 블룸의 목소리에서 조이스의 예술관이 간접적으로 드러나는 것은 사실이나 블룸이 구상하는 이야기가 조이스의 예술관을 구현할 수 있다는 추측은 무리가 있다. 《젊은 예술가의 초상》에서와 같이, 조이스는 인물을 통해 자신의 예술관을 아이러니한 시각에서 반추하고 있을 뿐이다.

to produce Joyce's texts in ways designed to challenge rather than comfort, to antagonize instead of assimilation(7).

과거의 조이스 연구는 그의 작품을 '읽을 수 있는 텍스트'로 번역하는 데 주력했다. 그러나 이는 조이스의 스타일상의 특징, 스타일에 드러난 그의 예술관을 정확히 이해하는 효과적 방법이 아니다. 조이스의 텍스트는 글쓰기 자체에 대한 문제를 제기하고 있다. 따라서 그의 스타일은 텍스트의 수사적 특성에 대한 은유이며, 이 지점에서 조이스의 텍스트는 "쓸 수 있는 텍스트"(writerly text)로 변한다.

〈유매우스〉는 빅토리아 소설의 모방이 아니라 그에 대한 풍자이고 패러디이다. 낡아빠진 소설 문법과 규범, '진부한 언어,' 허구성과 왜곡의 장으로서 전통적 소설의 한계를 의도적으로 드러내기 때문이다. 그리고 이를 폭로하는 것이 '유매우스'의 서술 스타일이고 화자의 역할이다. 머피가 자신의 이야기의 근거로 보여주는 엽서의 수취인이 머피가 아닌 다른 사람이라는 사실을 드러내고(U 512.489), 신문에 실린 블룸 이름의 오식("L. Boom")을 이유로 그의 이름을 "붐"(Boom)으로 칭하며, 스티븐으로 하여금 "온갖 종류의 말들이 게처럼 색깔을 바꾸는"(U 526.1143) 것을 듣도록 하는 등, 〈유매우스〉의 화자는 머피와 블룸의 '읽을 수 있는 텍스트'의 허구성을 드러내고 '온갖 종류의 말들'이 만들어 내는 텍스트의 무한한 가변성을 암시한다. 이와 같이 《율리시즈》에서 다양하게 변화하는 스타일과 화자는 인물과 상황의 수동적 묘사에서 벗어나 인물을 새롭게 창조하고 상황을 재해석하며, 작가의 예술관을 드러낸다. 따라서 조이스의 스타일과 그 스타일의 실제 전달자로서 화자는 작품 구성의 기법과 요소가 아니라 인물과 상황을 직접 창조하고 영향을 미치는, 작품 속의 제3의 인물이며 작품 그 자체이다. 객관적 서술을 지향하는 이니셜 스타일에서조차 아이러니가 발견되는 것도 이 때문이며, 리꾈미가 《더블린사람들》이 인물과 화자의 두 가지 목소리로 구성되어 있다고 본 것도(91)이 때문이다.

조이스의 화자는 작가를 대신하지만 고정되지 않고 항상 변화하며, 현실의 왜곡 가능성, 완전한 현실 묘사의 불가능성을 스스로 인정함으로써, 글쓰기 문제에 대한 자의식을 노출시키는 화자이다. 그리고 그 화자 목소리의 수사적 표현은 스타일이 된다. 따라서 스타일과 화자는 조이스 예술을 이해하는 데 대단히 중요하다. 조이스 비평가들이 흔히 화자의 몰개성을 이야기하지만 결코 화자의 개념을 포기할 수 없다는 리꾈미의 말(131)도 텍스트에 적극적으로 개입하는 화자의 역할과 중요성, 그리고 스타일과의 연관성 때문이다. 작가로서 조이스의 몰개성, 사라짐은 결코 작가의 부재나 완전한 객관성을 의미하지 않는다. 조이스는 다양한 스타일을 통해서 작품 도처에 편재하기 때문이다(133).

조이스가 변화무쌍한 화자와 스타일을 통해 작품 속에 내재한다면 이를 통해 그가 보여주고자 하는 세계는 어떤 세계인가?

When Joyce as artist abandoned the god-like pose Stephen postulated in *A Portrait of the Artist as a Young Man*, he shifted the emphasis from the creator being above his work to the creator being within his work. This meant giving himself to the processes of the world, submitting to its multifarious transformations(Eliott B. Gose, JR 64).

작가가 작품 속에 내재한다는 것은 주제와 윤리적 측면에서 인물과 작품 전체를 포괄하는 단일한 시점, 인물에 대한 작가의 기본적 특권을 포기하는 것이다. 그러나 이것은 무책임함과는 다르다. 바흐친에 따르면, 도스토예프스키의 위대함은 작가의 초월적 시점을 버리고 인물과 나란히 서서 대화를 나눌 수 있었다는 데 있다. 작가가 초월적 시점을 버릴 때 비로소 인물은 작가 사상의 대리인에서 벗어나 독립된 개성, 자유, 완결되지 않은 비최종적 존재로서의 인간이 된다. 이때 인물은 미래를 향해 열려 있는 "창조적 과정의 **실제 현재**"(*real present* of the creative process)(PDP 63)에 살게 되며, 그의 말은 살아 있는 인간의 말이 된다. 세계가 작가의 초월적 시선 아래에서 단일한 원리로 고정되면 그 세계는 이미 최종화된 세계이며, 더 이상의 변화, 발전이 없는 죽음의 세계이다. 그러나 조이스는 세계를 다양성과 변화로 파악했고, 이를 수용했다. 도스토예프스키가 작가의 특권을 포기함으로써 인물과 대화를 나눌 수 있었다면, 조이스는 화자와 스타일을 통해 인물에게 말을 건다. 작가와 인물의 대화는 인간과 세계를 변화와 열림으로 보았을 때만 가능하다. 따라서 조이스의 다양한 스타일은 절대적 시점으로 고정될 수 없는, "시차"(parallax)에 지배되는, 변화와 다양성의 세계를 보여주기 위함이다.

Joyce shows us the lives of two unique beings who are also part of a larger pattern of human experience. That larger pattern is expressed by the changing points of view and by the parallax by time and space. Changes in space are symbolized by the changing distances between the narration and events in the novel; changes in time are symbolized by the chronologically determined style changes and by the many allusions to and analogies with items from history, literature, and mythology. The changes in the narrative points of view symbolize the varied modes of perception available to an observer(French 267).

〈애올러스〉로 시작하는 후반부는 화자의 역할에 따라 두 가지 경우로 나뉘어질 수 있다. 〈스킬라와 카립디스 Scylla and Charybdis〉, 〈사이렌 Siren〉, 〈사이클롭스 Cyclops〉, 〈나우시카〉의 전반부, 〈태양신의 황소〉, 〈이사카 Ithaca〉의 경우, 화자의 적극적인 개입이 두드러진다. 여기에서 화자는 의식적으로 인물의 시각을 왜곡하고 풍자하며 특정 상황의 다양한 해석 가능성을 적극 주장한다. 반면 〈배회하는 바위들〉, 〈서씨〉, 〈페네로페 Penelope〉, 블룸을 묘사하는 〈나우시카〉의 후반부는 상대적으로 객관적인 서술을 보여준다. 화자의 개입이 적으며 따라서 서술상의 아이러니도 적다. 그러나 후자의 경우, 스타일 또는 기법 자체에 대화적 요소가 내포되어 있다.

〈스킬라와 카립디스〉에서 도서관에서 벌어지는 문학 토론은 셰익스피어라는 공공의 문화 유산을 자의적으로 왜곡하는 인물들을 보여준다. 토론에 참가한 인물들은 각각 셰익스피어를 신비주의, 불가지론, 전통적인 서지학적 비평 등으로 접근, 자의적 해석을 시도한다. 그러나 이들은 부자 관계 모티프를 전기적 비평으로 풀어내는 스티븐의 이론에 압도되며, 셰익스피어는 스티븐의 시각에 따라 성적 무능자, 배신당한 자, 현실의 괴로움을 예술로 승화시켜 화해를 추구하는 자로 변신한다. 스티븐의 이론도 물론 정신적 아버지의 추구, 주변 인물들로부터 소외된 자신의 처지, 이에 대한 예술을 통한 정당화, 예술가로서 자신의 이미지 형성 등을 위한 그의 자의적 왜곡으로 가득 차 있다. 그리고 이 왜곡은 드라마의 형태를 취하며, 화자는 스티븐의 자기 극화(self-dramatization)를 간접적으로 지원한다.

정신적 아버지를 추구하는 스티븐에게 부자 관계 모티프를 중심으로 한 《햄릿 Hamlet》은 대단히 중요한 의미를 가진다. 따라서 스티븐의 셰익스피어 이론은 《햄릿》이 화제로 떠오르면서 "막이 오른다"(Lifted).

그리고 그의 상상 속에서 《햄릿》을 공연하기 위해 셰익스피어가 배우의 모습으로 등장한다.

> Lifted.
>
> — It is this hour of a day in mid June, Stephen said, begging with a swift glance their hearing. (…) Local colour. Work in all you know. Make them accomplices.
>
> (…)
>
> Composition of place. Ignatius Loyola, make haste to help me!
>
> — The play begins(U 154-155.153-63).

스티븐은 주변 인물들을 자신의 이론의 '공범자'로 만들기 위해 그가 "알고 있는 모든 것을 집어넣어"(Work in all you know) 한 편의 드라마를 연출한다. 그런데 토론이 진행되면서 스티븐은 연출자에서 무대 위의 셰익스피어로 변한다. 셰익스피어와 자신을 동일시하는 것이다. 여기에서 셰익스피어의 말과 스티븐의 말이 뒤섞인다.

> See this. Remember.
>
> Stephen looked down (…)
>
> Listen(U 158.294-300).

좌중의 관심이 러셀의 작업으로 몰리자 스티븐은 자신의 이론을 계속 들어줄 것을 요구한다. "들어라"(Listen)라는 스티븐의 독백은 《햄릿》에서 햄릿왕의 유령의 말("List! List! O List!")(U 154.144)을 연상시킨다. 햄릿왕의 유령이 복수를 부탁하듯이, 셰익스피어와 같은, 소외되고 상처받은 예술가로서 자신의 이미지와 이를 극복하고 위대한 작품을 써낼 자신의 가능성을 호소하는 것이다.

　도서관의 문학 토론을 드라마로 만드는 것은 스티븐만이 아니다. 《햄릿》에서 살인에 대한 확증을 얻기 위해 극중 극을 연출했던 햄릿 왕자와 같이, 정신적 아버지를 찾는 스티븐은 〈스킬라와 카립디스〉라는 드라마에서 극중 극을 연출했다. 그리고 스티븐의 극중 극을 제공해 준 〈스킬라와 카립디스〉의 연출자는 바로 화자이다. 도서관의 토론 장면을 한 편의 드라마처럼 서술하는 화자가 있기 때문이다.

> The door closed behind the outgoer.
>
> Rest suddenly possessed the discreet vaulted cell, rest of warm and brooding air.
>
> A vestal's lamp.
>
> Here he ponders things that were not: (⋯)(U 159.344–48).

　여기에서 러셀의 퇴장을 알리는 서술("The door closed behind the outgoer")은 무대지시어를 연상시킨다. 이후 분위기를 묘사하는 객관적인 서술이 뒤따른 후 주인을 알 수 없는 독백("A vestal's lamp")이 나타난다. 이와 같이 〈스킬라와 카립디스〉에서 화자는 개관적인 상황을 묘사하지만 간간이 그 상황의 드라마적 구성을 암시하고 있다. 예를 들어 멀리건이 등장하면서 문학 토론은 세속적인 이야기로 변하며, 블룸의 등장까지 잠시 동안 "막간"(*Entr'acte*)(U 162.484)이라는 현실이 삽입된다.

　인물들이 직접 배우로 변하는 장면(U 171-172.934)에서 주목할 만한 사실은 인물의 내적 독백이 전혀 없다는 것이다. 이는 드라마로 묘사된 그 장면의 연출자가 스티븐이 아니라 화자라는 증거이다. 스티븐은 단지 배우일 뿐이며 상황을 드라마로 바라보는 것은 화자이다. 게다가 화자는 스티븐의 입장을 적극 옹호한다. 스티븐과 공조하여 그를 세익스피어로 만들 뿐 아니라, 주변 인물들을 그의 적대자로 만들거나 희화화시킨다. 이에 따라 베스트(Best)는 세익스피어를 배신한 그의 형제 리차드(Richard)가 되고, 리스터(Lyster)는 이아고(Iago), 멀리건은 음란한 시를 읊는 엉터리 시인으로 변한다. 화자의 연출에 따라 인물의 배역이 정해지는 것이다.

《젊은 예술가의 초상》이나 《더블린사람들》의 경우, 화자가 인물의 심리를 묘사하면서 동시에 비판적 거리를 유지함으로써 아이러니한 효과를 거두는 경우가 많았다. 그런데 〈스킬라와 카립디스〉에서는 인물에 대한 이중적 태도가 두드러지지 않을 뿐 아니라 스티븐의 요구에 맞추어 인물을 변형, 왜곡시킨다. 그러나 이는 화자와 인물의 동일성, 공조 관계의 증거는 아니다. 화자는 독립성을 유지한다. 스티븐의 의도적 왜곡과 자기 극화를 직접 풍자하는 대신, 스티븐 스스로 왜곡의 실상과 한계를 깨닫게 할 뿐이다. 실제로 스티븐은 자신의 왜곡 행위("Don't tell them he was nine years old when it was quenched."), 그것의 허구성("Do you believe your own theory?——No, Stephen said promptly."), 무의미함("What have I learned? Of them? Of me?")을 알고 있다.

화자가 상황에 적극 동참하고 인물을 변형시키는 경우는 〈나우시카〉의 거티 묘사에서도 계속된다. 여기에서 화자의 말은 인물을 변형시키는 것이 아니라 인물 자체를 만들어 낸다. 거티는 여성 잡지와 로맨스 소설의 언어로 이루어져 있다. 따라서 거티의 의식과 시선은 사회가 정해 준 여성 이데올로기와 상업적 낭만주의에 의해 왜곡되어 있다.

프렌치는 거티를 묘사하는 낭만적 언어와 스타일로 인해 독자가 거티의 본 모습을 알 수 없으며, 거티 또한 리얼리티를 볼 수 없다고 주장한다(158). 그리고 리얼리티를 보지 못하며 여성 이데올로기의 희생자라는 의미에서 거티는《더블린사람들》의 마리아와 이블린과도 유사하다. 그런데 마리아의 경우, 화자에게 자신의 부정적 측면을 감추어 주도록 적극 요구하는 듯하다. 그러나 화자는 마리아를 배신하며, 따라서 화자의 말은 이중성을 지니게 되고, 인물과 화자 사이에는 감추고 드러내는 역동적 관계가 형성된다. 그런데 거티에게는 마리아와 같은 자의식이 없다. 거티는 화자의 로맨틱한 언어가 만들어 낸, 소녀의 낭만성이라는 허구적 이미지일 뿐이다. 이블린과 마찬가지로 착한 소녀라는 여성 이데올로기의 희생자이지만, 거티는 이블린의 갈등조차 느끼지 못한다. 만약 이블린이 독자적인 목소리, 의식, 의지가 없으므로 주인공으로 부적합하다면, 거티는 인물로서조차 부적합하다. 프렌치의 말대로 독자는 거티의 본 모습을 알 수 없다. 그러나 정확히 말해서 거티에게는 본 모습이 없다. 화자의 노골적인 낭만적 언어, 여성 잡지 문체가 만들어 낸 허상이기 때문이다.

의식은 타인과의 만남을 통해 형성되고 활성화된다. 바흐친이 이어성(heteroglossia)을 가진 말들을 중시한 것은 단순히 다양한 계층의 말이 만들어 내는 언어의 풍요로움 때문이 아니라, 각각의 말이 서로 부딪칠 때 비로소 말이 가진 특정 계층의 이데올로기가 드러나고 활성화되기 때문이었다. 개인의 의식도 이질적인 타인의 말을 만났을 때 활성화되며 가치를 가진다. 도스토예프스키의 인물들이 독자적인 사상을 가진 개별적이고 독립적인, 살아 있는 존재가 되는 것도 이 때문이다. 실제로《젊은 예술가의 초상》의 경우, 스티븐의 의식 성장도 주변의 언어와의 끊임없는 상호 작용을 통해 이루어진다. 그러나 거티의 의식 속에는 어떠한 이질적 언어도 존재하지 않는다.

거티 묘사가 블룸에 대한 묘사 이전에 등장한다는 사실은 시사하는 바가 크다. 만약 블룸의 시점이 먼저 서술되었다면 〈나우시카〉는 삶의 여정에 지치고 닳아빠진 블룸의 세속적 관점을 거티의 부드러운 손길로 어루만져 삶에 대한 낭만적 시각, 긍정적 태도를 회복시키는 방향으로 전개되었을 것이다. 그러나 화자는 낭만적 언어의 환상에 빠지지 않는다. 시를 사랑하는 거티의 낭만주의와 언어는 타인의 목소리로 가득 찬 블룸의 세속적 시각과 언어의 풍자의 대상일 뿐이다.[35]

《율리시즈》에서 언어는 세계를 반영하는 것이 아니라, 세계를 창조한다. 현대의 메타픽션(metafiction) 작가들이 언어의 지시 기능에 회의를 품고 실제 현실의 반영이 아니라, 허구적 현실의 적극적 창조를 지향하듯이, 《율리시즈》의 언어도 스스로 지시 기능과 현실 재현 가능성을 부정하며, 언어로 이루어진 또 다른 세계를 구축한다. 차이점이 있다면 메타픽션의 경우, 작가가 직접 창작 과정에 개입하는 반면, 《율리시즈》에서는 화자와 스타일이 작가를 대신한다는 것이다. 따라서 《율리시즈》의 화자와 스타일은 언어의 지시 기능을 바탕으로 한 전통적 서술의 안정성을 부정하면서, 동시에 언어의 인공성을 재료로 인위적인 언어의 세계, 개연성이 아니라 언어의 허구성에 근거한 세계를 만들어 낸다. 〈사이렌〉의 과도한 언어 유희는 언어의 지시 기능을 부정하는 실례이다.

---

35) 시, 특히 낭만적 서정시는 시인의 단일한 목소리, 단일한 세계관만을 전달한다. 무엇보다 시에는 인물의 공간적 묘사가 없다(AA 168). 인물의 공간성, 즉 외형은 타인의 시선을 받아들이는 조건이다. 따라서 바흐친은 낭만주의와 서정시를 독백주의적 장르로 분류했다.

Yes, bronze from anear, by gold from afar, heard steel from anear, hoofs ring from afar, and heard steelhoofs ringhoof ringsteel(U 212.112-13).

〈사이렌〉의 노랫소리는 언어 유희로 이루어진다. 의도적으로 비틀린 언어들이 만들어 내는 균형과 리듬이 바로 〈사이렌〉의 노래이며, 이 노래를 부르는 자는 오몬드 주점의 두 금발머리 아가씨도, '까까머리 소년'을 부르는 돌라드(Dollard)도 아니다. 주점에 모인 인물들은 모두 화자가 부르는 노랫소리에 빠져 있다. 그들은 화자의 노래에 홀려 현실을 잊는다. 블룸은 '사랑의 언어'에 취해 몰리의 부정을 에로틱한 상상으로 상쇄시키고, 사이먼, 돌라드 등 주변 인물들도 '까까머리 소년'이라는 슬픈 노래에 빠져 있다. 그리고 이들을 현실로부터 유리시키는 것은 언어 유희라는 화자의 노래 소리이다. 서술이 괴상할수록 독자는 언어가 지시하는 개연성의 세계보다 스타일과 서술 자체에 관심을 기울이게 된다(Riquelme 138-139). 〈사이렌〉의 노래에서 독자가 발견하는 것도 지시적 기능을 상실한, 화자의 언어 유희이다. 같은 장면에서 케네디 양(Miss Kennedy)에 대한 묘사도 유사한 경우이다.

Miss Kennedy sauntered sadly from bright light, twining a loose hair behind an ear. Sauntering sadly, gold no more, she twisted twined a hair. Sad she twined in sauntering gold hair behind a curving ear(U 212.81-83).

〈사이클롭스〉에서 시티즌의 허리띠 장식 묘사에 등장하는 수없이 많은 유명인사들(U 244.176-199)은 그 세세한 나열로 인해 오히려 신빙성을 잃는다. 예를 들어 〈이사카〉에서 블룸의 문 여는 동작의 장황한 묘사도 상황에 대한 독자의 이해에 전혀 도움을 주지 못한다. 불필요한 정보의 세세한 나열은 언어의 의미 지향성을 파괴한다. 개연성을 부정한 채 언어의 수사적 가능성 자체만을 보여줄 뿐이다. 케네디 양을 묘사하는 세 문장 역시 동일한 내용을 반복할 뿐, 더 많은 정보를 제공하는 것은 아니다. 〈태양신의 황소〉처럼 동일한 상황과 인물에 대한 다양한 시각을 제공하는 것도 아니다. 단지 인위적인 리듬감과 단어의 위치 배열에 따른 무한한 조합 가능성만을 보여줄 뿐이다.

〈사이클롭스〉에는 두 명의 화자가 등장한다. 주점의 인물들과 자리를 같이 하고 있는 "이름 없는 사람"(nameless one), 즉 주점의 상황과 인물들의 대화를 있는 그대로 전달하는 "상황 속의 화자"(in-scene narrator)와 외부에서 인물과 상황을 왜곡하고 과장하는 "외부 화자"(off-scene narrator)가 그들이다. '상황 속의 화자'는 국수주의자인 시티즌의 편협한 시각을 통해 폭력과 갈등으로 가득 찬 세계를 보여준다. 반면 '외부 화자'는 현실을 확대, 과장하고 미화함으로써 시티즌의 폭력성을 풍자하고 완화시키며, 블룸의 상징적 신격화를 이루어 낸다. 〈사이클롭스〉가 폭력과 사랑을 중심으로 시티즌과 블룸의 대결을 극화시켰다면, 이는 화자들의 상반된 시각과 어조와도 관계가 있다. 게다가 화자들의 역할은 글쓰기 문제에 대한 조이스의 일관된 관심을 엿볼 수 있게 해준다.

'상황 속의 화자'의 서술은 비교적 객관적인 상황 묘사에 집중되어 있으며, 인물들의 실제 대화도 이를 통해 제시된다. 로지가 '상황 속의 화자'의 구어체 언어를 "아일랜드 스카즈"(Irish Skaz)의 실례로 본 것(36)도 그 서술의 사실성 때문이다. 사실적인 서술 속에서 주점의 인물들은 살아 있는 인간으로 묘사된다. '상황 속의 화자'의 서술은 인물의 세계이다. 인물의 구체적 묘사와 함께 시간과 공간 속에 제한된 의식, 시각을 보여주기 때문이다. 반면 '외부 화자' 의 서술은 '시공성' 에 구애받지 않는, 자유로운 언어 유희로 구축된 허구의 세계를 보여 준다. 이 서술 속에는 과거와 현재, 인간과 사물, 사실과 상징이 뒤섞여 있다. 특히 흥미로운 것은 '상황 속의 화자' 의 서술을 해설하고 풍자, 왜곡하며 때로 해석까지 시도한다는 점이다. '외부 화자' 가 '상황 속의 화자' 의 서술을 자유롭게 논평할 수 있는 것은 원시적(presbyopic) 시점 때문이다. '상황 속의 화자' 는 '이름 없는 사람' 의 모습으로 직접 상황에 참여하고 있다. 따라서 그의 서술은 사실적이지만 그가 묘사하는 인물의 이미지는 불완전한 것이다. 제한된 시각만을 보여주기 때문이다. 인물의 완결성은 외부 시선을 통해 이루어진다. 그리고 그 외부 시선은 인물에 대한 작가의 특권이다. 조이스가 《젊은 예술가의 초상》과 《더블린사람들》에서 인물의 제한된 시각과 그 한계를 아이러니로 묘사할 때에도 외부 시선에 의존했다.

〈사이클롭스〉에서 시티즌을 거인으로 묘사하는 '외부 화자' 의 과장법과 장광설(U 243.151-67)은 개를 거칠게 다루는 '상황 속의 화자' 의 서술에 대한 논평이다. 여기에서 시티즌은 폭력성이라는 하나의 완결된 이미지로 규정된다. 시티즌의 거친 언행을 근거로 그를 폭력적 인물로 판단하는 것은 독자이다. 그리고 '외부 화자' 는 독자의 판단을 확증하며 작가의 의도를 구체화시킨다. 결국 '외부 화자' 의 세계는 독자와 작가의 세계인 것이다.[36)

〈이사카〉의 장광설과 세부 묘사도 원시적 시점에 의존하고 있다. 블

---

36) '외부 화자' 에 의한 블룸의 신격화도 유사한 경우이다. 엘리야 모티프, 유대인이라는 정체성, 인류애와 사랑을 설파하는 블룸의 모습에서 독자는 블룸과 예수(Christ)의 유사성을 인식하며, '외부 화자' 는 이러한 독자의 인식을 확인시켜 준다.

룸의 서랍 속의 물품들을 세세하게 보여주다가 광활한 우주의 별자리를 응시하는, 극단적인 원근법의 교차 속에서 인간의 시선은 사라지고 우주적 시점이 열린다. 블룸이 "별들의 냉정함"(apathy of the stars)을 통해 평정을 찾고 별자리로 승화하는 것도 이 과정에서 이루어진다. 그런데 〈사이클롭스〉에서 '외부 화자'의 서술은 블룸의 의식과 유사한 면이 있다. 인용과 상투어로 이루어져 있으며, 원시적 시점과 보편적 관점으로 '상황 속의 화자'의 고정되고 편협한 시각을 조롱하는 '외부 화자'의 장광설은, 시티즌의 폭력성과 화제의 방향을 의도적으로 비틀고 빗겨가며, 특정 논점에 대해 유사과학적 지식을 동원해 "이런 현상 저런 현상"(U 250.466-67)을 늘어놓는 블룸의 수다스러움을 연상시킨다. 게다가 그가 주장하는 사랑은 민족과 국가를 초월한 거시적 관점, 원시적 시점에서만 가능한 보편적 인류애의 표현이다.

〈태양신의 황소〉에서 화자의 스타일의 초점은 왜곡에서 다양성으로 옮겨간다. 그러나 그 다양성은 통합을 지향하지 않는다. 이저(Wolfgang Iser)는 각각의 산문 스타일이 특정 시대의 관점에서 본 리얼리티만을 제공하므로 완결된 리얼리티는 없으며, 각각의 스타일은 패러디를 통해 특정 스타일의 역사적 관점을 풍자한다고 주장한다(192-193). 그런데 주의할 점은, 〈태양신의 황소〉에서 시대에 따라 달라지는 스타일의 패러디가 단순히 시대와 스타일에 따라 달라지는 대상의 다양성을 다각적으로 조명하는 데 그치지 않는다는 것이다. 만약 특정 시대의 스타일이 불완전하더라도 안정된 서술을 유지할 수만 있다면, 각각의 스타일은 유기적 통합을 이룰 수 있으며, 모자이크 작품과 같이 전체적으로 통일된 이미지를 형성할 수 있을 것이다. 그러나 〈태양신의 황소〉에서 스타일의 불완전함은 상대적인 것이 아니라 내재적인 것이다. 스스로 안정된 서술을 부정하는 것이다. 이런 의미에서 로렌스의 주장은 대단히 흥미롭다. 그에 의하면 특정 시대의 스타일에도 다른 시대의 목소리가 내포되어 있다. 예를 들어 엘리자베스 시대 스타일을 패러디하는 부분에 블레이크와 예이츠의 문구가 포함되어 있다(139). 결국 특정 스타일과 시대 간의 직접적 연관성을 주장할 수 없다는 것이다. 게다가 인물들은 서로의 말, 문학 텍스트, 이전 시대 스타일의 특징적 표현 등을 서로 인용한다(141). 결국 각각의 스타일은 이질적인 요소들을 가지고 있으며, 이로 인해 특정 스타일의 독립된 완결성은 해체되고, 스타일들은 서로 스며들며 두껍게 덧칠된 중층 구조를 형성한다.

《율리시즈》에서 신화적 구조, 인간의 신체 기관과 각 에피소드들의 연관성, 모티프와 상징 등은 작품의 완결성을 위해 외부로부터 주어진 서술의 구심적 원리를 보여준다. 그러나 세부적인 정보들의 불일치, 자유자재로 변하는 화자와 스타일의 불안정성은 단일한 구조와 체계에 저항하는 원심적 원리의 구현이며, 고정화, 규격화를 거부하는 삶 자체의 표현이다. 바흐친에게도 구심성과 원심성의 갈등은 그의 사상의 핵심을 이룬다. 그에게 질서, 단일한 체계를 지향하는 구심성은 "공식 문화"(official culture)의 독백주의이며, 이질성과 무질서를 지향하는 원심성은 "비공식 문화"(unofficial culture)의 대화성이다(Morson and Emerson, 1990: 30). 바흐친이 도스토예프스키의 인물들에서 발견한 대화성의 조건도 단일한 시점으로 자신의 이미지가 고정되고 완결되는 것을 거부하는 인물들의 태도에 있었다. 그들은 자신을 최종화, 완결화시키는 타인의 말을 끊임없이 지연시키며, 항상 빠져나갈 구멍, 즉 "루프홀"(loophole)을 만들어 낸다. 인물들은 이 과정에서 의식의 활성화를 경험하고, 완결되지 않은, '과정'으로서의 존재로 변한다. 그리고 '루프홀'은 다시 라블레의 작품에서 세계와 미래를 향해 열려 있는 육체로 재등장한다.[37]

조이스의 원심적 원리, 그의 '루프홀'은 바로 스타일의 다양성이며, 다른 시대, 다른 스타일과 언어, 시각을 받아들여 특정 스타일의 고정된 이미지를 스스로 해체하는 〈태양신의 황소〉는 좋은 예이다. 다양성은 물론 독립된 의식과 실체들의 개별성을 조건으로 한다. 그러나 그 다양성이 단일한 체계로 환원되는 것을 방지하기 위해서는 비완결성의 조건, 스스로를 해체하는 전략을 필요로 한다.

〈이사카〉에서도 불안정한 서술은 계속된다. 〈애올러스〉의 표제어와 내용의 경우처럼, 〈이사카〉의 교리문답 스타일에서 질문과 대답은 서로 엇갈리고 빗겨간다. 비개성적이고 세세한 서술에도 불구하고 대답은 질문의 요점에서 벗어나거나 불필요한 정보를 나열하며 더 많은 질문을 유도한다. 따라서 질문과 응답의 부조화는 안정된 서술과 정보에 대한 독자의 기대를 좌절시키며, 정보의 유용성에 대한 현실적 기준을 부정한다. 리퀼미는 이를 다음과 같이 환유적 언어의 문제로 설명한다.

Rather than asserting validity of any single character's perspective or any single style, the narration of "Ithaca" like the narration of the entire book, is ecumenical. In an absurd extension of the metonymic perspective that informs realism, the teller in "Ithaca" treats everything as equally relevant and equally problematic(223).

---

37) 대상의 최종화된 이미지에 대한 지연이라는 의미에서 바흐친의 '루프홀' 개념은 물신(fetish)에 대한 매저키스트(masochist)의 태도와 유사하다. 《율리시즈》에서 블룸의 피학적 성향, 조이스의 편지에 나타난 그의 피학성과 문체의 특징은 비평가들의 관심거리였다. 《도스토예프스키와 부친 살해 Dostoevsky and Paricide》에서 프로이트는 도스토예프스키를 매저키스트로 설명하고 있다. 따라서 양자간의 문체와 예술관을 '루프홀'과 피학성으로 접근할 수 있는 가능성이 있다. 그러나 바흐친과 조이스 모두 프로이트와 정신분석학에 부정적이었다는 사실, 그리고 논점의 일관성을 위해서 본 논문에서는 다루지 않았다.

<이사카>에는 인물이 등장하지 않는다. 화자만이 있을 뿐이다. 따라서 인물의 시선을 통한 통합적 관점이 있을 수 없다. 게다가 화자는 인물의 본질이 아니라 인물 주변의 상황, 그에 대한 정보만을 수집할 뿐이다. 이 과정에서 인물은 사물이 되며, 화자는 사물과 상황에 대한 세세한 정보와 그 정보들간의 환유적 연결 고리만을 보여준다.[38] 인간이 사라진 사물들만의 세계에서 가치의 우열성이나 의미의 타당성은 존재할 수 없다. 모든 것이 다 중요하거나 또는 무가치할 뿐이며, 질문과 대답을 지속시키는 것은 사실적 묘사에 따르는 언어의 환유적 관계일 뿐이다.

<이사카>에서 질문과 대답은 무한한 환유적 연결로 이루어지며, 이 과정에서 이질적인 내용과 시점이 도입된다. 따라서 질문과 대답 사이의 불필요하고 일치하지 않는 내용이 불일치를 조성하고, 대답은 또 다른 관점에서의 질문을 유발시킨다. 환유는 유사하지만 차이가 나는 관점, 어휘를 끌어들임으로써 다른 문맥을 만들어 내기 때문이다.

블룸과 스티븐의 나이 차에 대한 관계를 묻는 질문에 화자는 16년이라는 차이를 알려 주는 데 그치지 않고, 16배수로 무한히 확장되는 숫자 놀음을 즐긴다. 그에 따르면 나이가 들어감에 따라 16대 0의 비율은 계속 증가하고 차이는 감소하여, 스티븐이 38세가 될 때 블룸은 6백46세가 된다(U 555-556.446-55). <이사카>에서 인물들의 인간적 관계와 그 의미는 수치, 계량화되고 형식 논리의 대상이 된다. 게다가 대답이 알려 주는 정보도 사실성과 유용성이 결여되어 있다. 그런데 사실성이나 유용성은 인간의 시선 안에서만 의미가 있고 가치가 있다. 그

---

38) 리꾈미가 환유적 관점이 '불합리'하다고 본 것도 서술이 인물을 중심으로 이루어지지 않기 때문이다.

리고 인간의 시선은 현실의 구체적인 시공간 속에서 형성되는 것이다. 그러나 〈이사카〉에는 인간의 시선이 존재하지 않는다. 화자의 서술도 시공을 초월한다. 프렌치도 〈이사카〉의 서술이 인간적 관점을 부정하는, "비인간화를 지향하는 목소리"라고 지적한다(207). 그러나 비인간적 스타일은 아이러니하게도 블룸의 승화를 가능케 하는 조건이 된다.

〈이사카〉에는 인물의 독백이 등장하지 않는다. 인간의 욕망이 철저히 배제된 것이다. 그리고 화자의 시점이 우주적 차원으로 확대되면서 현실의 특수성과 개별성은 소멸한다. 리꾈미의 말대로, 모든 것이 다 타당성을 가질 수 있을 정도로 평등해지고 보편화되는 것이다. 우주라는 무한한 비인간적 공간 속에서 모든 인간적인 것은 소멸하며, 하루 동안 겪었던 블룸의 인간적 감정도 이와 함께 소멸한다. 결국 〈이사카〉에서 블룸의 승화는 그의 인간적 시점의 소멸을 의미한다. 따라서 《율리시즈》가 블룸의 방랑과 모험으로 이루어져 있는 만큼, 주인공이 소멸하는 〈이사카〉는 《율리시즈》의 "진정한 엔딩"(true ending)이라고 할 수 있다. 〈페네로페 **Penelope**〉의 문체에 시작, 중간, 끝이 없는 만큼 〈이사카〉가 '진정한 엔딩'이라고 밝힌 조이스의 말(**Ellmann** 1972: 162)은 〈페네로페〉 문체 문제의 진위성을 떠나 상기와 같은 의미에서 이해해야 할 것이다. 그리고 '진정한 엔딩'에 나타난 인간적인 것의 소멸은 《율리시즈》의 휴머니즘이라는 주제의 부정이 아니라, 그에 대한 역설(paradox)이며 반증이다. 블룸의 퇴장과 함께 인간적인 시점이 사라지는 것은 그것이 블룸이라는 인물의 본질이며, 그의 모든 것임을 의미하기 때문이다.

화자의 개입이 적은 에피소드들의 경우 그에 의한 자의적 왜곡도 줄고 스타일 자체도 객관성이 유지된다. 그러나 다양한 시각과 타인의 이질적 언어가 이루어 내는 텍스트의 대화적 성격은 사라지지 않는다.

예를 들어 〈배회하는 바위들〉은 '시차'에 의한 삶의 다양성을 보여준다. 여기에서 '시차'는 동일한 사물의 서로 다른 측면을 보여주는 데 그치지 않고 다양한 개별적 삶의 모습들이 공존하는 세계, 더블린이라는 우주 전체를 보여준다. 그리고 그 우주를 구성하는 각각의 이야기들은 독자적인 소우주로서 삶의 특정한 단편을 보여주고 자체적인 의미를 지향한다. 다시 말해서 이야기들간의 인과 관계가 존재하지 않으며 통합적 시점이나 체계도 존재하지 않는 것이다. 따라서 〈배회하는 바위들〉의 열아홉 개 이야기들은 무작위로 선택된 듯이 보인다. 로렌스는 이와 같은 플롯 구성이 절대적 질서의 개념에 대한 조이스의 불신을 반영한다고 보고 있다(84). 더블린을 배회하는 인물들은 시간과 공간에 의해 묘사되고 있다. 즉 인과 관계를 중심으로 한 전통적 플롯이 아니라 무작위와 우연에 근거한 '시공성'이 이야기를 구성하는 것이다. 시간과 공간은 인간의 삶 자체를 가능케 하는 조건이다. 따라서 인위적 플롯을 거부하는 것은 삶을 있는 그대로 충실히 묘사하려는 의도라 할 수 있다.

틴달은 조이스의 순환적 역사관과 상반성의 조화에 대한 관심이 각각 비코(Vico)와 브루노(Bruno)의 영향임을 지적하고 있는데, 특히 상반성의 조화가 시간 속에서 이루어지는 헤겔(Hegel)과 달리, 브루노의 경우 "동시적"(simultaneous)인 특징을 보인다고 주장한다(86). 역사의 순환성·상반성의 조화는 동시적 시간관을 의미한다. 《율리시즈》에서 시간은 '동시적'으로 작용하면서 공간으로 변한다. 그리고 공간화된 시간, '동시적' 시간은 작품 속의 상징, 비유 등의 '동시적' 연관성으로 나타난다. 스티븐의 여동생들이 집에서 호출계의 벨소리를 듣고 있을 때, 또 다른 여동생 딜리(Dilly)도 그 벨소리를 들으며 아버지인 사이먼에게 돈을 타내고 있다(U 195.668). 블룸이 몰리에게 줄 책을 고르고 있을 때, 몰리는 상이군인에게 적선을 하고 있으며 보일런은 몰리에게 줄 과일을 사고 있다(U 187.302). 또 〈프로테우스〉에서 스티븐이 머물렀던 바위에 거티를 훔쳐보는 블룸이 몸을 감추며, 스티븐이 찢어 버린 종잇조각을 우연히 줍는다(U 312.1248).

〈배회하는 바위들〉은 동시에 발생하는 열아홉 가지의 사건들을 '동시적'으로 묘사하고 있다. 따라서 조이스의 공간화된 시간, '동시적' 시간관이 가장 극명하게 드러난다. 그런데 동시성이란 상반성과 다양성이 공존하는 조건이다. 그리고 바흐친에 따르면, 이는 도스토예프스키에게서도 발견할 수 있는 대화성의 조건이기도 하다. 도스토예프스키의 세계는 공간 속에서 드러난다. 그의 작품에 동시성 · 병존 · 대립 등의 공간적 개념과 이들의 상호 관계의 양상이 주된 문제로 등장하는 것은 이 때문이다. 그의 인물들도 과거, 인과성, 기원이 부재하는 현재 속의 존재로 나타난다. 그런데 도스토예프스키의 인물들의 관념에 나타나는 비시간성은 이들이 초월적 관념을 추구하지 않는다는 사실을 의미한다. 역사성이 없는 관념이므로 관념의 발전도 없다. 단지 주체적 관념의 논리적 양상만 드러날 뿐이며, 이는 타인의 논리와의 상호 작용을 손쉽게 해준다(PDP 29). 시간은 생성과 기원, 그리고 현재의 정체성 문제를 풀어내는 열쇠이다. 그리고 이것은 모더니즘 시학의 주된 문제이며 《율리시즈》에서 스티븐이 고민하는 문제이기도 하다. 그러나 조이스는 직선적 시간관과 그 목적론적 성향의 위험을 잘 알고 있었다. 시간이 다양성을 향해 열린 삶을 제공해 주지 못한다면, 그것은 현실에 족쇄를 채우는 "역사라는 악몽"("nightmare of history")일 뿐이다.

시간의 공간화는 〈배회하는 바위들〉뿐 아니라 《율리시즈》 전체에도 적용된다. 하루 중 열여덟 시간이라는 극히 제한된 시간임에도 불구하고 작품이 보여주는 삶의 모습은 대단히 다양하고 광대하다. 그리고 그

광대함은 더블린이라는 공간을 통해서 펼쳐져 있다. 여기에서 주의할 사항은, 시간이 완전히 배제된 것이 아니라는 점이다. 《율리시즈》의 각 에피소드들은 분명 시간 순서에 따라 구성되어 있다. 어떤 의미에서 《율리시즈》의 축소판이라고 할 수 있는 〈배회하는 바위들〉도 동일한 시간에 관찰된 더블린사람들의 삶의 단편들이기는 하지만, 결코 정지 화상처럼 묘사되지는 않는다. 인물들은 계속해서 이동하고 떠들고 먹고 생각한다. 블룸과 스티븐도 작품 전체에 걸쳐 계속 변화하고 있다. 변화는 시간 속에서 이루어진다. 따라서 시간은 분명 존재한다. 그러나 《율리시즈》에서 시간은 공간의 일부분으로, 공간 속에 스며들어 있는, 공간화된 시간이다.

바흐친은 괴테(Goethe)의 《이탈리아 기행 *Italian Journey*》을 논하면서, 괴테가 공간 속에서 시간의 중첩된 이미지를 볼 수 있었던 점을 높이 평가하고 있다.

Behind its static multiformity he saw multitemporality: for him diversity was distributed in various stages(epochs) of development, that is, it acquired a temporal significance. (···) The simple spatial contiguity (*nebeneinander*) of phenomena was profoundly alien to Goethe, so he saturated and imbued it with *time*, revealed emergence and development in it, and he distributed that which was contiguous in *space* in various *temporal* stages, epochs of becoming. For him contemporaneity——both in nature and in human life——is revealed as an essential multitemporality: as remants or relics of various stages and formations of the past and as rudiments of stages in the more or less distant future(SG 28).

괴테의 기행문이 이탈리아 풍경의 정지 화상이 아니라 살아 있는 삶의 기록이 될 수 있는 것은 그의 공간 속에 과거와 미래가 중첩되어 있기 때문이다. 괴테의 공간은 과거의 흔적과 현재의 결과, 미래의 가능성이 공존하는 곳이며, 여기에서 인간의 의지는 노동을 통해 현재를 변화의 '과정'으로, 미래를 가능성의 세계로 바꾼다. 이렇게 해서 일상의 작은 행위는 역사적 의미를 가지게 된다. 라블레 연구에서도 드러나듯이, 바흐친에게 역사는 당대 민중들의 일상적 삶에서 출발한다. 역사의 추동력은 일상 속에 중첩되어 스며있는 '작은 시간'의 역동성에 있다. 그러나 그 '작은 시간'은 결코 단일한 체계를 지향하는 목적론적 시간이 아니다. 바흐친에게 시간과 역사는 비최종화된 무한한 대화의 공간일 뿐이다.

Small time(the present day, the recent past, and the foreseeable [desired] future) and great time——the infinite and unfinalized dialogue in which no meaning dies(SG 169).

부커가 바흐친의 괴테론을 조이스에 적용할 경우, 조이스 작품의 시간과 역사뿐 아니라 작품의 대화성을 이해하는 데에도 도움이 된다고 (111) 생각한 것도 같은 맥락에서 이해할 수 있다. 《율리시즈》의 역사성은 사소한 일상 속에 '작은 시간'의 형태로 존재하며, 인물들은 사소한 행위 속에서 그 '작은 시간'을 '거대한 시간'으로 바꾸어 나간다. 〈배회하는 바위들〉에서 인물들은 공간상으로 분리된 상태에서 각자의 '작은 시간'을 살아가고 있다. 〈배회하는 바위들〉의 분리된 공간, 즉 공간성은 인물들의 삶의 개별성을 강화하며, 세계의 다양성을 증명한다. 이와 함께 각각의 '작은 시간'은 인물과 세계의 변화를 촉진

하면서, 최종화될 수 없는 무한한 대화의 공간으로서의 '거대한 시간'
에 합류한다.

　대화의 세계에서 언어는 타인의 목소리로 구성된다. 그리고 이는 내
적 독백의 경우에도 적용된다. 내적 독백은 순수한 의식의 표출이 아
니다. 그것은 타인의 말을 수용하고 교류를 이루는 장소이다. 개인의
개성, 주체의 이미지도 타인의 말과의 교류를 통해 이루어진다. 《율리
시즈》에서 인물들의 이미지, 의식의 지향점도 이들의 내적 독백을 통
해 드러난다. 〈프로테우스〉에서 볼 수 있듯이, 스티븐의 내적 독백은
주로 문학 언어, 추상적 언어로 이루어져 있다. 반면 블룸의 내적 독백
에는 세속성, 물질주의, 일반론 등이 두드러진다. 이와 같이 내적 독백
속에 스며들어 있는 이질적인 타인의 목소리는, 내적 독백이 세계에 대
한 인물의 주관적인, 그러나 제한된 시각과 의식만을 보여주는 데 그
치지 않고, 인물의 이미지, 그의 지향점, 역할까지 보여줄 수 있는 근
거를 제공한다. 따라서 블룸의 내적 독백은 추상성, 독백주의, 권위주
의를 풍자하고 비판하는 그의 역할과 맥을 같이한다. 〈로터스-이터
즈〉의 미사 장면에서 예수(Christ)의 "성체"(Corpus)가 시체가 되는 것도
("Corpus: body. Corpse.")(U 66.350) 종교의 위선과 권위주의를 비판
하는, 삶의 예술가로서 그의 역할과 무관하지 않다. 〈나우시카〉에서
블룸의 내적 독백도 거티의 낭만주의의 허구성을 폭로하고 풍자하는
역할을 수행한다.

　〈나우시카〉의 후반부는 거의 대부분 블룸의 내적 독백으로 이루어
져 있다. 화자의 간섭이 없이 블룸의 주관적 시점과 언어가 상당히 자
유롭게 드러나 있는 것이다. 따라서 그의 의식과 언어의 특징에 가장
근접할 수 있는 기회를 제공하는데, 그 특징은 바로 일반론이다. 거티
의 로맨틱한 낭만주의는 블룸의 세속적 관점의 풍자의 대상일 뿐이다.

결혼에 대한 거티의 로맨틱한 상상과 이상적 남편감으로서 블룸의 이미지는 거티를 성욕의 대상으로 보는 블룸의 속된 시선 속에서 한껏 더 럽혀진다. 그러나 거티에 대한 풍자가 일방적 이미지 훼손과 블룸의 속악함을 극대화시키는 방향으로 전개되지는 않는다. 블룸은 거티의 월경을 눈치챌 정도의 관찰력을 가지고 있고, 월경과 달의 관계를 과학적으로 유추하며, 그 주기에 대한 흥미로운 가설을 만들어 내기도 한다. 신체적 불구 때문에 거티에게 남자가 없을 것이라는 추측은 수도원의 수녀들과 그들의 신경증에 대한 동정심으로 이어진다. 게다가 수녀들에게 부정적인 이미지만 있는 것은 아니다. 그들은 최초로 '철조망'을 발명한 사람들이기도 하다.[39] 거티 이미지가 훼손되는 것은 사실이지만 긍정적인 요소가 항상 첨가, 보충되는 것이다. 이는 두 가지 방식으로 이루어지는데, 수녀와 '철조망'의 관계에서 보듯이, 긍정적인 측면을 첨가하는 경우와, 보편적이고 일반적인 사실로 환원하는 경우가 있다.

Excites them also when they're. I'm all clean come and dirty me. And they like dressing one another for the sacrifice. Milly delighted with Molly's new blouse(U 302.797-99).

거티의 속옷에 자극을 받은 블룸은 옷 아래에 숨겨진 여성의 성적

---

39) '철조망'을 발명한 사람은 수녀가 아니라 세 명의 미국인들이다(Gifford and Seidman 129). 블룸의 불완전한 지식은 "모든 사람"(every man)과 "아무도 아닌 사람"(no man)으로서 그의 평범함, 일반성의 이미지를 강화하며, 세속적 성향을 암시하기도 한다. 예를 들어 그의 과학적 기질과 지식은 세속적 이익으로 연결되는 경우에만 드러난다. 불완전한 정보는 물론 인물의 이미지뿐 아니라, 열린 텍스트로서 《율리시즈》의 의미의 불확정성이라는 조이스의 텍스트 전략의 일부이다.

욕구를 상상한다. 여기에서 거티는 속옷으로 남성을 유혹하는("I'm all clean come and dirty me.") 창녀로 변화하지만, 블룸은 이를 모든 여성의 일반적인 성향으로 보고 있다. 게다가 아내와 딸에 대한 에피소드를 떠올리며 더 이상의 훼손을 방지한다. 〈나우시카〉에서 블룸의 일반론은 거티에 대한 풍자 시점이 일반적 관점에 의존한다는 점 외에, 남녀 관계와 성을 보편적이고 일반적인 사실로 환원시키는 그의 방식과도 관계가 있다. 몰리의 부정, 밀리의 성적 성숙에 대한 안타까움, 여성의 예민한 감각, 까다롭고 이기적인 성격 모두 모든 여성이 맺고 있는 "달과의 관계"(That's the moon)(U 301.782) 때문이다.

블룸의 세속적이고 육체적인 성향이 거티의 낭만주의를 풍자하는 주된 수단이지만 천박하고 변태적인 방향으로 진행되지 않는 것은, 그의 시점이 평범하고 일반적인 보통 사람들의 관점에 의거하기 때문이다. 따라서 〈나우시카〉의 풍자성은 소녀의 낭만적 감수성이라는 특수성과 사회의 일반적 관점 사이의 불균형이 이루어 낸 아이러니의 결과이다.

블룸이 대표하는 사회의 일반적 관점은 그의 언어에서 나타난다. 블룸과 스티븐은 각각 '진부한 언어'와 '대중적인 정보,' 그리고 추상적인 비유, "비전적"(esoteric) 철학을 통해 세계를 바라본다. 로렌스는 그들의 연상과 의식의 흐름을 조사해 보면, 세계를 해석하는 그들만의 독특한 시각을 이해할 수 있다고 말한다(52). 블룸의 연상과 의식의 흐름, 즉 내적 독백과 그 언어가 '진부한 언어'와 '대중적인 정보'로 구성되어 있다는 사실은 그의 시점이 사회의 일반적 관점을 대변함을 의미한다.

도서관의 토론 장면에서 스티븐은 부자 관계라는 '비전적' 철학을 통해 자신의 이미지를 구축하고자 하며, 이를 위해 타인의 말을 왜곡하고 때로 회피, 거부한다. 그러나 블룸은 일반적 상식을 중시하며, 누구에게나 배울 것이 있게 마련이고 타인의 관점에서 자신을 보아야 함을 알고 있다("Still you learn something. See ourselves as others see us") (U 307.1057-58). 스티븐이 지적 자만심으로 인해 주관적 시점에 갇혀 있다면, 블룸은 분명 타인의 언어와 의식이 자유롭게 안주하고 공존하는 조화의 공간을 제공하는 인물이다.

블룸은 분명 개성을 가진 한 사람의 인물이지만 동시에 사회를 구성하는 서로 다른 목소리들이 만나는 공동의 공간이기도 하다. 엘리야의 도래를 알리는 전단지가 리피 강을 따라 흐르듯이, 더블린사람들의 의식과 언어는 블룸의 여정을 따라 깨어나고 활성화된다. 인물들은 블룸을 통해 서로 만나고 대화한다. 블룸은 《율리시즈》의 대화성 자체를 구현하는 인물인 것이다. 〈나우시카〉에서 블룸의 풍자가 개관성을 가질 수 있는 것은 '진부한 언어'와 '대중적인 정보'가 일반론과 보편성으로 작용하기 때문이며, 바로 이 때문에 블룸의 내적 독백이 로맨틱한 낭만주의 언어에 대한 비판적 논평으로 작용할 수 있는 것이다. 블룸의 내적 독백은 결코 현대인의 소외된 의식의 표현이 아니다. 그의 의식과 언어는 더블린사람들의 다양한 시각과 목소리가 서로 모여 의견을 교환하는 대화의 장소이다. 따라서 그의 내적 독백은 독백이 아니라 방백(aside)이다. 주변 인물들의 의식과 목소리가 함께 들려오기 때문이다.

리쾰미는 〈서씨〉와 〈페네로페〉가 '의식으로서의 텍스트'를 암시한다고 주장한다. 이전 에피소드들에 대한 기억과 회상으로 이루어져 있기 때문이다(147). 그런데〈서씨〉와 〈페네로페〉에서 기억과 회상을 통해 되돌아오는 것은 무엇인가? 그것은 욕망이라는 이름의 타자성이다. 〈서씨〉와 〈페네로페〉의 주인공은 블룸과 몰리가 아니라 그들의 의식과 언어 속에 내재한, 그들의 의식과 언어에 커다란 영향을 미쳤던 타인의 의식과 시선이다. 예를 들어 〈페네로페〉에서 몰리의 내적 독백을 구성하는 인물은 옛 애인 멀비(**Mulvey**), 보일란, 블룸이다. 몰리의 내적 독백은 세 남자들이 그녀에게 남겨 놓은 흔적을 따라가며 진행된다. 그리고 이 과정에서 몰리의 과거, 블룸과의 결혼생활, 보일란의 천박성과 블룸에 대한 신뢰가 구체화된다.

〈서씨〉 역시 하루 동안 블룸의 의식을 지배했던 사건들이 되풀이된다는 점에서 〈페네로페〉와 유사하다. 그러나 친숙했던 과거 사건으로의 '귀향'은 기괴한 경험으로 연결된다.

Exploring Circe (and any other woman) is alway a homecoming to familiar territory. But, inevitably, the homecoming seems uncanny. We meet familiar objects and characters, phrases and scenes, and at the same time we notice that they all undergo very strange metamorphoses (Ferrer 128).

일찍이 프로이트는 기괴함("uncanny")이 과거에 심리적으로 극복했거나 억압했던 것을 현실에서 다시 마주칠 때 느끼는 감정임을 밝힌 바 있다. 〈서씨〉에 등장하는 인물, 장면, 사건은 그로테스크하게 변형된 모습으로 재등장한다. 그리고 이들의 '괴상한 변신'은 압축과 전치를 통해 억압된 욕망을 드러내는 꿈의 메커니즘과 유사하다. 실제로 기괴함에 대한 프로이트의 연구도 부자 관계와 오이디푸스 콤플렉스,

즉 아버지에 대한 아들의 억압된 애증 심리를 중심으로 전개되고 있다 (1957: 219-252). 따라서 〈서씨〉가 "억압된 것의 귀환"(return of the repressed)을 극화시키고 있다면, 그 '억압된 것'은 바로 블룸의 욕망이다. 그런데 욕망이란 타자에 대한 지향 관계에 다름 아니다. 다시 말해서 욕망의 기원은 타자에게 있는 것이다. 즉 욕망은 타자의 선물이다. 따라서 〈서씨〉를 블룸의 억압된 욕망을 극화시킨 일종의 '귀환 텍스트'라고 볼 때, 그 텍스트를 구성하는 욕망의 시선과 목소리는 당연히 타인의 것이다. 결국 〈서씨〉는 타인이 바라본 블룸의 모습이며, 이러한 사실은 〈서씨〉의 구성 스타일과도 연관성이 있다. 표현주의 드라마에서 인물의 내면 세계는 그를 둘러싼 주변의 다른 인물이나 사물로 외재화된다. 따라서 인물의 의식은 주변 상황에 의해 구성되며 인물은 상황이 극화시키는 드라마의 무대일 뿐이다. 한편의 표현주의 드라마로서 〈서씨〉는 주변 인물들의 시선과 목소리가 구성하는 블룸의 내면 세계를 보여준다. 물론 블룸을 둘러싼 상황, 인물은 블룸의 욕망이 투사된 결과이다. 그러나 문제는 그 욕망이 하루 동안 블룸에게 영향을 준 타인들의 산물이라는 점이다.

현대 문학의 내향성과 관련하여 《율리시즈》를 모더니즘 소설의 대표작으로 부각시킨 것은 인물의 내면 세계를 묘사하는 의식의 흐름 기법 때문이었다. 그런데 기존의 리얼리즘 소설이 세계에 대한 인간 의지의 변증적 실현을 보여준다고 볼 때 현대 소설은 반영웅적 인물의 왜소함과 현실의 수동적 반영으로서 그의 내적 의식의 개인적 성향, 그 의식의 분열 양상을 부각시키는 경우가 많았다. 따라서 《율리시즈》를 포함한 몇몇 내향적 성향의 작품들은 반사회적이고 개인 의식의 자족성만을 주장하는 부르주아 이데올로기의 산물이라는 의혹을 쉽게 떨쳐 버릴 수 없었다. 그러나 《율리시즈》의 신화적 구성 문제, 수많은 패러디와 인물의 의식 속을 떠도는 다양한 계층의 목소리와 시각을 고려해 볼 때 그러한 의혹은 근거가 없음을 알 수 있다. 사실 몇몇 모티프의 유사성과 상징적 이미지들을 제외하면 《율리시즈》와 호메로스의 《오디세이》 사이에는 서술 구조, 기법, 이데올로기 등에서 거의 유사성을 찾아볼 수 없다. 게다가 《율리시즈》는 호메로스의 서사시가 지향하는 민족 이데올로기와 전통의 권위를 부정한다. 따라서 《율리시즈》의 신화적 구성은 역사에 대한 수동성과 의존이 아니라 역사에 대한 적극적 참여이고 도전이다. 부커의 말대로 조이스가 호메로스를 패러디했다면, 이는 서사시의 권위를 파괴하는 것이며, 그의 작품은 불변의 절대적 과거에서 벗어나 '현재의 살아 있는 역사적 문맥' 에 위치하게 된다(Booker 27). 틸은 조이스의 시대가 '고급 모더니즘' 이 정점에 달한 시기였으며, 그의 주된 풍자의 대상이 후기 계몽주의 사상, 과학적 실증주의, 기독교 이데올로기의 지배라고 주장한다(23). 잘 알려진 바와 같이 계몽주의의 이성 중심적 세계관은 근대의 독백주의 성향을 강화시켰으며, 이는 '고급 모더니즘' 의 핵심 요소로 계속 유지되고 있었다. 그러므로 조이스는 시기상으로 모더니즘의 중심부에 위치하고 있지만 모더니즘의 독단적 관점을 적극 부정했던 작가인 것이다.

  《율리시즈》의 비사회성의 증거로 취급되어 온 의식의 흐름 기법도 인물의 내적 독백 속에 스며들어 있는 타인의 목소리, 그에 대한 인물의 자의식을 고려할 때, 그것은 현대인의 정신적 소외와 폐쇄성을 묘사하는 것이 아니라 타인과의 의식적 교류가 이루어내는 대화의 장, 여러 사회 계층의 다양한 이데올로기가 투쟁을 벌이는 역동적인 현실의 축소판으로서 개인 의식을 묘사하기 위한 것임을 알 수 있다. 의식의 흐름 기법에는 인물과 독자 사이의 매개자가 존재하지 않는다. 따라서 인물의 의식과 경험의 즉각성, 검열 부재로 인한 서술된 내용의 진실성이 확보될 수 있다(French 58). 바로 이러한 이유 때문에 내적 독백은 인물 개인의 순수한 목소리의 표현이라는 오해가 발생한다. 그러나 내적 독백은 순수한 목소리가 아니다. 그것은 구체적인 상황 속에서 형성되는, 세계와 타인에 대한 반응이고 판단이다. 타인의 목소리 또는 타인을 의식하는 '곁눈질하는 말'로 구성되어 있으며, 인물의 의지와 감정이 가장 강하게 표출되는 장소이기 때문이다. 따라서 내적 독백은 인물의 세계관을 묘사할 수 있다. 만약 내적 독백이 순수한 목소리로서 타인과의 연관성이 부재한다면, 텍스트 내에서 사회적 의미를 형성하는 것은 불가능할 것이다.

《율리시즈》의 인물들의 의식은 타인들의 목소리로 구성되어 있다. 예를 들어 스티븐의 의식은 문학적 인유와 인용으로 가득 차 있다. 따라서 타인과 사회로부터 고립된 개인의 의식이 아니다(Booker 176). 그런데 개인 의식을 구성하는 타인의 목소리가 인물의 '감정적−의지적 어조'와 분리되어 있다면 그것은 인물의 자의식을 촉발시키고 그의 이미지를 형성하는 대화적 창조성을 성취할 수 없다. 예를 들어 격언·속담·경구 등 개별화된 사상이나 명제 등, 인물의 주관적 시점이라는 문맥에서 벗어난 자기 충족적인 언어는 고전주의, 계몽주의의 영향으로서, 이는 텍스트가 주장하는 사상의 통일성을 유지하기 위한 것으로 결국 독백적 세계관의 틀을 벗어날 수 없다(PDP 95-96). 속담·격언·경구 등은 대체로 일반적이고 보편적인 의미를 표현한다. 보편적인 언어에는 주관적 개성이 스며들 여지가 거의 없다. 그러나 〈나우시카〉에서 거티의 낭만적 언어의 환상을 깨뜨리는 것은 블룸의 세속적 시선을 통해 걸러진, 여성에 대한 보편적 관점이며, 〈이사카〉에서 블룸이 몰리의 부정을 용서하고 '부러움, 질투, 자제, 침착'을 거쳐 마음의 평정을 얻는 것도, "침대에 들어온 모든 남자는 자신을 그곳에 들어온 최초의 남자로 상상"(U 601.2127)하기 마련이며, 남녀간에는 천부적 본성의 차이가 있고 그것은 자연스러운 것이라는, 블룸의 시각을 통해 왜곡된 일반론을 통해서이다. 스티븐이나 블룸 모두 '빌려온 말,' 즉 타인의 목소리로 가득 찬 의식을 소유하고 있으며, 특히 블룸의 경우 상투어가 그의 언어 대부분을 차지한다. 이는 블룸 의식의 원심성, 즉 사회 지향적 성향을 의미한다. 블룸의 상투어와 일반론은 개인 의식의 사회성을 보여주는 증거이다. 그리고 그 상투어와 일반론은 개인의 의식 속에서 다시 왜곡되고 변형되면서, 언어를 통한 개인 의식과 사회 이데올로기의 유기적 관계를 암시한다.

도서관에서 벌어지는 스티븐의 문학 토론에서도 셰익스피어의 전기적 사항들은 부자 관계 모티프를 통해 예술의 정체성과 소외된 예술가로서 자신의 이미지를 형성하려는 스티븐의 의도에 따라 왜곡되고 변형된다. 셰익스피어의 작품과 언어는 고전으로서 만인 공동의 언어 유산이고 자산이다. 도서관의 문학 토론은 셰익스피어라는 공동의 언어를 두고 서로 다른 비평가들이 벌이는 자의적 왜곡의 현장이다. 플라톤과 신비주의로 무장한 러셀과 리스터의 전통적 관점에 대항해 자신의 이론을 펼쳐나가는 스티븐의 모습은 블룸을 대신해 키를 잡고 〈스킬라와 카립디스〉의 지식의 바다를 빠져나가는 율리시즈의 모습으로 나타난다. 그런데 스티븐의 이론은 동료들을 압도하지만 실제 대화와 달리, 스티븐의 의식은 승리의 기쁨보다는 불만으로 가득 차 있다. 스스로도 믿지 않는 이론일 뿐이며(U 175.1067), 이를 위해 사실을 왜곡하기도 했지만("Don't tell them he was nine years old when it was quenched.")(U 173.936), 추락한 '물떼새'에 불과한 미숙한 자신의 처지를 벗어나지 못하기 때문이다. 토론이 끝난 후 그 유용성을 의심하는 스티븐의 내적 독백("What Have I learned? Of them? Of me?")(U

176)은 토론중의 복잡했던 그의 심정을 암시하며, 동료들과의 실제 대화와 달리 타인의 말을 창조적으로 수용하는 과정상의 어려움, 그 과정의 복잡한 양상, 그리고 그 과정이 펼쳐지는 공간이 외부가 아닌 내부, 즉 인물의 의식과 내적 독백에 있음을 추측하게 한다.

내적 독백은 타인과의 언어적 교류가 이루어지는 구체적인 장소이다. 러셀의 플라톤과 신비주의를 조롱하는 스티븐의 내적 독백은 타인의 시각에 대한 조롱과 그에 대한 스티븐 자신의 자의식이 겹쳐지면서 상당히 복잡한 양상을 보인다.

Unsheathe your dagger definitions. Horseness is the whatness of allhorse. Streams of tendency and eons they worship. God: noise in the street: very peripatetic. Space: what you damn well have to see. Through spaces smaller than red globules of man's blood they creepycrawl after Blake's buttocks into eternity of which this vegetable world is but a shadow.

Hold to the now, the here, through which all future plunges to the past(U 153.84-89).

말(horse)의 실체를 포기하지 않으면서 말의 본질을 이끌어 내려 했던 아리스토텔레스의 철학은 사물의 본질을 현실의 사물 자체에서 파악하고자 하는 스티븐의 예술론과 일치한다. 따라서 현실을 부정하는 신비주의자들은 창조의 신이 '거리의 소음'이라는 사실을 이해하지 못한다. 그런데 거리의 철학자, 소요학파("peripatetic")가 거니는 산책 '공간'은 〈프로테우스〉의 도입부에서 눈을 감은 채 샌디마운트 해변을 걷던 스티븐을 연상시킨다. 스티븐은 그곳에서 "공간의 아주 짧은 시간을 통해 시간의 아주 짧은 공간”(U 31.12)을 점유하면서, “한 번에 한 걸음씩”(a stride at a time) 걷고 있다. 스티븐의 말대로 “들을 수 있는 것은 시간에서 제시되고 볼 수 있는 것은 공간에서 제시된다”(P 212)고 볼 때, 눈을 감고 ‘하나하나 차례로’ 발걸음을 옮기는 그 시간상의 순서는 “들을 수 있는 것의 불가피한 양상”(U 31.13)이다. 그런데 스티븐은 눈을 감음으로써 시각을 포기하고, 시각을 통해 인식할 수 있는 공간을 청각과 시간의 범주에 포함시켜 버린다. 해변을 산책하는 공간적인 행위는 차례로 한 걸음씩 내딛는 발걸음의 ‘순서’로 변하며, 이 순서는 시간의 범주에서 파악된다. 그리고 공간이 시간의 범주에서 해석됨으로써 발걸음을 내딛는 ‘아주 짧은’ 공간적 · 시간적 행위는 영원의 세계를 향하는 신비한 경험으로 이어진다(“Am I walking into eternity along Sandymount strand?”). 그런데 도서관에서 러셀의 신비주의를 조롱하는, ‘블레이크의 엉덩이’를 따라 들어가게 되는, ‘영원’의 세계의 문인 ‘적혈구보다도 작은 공간’은 바로 〈프로테우스〉에서 스티븐이 경험한 ‘시간의 아주 짧은 공간’과 같다. 게다가 러셀의 신비주의는 빌린 돈을 갚지 않으려는 스티븐의 이기심을 정당화시키는 수단으로 사용된다(“Wait. Five months. Molecules all change. I am other I now. Other I get pound.”)(U 156.115-16). 이와 같이 스티븐의 의식 속에서 타인의 시선은 스티븐 자신의 시선과 부딪치고 뒤섞이며 변화한다.

도서관 장면에서 나타나는 스티븐의 내적 독백은 자아 비판, 자신에 대한 회의, 아이러니, 경멸감으로 가득 차 있는데, 이는 타인의 말에 대한 자의식의 표현이다. 바흐친이 도스토예프스키의 인물들의 말에서 발견한 대화적 특성은 바로 타인을 의식하는, 자의식을 가진 말이었다. 타인의 말을 의식할 때, 인물의 말은 ‘은닉된 논쟁’이 된다. 스티븐의 내적 독백은 타인의 말과 응답을 의식하고 있기에 항상 긴장된

모습을 보인다. 망모(亡母) 문제, 종교, 가정 문제 등에 대한 타인의 말
은 스티븐의 의식과 말에 깊은 흔적을 남긴다. 멀리건에 대한 스티븐
의 긴장되고 신경질적인 말은 망모에 대한 '양심의 가책' 을 일깨워 놓
은 멀리건에 대한 반감이 '은닉된 논쟁' 의 형태로 드러난 탓이다.

　인간은 서로를 되비추고 상대에게서 자신의 모습을 보며 서로를 이
해해 가는 존재이다. 인간이 대화적 존재일 수 있는 것은 타인의 눈에
비친 '나' 의 모습 때문이다. '나' 에 대한 인식에 필요한 타인의 존재,
주체 속에 내재한 타자에 대한 인식이 바로 자의식인 것이다. 그리고
자의식이 가장 활성화된 모습을 보이는 말인 내적 독백은 인물의 폐
쇄된 의식의 표현이 아니라 언어의 타자성·대화성의 표현이다. 대화
성은 타인의 말의 창조적 수용이다. 이때 창조성은 타인의 말에 대한
평가와 응답이며 이러한 작업이 이루어지는 공간이 곧 '내적 언어,'
즉 내적 독백이다(Volosinov 1986: 118).

　《율리시즈》의 신화적 구성은 과거를 지향하는 비역사성이 아니라,
과거와 현재를 잇는 전통의 연속된 흐름과 그 역동성의 증거이다. 신
화는 개인과 사회, 사실과 상상력, 의식과 무의식, 과거와 현재, 인간
과 자연을 연결하면서 리얼리티에 가치를 제공한다. 《율리시즈》가 신
화적인 작품인 것은 호메로스와의 유사성 때문이 아니라, 조이스와 전
통을 연결하며, 그의 중심된 관심을 투사하는 서술 스타일 때문이다
(Theall 102). 그리고 그의 중심된 관심은 물론 휴머니즘이다.

And if, like Joyce's myth, the modern myth has a public level, it
can do for us what myths did for our ancestors. *Ulysses* and *Finnegans
Wake* have a social function; for modern man needs to be assured of
his humanity(Tindall 104).

틴달의 주장에서 알 수 있듯이 휴머니티는 사회적 가치이다. 즉 사회 내에서만 구체화될 수 있는 것이다. 그런데 사회는 다양성과 조화의 장, 즉 대화의 공간이다. 결국 조이스의 신화는 단일한 시점과 전통의 권위를 지향하는 서사시의 신화가 아니라, 개별적인 인간들의 대화와 조화의 가능성으로서의 신화이다. 조이스에게 세계는 다양한 개인 의식과 목소리가 공존하는 곳이다. 그리고 그것은 내적 독백을 통해 가장 선명하게 드러난다. 의식의 흐름 기법이 보여주고자 하는 것도 결국 개성을 가진 인간의 모습이다. 인간의 내면을 꼼꼼하고 솔직하게 묘사했을 때, 그 인간은 형식화된 범례로서 추상화된 인간이 아니라 개성을 가진 개인의 모습으로 나타난다(Humphrey 118).

현대 소설의 내향성은, 삶에 대한 외부 관찰이 관점과 상황에 따라 상대적인 반면 직관적 경험과 내적 접근 방식은 삶의 본질을 보여줄 수 있다는 믿음 때문이었다. 그러나 의식의 흐름 기법이 보여주는 삶의 본질은 절대적이고 고정된 것이 아니다. 베르그송(Henry Bergson)도 의식의 흐름 기법이 기억을 통해 과거와 현재를 오가는 의식의 "지속"(duration)으로서의 인간, 그리고 매 순간 스스로를 창조하고 변화시키는, 고정되고 완결될 수 없는 삶의 역동성을 보여준다(51-60)고 주장한다.

조이스는 의식의 흐름 기법을 인물 의식의 완벽한 '폭로'가 아니라, 작품을 이어가는 주된 스타일로 간주했다(Ellmann 1982: 528). 스타일은 작가의 예술관의 표현이다. 그렇다면 조이스의 의식의 흐름은 삶의 대화적 본질, 변화를 향해 열린 존재로서의 인간에 대한 이해를 보여주는 증거라고 할 수 있다. 의식의 흐름 기법은 인간의 의식을 완벽하게 '폭로'함으로써, 인간을 분석 가능한 대상으로 만드는 획일적이고 기계적인 독단주의 시각과는 거리가 멀기 때문이다.

6

《율리시즈》: 육체의 언어와 희극성

조이스는 희극과 비극을 구별하면서 희극의 우월성을 주장한 바 있다. 비극의 감정인 공포와 연민이 상실감에 근거하는 반면, 희극의 감정인 즐거움은 소유를 근거로 하기 때문이라는 것이다(CW 144). 특히 소유에 대한 만족감은 미의 인식에 필수적인 정적(static) 감정을 가능케 해준다. 따라서 조이스에게 즐거움의 유무는 예술의 우열성을 구분하는 기준으로까지 확대된다.

All art which excites in us the feeling of joy is so far comic and according as this feeling of joy is excited by whatever is substantial or accidental in human fortunes the art is to be judged more or less excellent: (···) From this it may be seen that tragedy is the imperfect manner and comedy the perfect manner in art(CW 144–145).

예술 작품이 불러일으키는 특정한 감정은 작품의 '본질적인' 요소일 수도 있고 '우연적인' 것일 수도 있다. 만약 특정 작품에서 즐거운 감정이 '인간의 운명에서' '본질적인' 것으로 드러난다면, 그것은 인간과 세계에 대한 작가의 희극적 관점이 그의 예술관의 표현, 즉 주제로 구체화된 경우일 것이다. 그리고 만약 즐거움이 '우연적인' 것으로부터 발생한다면, 이는 작품에서 현실을 '꼼꼼하게' 관찰하고 묘사하는, 작가의 문체상의 특징으로 구체화될 것이며, 그가 묘사하는 세계가 삶의 일상성을 고스란히 간직한 현실 그 자체로서 우연과 가변성으로 가득 찬 살아 있는 인간의 삶의 모습으로 나타날 것이다. 따라서 조이스의 예술관과 스타일은 희극에 대한 그의 관심과 결코 무관하지 않다. 화이블만(James Feibleman)은 희극의 특징을 다음과 같이 요약하고 있다.

> Hanging upon the vivid immediacy of actuality, it touches the unique particularly embodied in the passing forms of the moment. (⋯) it deals critically with the fashions of specific place——because they are not ubiquitous, and with those of specific times——because they are not eternal(Bowen 42 재인용).

실제로 《율리시즈》는 구체적 시공성을 배경으로 일상적 경험의 세계를 묘사하고 있다. 삶과 세계를 희극적으로 보는 작가라면 보편적이고 영원한 세계를 지향하지 않는다. 그것은 희극이 아니라 비극의 세계이며, 다양성과 변화가 아닌, 고정되고 편협한 독백의 세계이다. 조이스의 희극적 세계관은 에피퍼니의 '시공성'과 '천박할 정도의 꼼꼼한' 문체뿐 아니라, 변화와 다양성을 지향하는 서술 스타일에서도 확인되는 사항이다.

비극의 경우, 어떤 미지의 영역에서 의미화가 이루어지나, 희극은 일상적 경험 세계에서 이루어진다. 따라서 비극이 초월성을 지향한다면 희극은 세속성을 지향하며, 삶의 구체적인 일상을 다룬다. 희극에서 주로 인간의 육체, 생리 현상 등 삶의 물리적인 측면이 강조되는 것도 희극의 세속적 · 인간적 성향과 밀접하게 연관되어 있다. 《율리시즈》의 수많은 육체 이미지와 언어는 《율리시즈》가 희극 전통, 특히 카니발적 희극 전통의 중심에 있음을 의미한다.

> *Ulysses* operates squarely in this comic tradition. Not only is it egalitarian in its choice of protagonist and in its commonality of situation, but its language and activities so often hark back to the carnivalistic that Joyce was early and often, like his comic predecessors, accused of obscenity and of trafficking in filth and degradation(Bowen 18).

카니발적 희극성이 '외설성' '불결함과 퇴락'으로 연결되는 것은 육체적 이미지 때문이다. 특히 신체 하부 묘사는 생명력과 다산성을 암시하며, 따라서 삶과 세계의 순환성 · 영원성을 의미한다. 이와 함께 카니발의 세계에서 외설적 이미지는 기존 체계의 권위에 대한 풍자와 전복적 기능을 가진다. 특히 카니발의 전복성은 기존의 가치 체계를 부정하기 위해 상하, 좌우, 안과 밖, 성과 속을 뒤바꾸고 혼합하여 소위 그로테스크한 이미지를 만들어 낸다. 바흐친에 따르면 라블레의 그로테스크 리얼리즘은 중세의 카니발 전통에 기원을 두고 있으며, 라블레는 그로테스크한 이미지를 통해 민중의 건강한 웃음과 삶의 긍정성을 되살리고 종교의 권위를 풍자할 수 있었다. 물론 《율리시즈》의 희극성이 카니발 이미지를 통해 라블레와 연결되는 것은 육체적 · 성적 묘사의 과잉 때문만은 아니다. 그것이 세속적 가치와 삶의 물질적 조건을 긍정적으로 수용하고 동시에 독단과 권위에 대한 풍자로 이어지기 때문이다.

톰슨(Clive Thomson)은 그로테스크 문학의 대표적인 인물로 라블레, 스턴(Lawrence Sterne), 조이스를 예로 들면서 특히 《율리시즈》의 〈서씨〉에 등장하는 사창가 장면을 대표적인 경우로 보고 있다(64). 실제로 〈서씨〉에서는 일상적인 시점과 이미지가 뒤바뀌면서 가치의 혼란을 일으킨다. 포주인 벨라(Bella)의 부채와 그림 속의 요정이 말을 하고 블룸의 성별이 바뀌며, 〈텔레마커스〉에서 신의 제단으로 갈 것을 맹세하던 멀리건("Introibo ad altare Dei")(U 3.5)은 신부가 되어 흑미사를 집전하고("Introibo ad altare diaboli")(U 489.4699), "저주받은 자들과 축복받은 자들이 같은 노래를 각각 앞뒤를 바꾸어 부른다"(Mahaffey 108). 인간과 사물이 뒤섞여 공존하고 전후, 좌우의 이미지들이 대칭을 이루고 있는 것이다. 이와 같이 〈서씨〉가 보여주는 카니발의 세계에서 위계질서는 존재하지 않는다. 모든 것이 상대적인 가치만을 가질 뿐이다. 그리고 이는 삶과 세계의 양면성에 대한 인식을 의미한다(RW 6). 세계는 수직성 · 초월성 · 보편성, 죽음의 심각함과 수평성 · 현재 · 순간성 · 생성의 희극이 공존하는 곳이며, 동일한 인간의 육체에 죽음과 재생이 공존한다. 이때 인간의 육체는 세계의 이중성, 가변성을 반영하며 동시에 세계를 향해 열려 있다. 라블레에서 식사와 배설 등 육체의 '열린' 부분이 강조되는 것도 이 때문이며, 조이스의 '배설'의 문학이 삶의 찬가가 되는 것도 이 때문이다. 《율리시즈》는 블룸의 배설(U 56.494-540)에서 시작해서 몰리의 생리(U 632.1105)로 끝난다.

바흐친이 도스토예프스키 소설의 카니발 묘사를 분석하면서 밝힌 카니발의 특징들은 〈서씨〉의 경우에도 그대로 적용된다. 《우스운 인간의 꿈 Dream of a Ridiculous Man》에서 주인공이 꿈을 통해 시간을 초월한다면 블룸은 환각 속에서 과거와 현재를 동시에 경험하며, 두 인물 모두 사랑이라는 진리를 깨달은 유일한 인물이지만, 주위로부터 배척당하며, 지상 낙원을 꿈꾸는 '우스운 인간'의 열망은 사회개혁자로서 블룸의 모습과 같다. 또한 자신과 우주, 신과 인류를 향해 울려퍼지는 장엄한 독백은 더블린 시장으로 선출된 후 개혁의 비전을 선포하는 블룸의 엄숙한 목소리를 연상시킨다. 게다가 블룸의 성적 정체성을 밝히기 위해 의사인 멀리건과 딕슨(Dixon)이 행하는 블룸의 신체검사는 《아저씨의 꿈 *Uncle's Dream*》의 "카니발적 해부"(carnival anatomy)(PDP 162)와 일치하며, 《스테판치코프 마을 사람들 *The Village of Stepanchikovo and its Inhabitants*》에서 "카니발 왕"(carnival king)의 대관식에 몰려든 인물들은 카니발의 세계가 일탈된 인물들의 스캔들임을 보여준다(PDP 163). 미친 여자, 광대, 괴짜 등 비정상적인 인물들이 만들어 내는 집단적 일탈 행위가 묘사되기 때문이다. 〈서씨〉에서 개혁가로서 블룸의 신격화는 바로 "카니발 왕" 또는 "카니발 희생양"(carnival victim)(RW 202)의 전형이다. 각계 각층의 인물들이 모여 블룸을 개혁가, 더블린 시장, 선지자로 우상화시키며 한바탕 언어의 축제를 연출한다. 그러나 블룸의 성적 변태성이 드러나면서 그는 박해받기 시작하며 집단적인 비웃음과 조롱의 대상이 된다.

흔히 '카니발 희생양'은 왕과 다산성을 상징하며, 왕처럼 장식한 소를 괴롭히고 도살하면서 민중은 카니발의 즐거움을 만끽한다(RW 202-203).[40] 그런데 '카니발 희생양'의 숭배와 박해에 따른 집단적 희극성은 두 가지 이유에 근거한다. 왕으로 상징되는 권위를 마음껏 조롱하며 느끼는 전복적 쾌감과, 도살된 소를 나눠 먹으며 다산성과 삶의 영속성을 확인하는 즐거움이다. 카니발에 참가한 민중은 권위의 상대성과 다산성이 약속하는 자연의 순환적 영속성에서 이중성과 비완결성으로서의 세계를 인식한다. 따라서 카니발은 교체와 부활의 파토스를 통해 안정·성숙·완성을 상대화시키고, 숨겨져 왔던 인간과 세계의 이중성, 비완결성을 드러낸다.

> Carnivalization is (⋯) the discovery of new and as yet unseen things. By *relativizing* all that was externally stable, set and ready-made, carnivalization with its pathos of change and renewal (⋯) penetrate into (⋯) the previously concealed, ambivalent, and unfinalized nature of man and human *thought* was being nakedly exposed. Not only people and their actions but even *ideas* had broken out of their self-enclosed hierarchical nesting places and had begun to collide in the familiar contact of "absolute"(that is, completely unlimited) dialogue(PDP 166-167).

〈서씨〉에서 블룸의 우상화가 보여주는 카니발 이미지는 억압된 개인 욕망의 표출과 승화에 그치지 않는다. 카니발은 모든 이가 동참하는 공동의 공간이기 때문이다. 따라서 〈서씨〉의 주인공은 블룸이 아니라 주변 인물들이다. 블룸의 우상화와 박해를 통해 그들의 의식과 언어가 활성화되며, 일상에서 일탈된 "뒤집어진 세계"(world inside out)에서, 숨겨져 왔던 그들의 이면과 세계의 이중성이 드러나기 때문이다. 게다가 무작위로 삽입되는 문맥에 어울리지 않는 목소리들, 무의미한 말

---

40) 카니발 이미지와 희생양 문제는 프로이트와 지라르(René Girard)의 연구에서도 찾아볼 수 있다. 《토템과 터부 *Totem and Taboo*》에서 프로이트는 토템 동물의 카니발 이미지를 친부 살해에 대한 죄의식 해소 문제로 보고 있으며, 《폭력과 성스러움 *Violence and the Sacred*》에서 지라르의 희생양은 사회의 불만과 폭력성을 해소함으로써 기존 사회의 질서를 유지하는 역할을 맡고 있다. 특히 지라르의 관점은 전복성을 주장하는 바흐친과 상반된 시각을 보여준다는 점에서 흥미롭다.

장난, 동문서답투의 대화는 권위를 부정하는 카니발 언어의 특징이다. 반복되는 말, 비논리적이지만 무한한 문맥 속에서 논리적 연관성을 찾을 수 있는 말, 대립적이지만 동시에 양립 가능한 "비배타적 대립" (nonexclusive opposition)의 말 등은 언어의 이항성을 부정함으로써, 이항대립 구조에 바탕을 둔 신, 권위, 사회법칙에 도전하는 전복적 언어가 된다(Kristeva 79).

〈서씨〉에서와 같은 그로테스크 이미지는 비교적 적지만 〈하데스〉에서도 역시 카니발 요소를 찾아볼 수 있다. 특히 〈하데스〉의 경우, 삶과 죽음이 성적 이미지를 통해 대조, 병치되면서 희극적 효과를 가져온다. 디그넘(Dignam)의 장례식 마차에서 조문객들은 소풍을 갔던 남녀가 남긴 흔적("sperm-stained seat") 위에 앉아 있다. 삶과 죽음이 공존하는 것이다(Bowen 1989: 8-9). 〈하데스〉에서 성과 식사 이미지는 죽음을 희화화하고 삶과 생명력을 찬양한다. 장례 미사를 집전하는 신부의 뚱뚱한 몸매는 과식 때문이지만, 매일 죽음을 다루는 그의 입장에서 식욕은 건강 유지를 위해 꼭 필요한 일이다.

Want to feed well, sitting in there all the morning in the gloom kicking his heels waiting for the next please(U 85.604-05).

매일 아침 "다음 차례"(the next please)를 기다리며 장례 미사를 드리는 신부에게 죽음은 발꿈치로 툭 차 버릴 수 있는("kicking his heels") 일상적인 일과일 뿐이다. 신부의 비만과 식욕("want to feed well")은 죽음의 의식을 삶의 욕구로 바꾸어 놓는다.

블룸의 세속성은 죽음을 단순한 생리적 현상, 물리적 이미지("Broken heart. A pump after all, pumping thousands of gallons of blood every day")(U 87.673-74)로 환원시키며, 묘지 운용과 시체의 합리적 재활용에 대한 아이디어는 그의 세속적 성향을 극대화시킨다. 블룸의 생각대로 시체를 눕히지 않고 세워 묻으면 묘지를 절약할 수 있고, 중국인들처럼 아편을 재배할 수도 있으며 시체를 비료삼아 장사를 할 수도 있을 것이다("three pounds thirteen and six. With thanks")(U 89.774-75). 그러나 블룸의 세속성은 단순히 물질주의의 표현이 아니다. 죽음을 생리적 · 물리적 일상사로 환원시키고 희화화함으로써 삶의 가치를 재확인하고자 하는 의도인 것이다. 죽음은 삶의 이면으로서 삶과 죽음은 서로 분리되지 않는다. 죽은 자들도 남자라면 외설적인 농담을 듣고자 할 것이며, 여자라면 패션 소식에 귀를 기울이고(U 90.790), 그들의 목소리는 축음기를 통해 되살아나와(U 93.963-66) 산 자들과 대화를 나눈다.

〈하데스〉에서 성과 식사 이미지는 죽음을 희화화하는 주된 요소이다. 라블레에서 식사 이미지가 세계에 대한 인간의 승리를 의미하듯이(RW 281), 〈하데스〉에서 식사는 성과 함께 삶과 죽음의 밀접한 연관성을 증명한다.

Love among the tombstones. Romeo. Spice of pleasure. In the midst of death we are in life. Both ends meet. Tantalising for the poor dead. Smell of grilled beafstakes to the starving. Gnawing their vitals. Desire to grig people. Molly wanting to do it at the window. Eight children he has anyway(U 89.758-62).

성과 식욕, 죽음의 상반된 이미지들의 대조와 병치는 삶 속의 죽음, 죽음 속의 삶이라는 "양극단이 서로 만나"(Both ends meet) 삶과 세계의 이면성을 드러내는 카니발의 세계이다. 그리고 카니발이 보여주는 이중성은 삶과 세계를 죽음과 재생의 연속적 순환, 즉 비완결성에 대한 인식을 가능케 해준다. 고대인들에게 거친 자연 조건의 두려움을 극복하도록 해주고 중세의 종교적 권위를 순환적 자연관의 일부분으로 환원시켜 그 미약한 이면을 드러내도록 한 것은 삶과 세계의 영속성에 대한 민중의 거시적 관점이었다. 〈하데스〉에서 죽음을 바라보는 블룸의 시각 속에서 현대 소설에 되살아난 카니발 전통을 경험할 수 있다면, 비코의 순환적 시간과 '양극단이 서로 만나는' 브루노의 상반성의 조화에서 조이스의 인간 승리를 확인하는 것도 그리 어려운 일은 아니다.

《율리시즈》의 육체적 이미지는 작품의 구조에서도 발견된다. 조이스는 리나티(Carlo Linati)에게 《율리시즈》의 설계도(schema)를 건네 주면서, 《율리시즈》가 "하루 동안의 이야기일 뿐 아니라 인간 신체의 순환"을 묘사하고 있다고 밝혔다(Ellmann 1972: 186). 실제로 심장이 멈춘 자들의 이야기인 〈하데스〉의 신체 기관은 심장이며, 언어의 폭풍이 몰아치는 신문사 장면인 〈애올러스〉는 폐에 해당하고, 지적 토론이 벌이지는 〈스킬라와 카립디스〉는 뇌를 의미한다. 작품의 구조와 신체 기관의 관계는 작품 자체가 하나의 유기체, 즉 인간의 육체를 암시하도록 구성되었음을 의미한다. 따라서 《율리시즈》는 한 인간의 육체에 대한 탐험이기도 하다. 틸은 《율리시즈》의 육체 이미지의 특징을 개인성과 집단성의 동일화에서 찾고 있다. 다시 말해 조이스에게 개인의 육체는 개인의 것이기에 앞서 집단 전체의 원형적 육체(archetype of a collective everybody)(27)라는 것이다. 물론 《율리시즈》의 구조에서 신체기관의 역할은 각 에피소드들의 이미지를 수렴하고 주제를 암시하며, 나아가 작품 전체의 구조적 통일성을 제공한다. 그러나 그것은 동시에 삶과 리얼리티의 물리적 성향, 즉 삶은 육체를 매개로 하며 육체를 통해서만 살아 있는 리얼리티에 접근할 수 있다는 사실을 암시한다. 《율리시즈》를 한 인간의 육체적 삶의 과정으로 볼 수 있다는 사실은 케인(Kain)의 논의에서도 발견된다. 그는 《율리시즈》의 기본 패턴이 "존재의 흐름을 보여주는 소우주"이며, "삶의 각 기능들이 연속된 섹션들을 통해 극화된다"고 주장한다. 예를 들어 〈태양신의 황소〉는 출생, 〈네스토〉는 교육, 〈로터스-이터즈〉는 종교, 〈사이렌〉은 음악, 〈배회하는 바위들〉은 도시생활, 〈페네로페〉는 성, 〈하데스〉는 죽음을 극화시키고 있다(225). 그리고 《율리시즈》의 한 인간의 삶의 과정은 자연의 리듬을 배경으로 우주적 영속성으로 확장된다.

> From the conception of the basic biological rhythms of life contrasted with the apparently never ending forces of nature——the tides of the ocean, the flow of the Liffey——it is only a step to a view of human life from the perspective of astronomical time and space. And we see that June 16 is projected against the backdrop of infinity(227).

블룸이 변화와 열림으로서의 삶에 대한 인식을 소유하고 있으며, 실제로 그가 변화 과정중의 인물을 구현한다는 사실은 작품의 구조에 나타난 육체 이미지와도 관계가 있다. 《율리시즈》의 각 에피소드들을 대표하는 신체 기관들은 끊임없이 서로 소통하고 영향을 주고받으며 변화하는 유기적 관계를 보여주며, 이를 한 인간의 육체적 이미지로 통합한 《율리시즈》는 다시 블룸을 통해서 그 사실을 확인한다. 실제로 블룸의 육체는 삶과 죽음의 순환과 재생을 보여준다. 〈하데스〉에서 삶과 죽음의 희극적 대조와 병치, 사랑의 흔적이 남아 있는 장례 마차, 신부의 설교와 블룸의 의식의 흐름 속에 나타난 육체적·세속적 이미지 등이 그 대표적인 예이다(Bowen 1989: 80-81). 이와 같이 《율리시즈》가 삶의 과정과 리듬을 보여주며, 그것이 자연의 순환적 영속성과 일치한다면, 이는 '라블레와 그의 세계'가 보여주는 민중의 육체의 집단적 성격, 자연과 세계의 변화 가능성과 영속성에 대한 믿음, 카니발의 건강한 웃음과 세속적 휴머니즘의 세계와 다르지 않다.

라블레의 육체도 집단적인 성향을 가지며 자연의 순환적 영속성에 연결된다. 그의 육체 이미지가 주로 식사·배설·성 등, 육체의 '열린' 부분에 집중되어 있는 것은 인간의 육체와 세계 사이의 교류를 암시하며, 특히 거인의 이미지는 민중의 집단적 육체가 투사된 경우이다. 거인의 신체 각 부분은 산·강·바다·바위 등 자연의 일부를 나타낸다(RW 328).

거대한 육체는 원초적이고 우주적인 두려움을 극복하고자 하는 소망을 담고 있다. 자연재해 등의 '우주적 공포'는 인간의 능력을 벗어나는 물리적 거대함을 특징으로 한다. 따라서 인간은 자신의 물리적 측면을 통해 자연의 두려움을 극복하고자 거대한 집단적 육체를 만들어내고, 자연의 4원소를 인간에게 대입하여 소우주로서 인간의 이미지를 창조한다. 그런데 민속 문화에서 소우주로서 인간의 육체 이미지는 신체의 하부에 집중되어 있다. 이는 앞에서 밝혔듯이 인간과 자연의 생성과 변화의 이미지를 강조하는 탓이며, 심각하고 두려운 것을 일상적이고 물리적인 것으로 끌어내리기 위한 것이다. 그리고 민중은 이를 통해 '우주적 공포'를 웃음으로 극복한다(RW 335-336. 340). 삶과 세계의 육체적 측면을 과장하여 부각시키고 특히 신체의 하부 이미지를 통해 '우주적 공포'를 극복하고 민중의 삶의 영속성을 확인하는 민속 전통은 이후 자연재해뿐 아니라 신이나 왕과 같은 절대적 권력에 대한 두려움을 극복하는 방식으로 이어진다(RW 352).

조이스와 라블레의 육체, 특히 거대한 육체는 그들의 언어와 스타일에서도 확인되는 사항이다. 라블레의 작품에는 수많은 비유와 다양한 분야에 대한 백과사전식의 지식, 신조어 등이 삽입되어 있다(RW 110). 게다가 육체 이미지를 묘사하는 과장법, 장광설, 과도한 표현은 그로테스크 스타일의 특징이다(RW 303). 그런데 이는 라블레뿐 아니라 조이스에게서도 발견되는 사항이다. 양자의 유사성은 이미지뿐 아니라 언어와 스타일에도 적용된다.

신조어, 비유, 박학성, 백과사전식의 세부적 지식 등 언어의 다양성과 풍요로움으로 인해 라블레와 조이스의 작품은 언어의 축제가 벌어지는 광장으로 변한다. 각양각색의 다채로운 말들이 제각기 자신의 의견을 내놓으며 토론과 대화의 장을 연출하는 것이다. 물론 이 축제를 주관하는 것은 초월적인 원리나 종교, 국가 등의 권력이 아니라 현실을 살아가는 평범한 사람들의 일상 그 자체이다. 따라서 초월적인 말, 권위와 독백의 말은 찾아볼 수 없다. 예를 들어 철학적이고 사변적인 스티븐의 말은 그의 의식 속에서 내적 독백의 형태로 몸을 감추고 있을 뿐, '시장 바닥'과 광장에서는 들을 수 없다. 그의 말은 도서관의 문학 토론에서만 유용할 뿐이다. 반면 세속적이고 육체적인 이미지로 가득 찬 블룸의 말은 작품 어느 곳에서나 들을 수 있으며, 그의 말을 통해 더블린의 현실과 일상이 모습을 드러낸다.

과장법, 장광설, 과도한 표현은 언어의 풍요로움과 결합하여 육체 언어의 거대함을 드러낸다. 소변 보는 행위가 3개월 동안 지속되어 결국은 강을 만들어 내고(RW 150), 한 번 마실 우유를 위해 4천6백 마리의 암소가 동원된다(RW 331). 라블레의 거대한 육체는 자연의 광대함에 필적한다. 그리고 그것은 자연에 대한 인간의 자신감을 확보해 준

다. 조이스와 라블레의 언어와 스타일에 나타난 거대한 육체는 삶의
물리적 속성과 그 가치, 그리고 인간과 자연의 영속성을 보여주는 증
거이다.

거대한 육체가 인간과 자연의 일체감, 영속성을 확보해 준다면 백과
사전식의 지식과 박학성은 권위를 풍자하고 해체하는 전복적 기능을
수행한다.

If, as we have seen, comedy often chooses the mundane or low
aspects of human behavior, its *satiric* roots run *deep*, and *erudition* is
the fertile soil on which it is nurtured, from Aristophanes to John Barth
(Bowen 74−75).

보웬은 삶의 속된 측면과 박학성 사이의 대조를 희극성과 풍자 효과
의 기원으로 보고 있다. 실제로 박학성과 백과사전식의 나열은 삶의
일상성과 결합하면서 희극적이고 나아가 전복적 기능으로 작용한다.
예를 들어 역사적 사실에 대한 박학성은 역사의 권위, 단일성, 당위성
을 일상의 세부적이고 사소한 사건과 병치시킴으로써 역사의 거대 담
론과 의미를 해체, 전복시킨다. 또한 일상 경험에 대한 박학성의 경우
일상의 사소함을 확대, 극화시키고 인위적인 의미를 부여하면서 동시
에 그 의미의 무용성을 노출시켜 아이러니한 효과를 거둘 수 있다.

라블레의 카니발 세계에서 바라본 《율리시즈》의 가장 큰 특징은 희
극성과 전복성이다. 인간의 거대한 육체가 자연의 순환원리와 일치하
고 그 원리에 따라 안과 밖, 전후좌우가 뒤바뀌고 성과 속이 공존하면
서 카니발은 '유쾌한 상대성'의 세계를 연출한다. 특히 여기에서 하위
문화는 상위문화의 경직성을 모욕하고 부정한다. 작품에서 소위 카니

발 스타일은 상위 언어와 하위 언어의 스타일이 공존하며 하위 언어가 상위 언어의 권위를 풍자하고 희화화하는 것을 의미한다. 《율리시즈》의 카니발 성향은 무수한 육체 이미지와 그로테스크뿐 아니라 제5장에서 보았듯이, 단일성을 부정하는 열린 시각과 스타일에서도 나타난다. 특히 권위적 언어, 상위 언어를 직접 풍자한다는 의미에서 패러디는 대표적인 카니발 스타일이다.

> For Bakhtin, the power of parody is that it is subversive, disruptive: it opens up 'monologic' discourse exposing the arbitrary relationship between word and object for what it is—arbitrary. The many linguistic games of *Ulysses* also serve in this way, heightening the reader's awareness of the mechanics of meaning by dislocutive, teasing strategies that constantly give delight(Wales 131).

물론 패러디의 전복성이 언어 유희에만 적용되는 것은 아니다. 패러디의 대상은 대체로 민족적 신화나 서사시와 같은 상위 장르, 성자의 말이나 고전의 문구 같은 권위와 전통을 가진 말이다. 그런데 《율리시즈》는 희화화된 《오디세이》, 즉 《오디세이》의 패러디이다. 즉 전복적 패러디의 전형인 것이다. 따라서 《율리시즈》에서 패러디는 서사시 장르의 권위, 고상한 언어의 우위성, 전통적 가치관, 민족 신화로서 단일성을 지향하는 이데올로기를 풍자하며, 특히 서사시의 과거 지향성에서 벗어나 "살아 있는 현재의 역사적 문맥"(Booker 27)을 부각시킨다. 《율리시즈》에서 패러디는 역사와 세속성을 잇는 연결고리이기도 하다.
　조이스 미학의 세속성은 교회와 국가 등 사회, 정치적 권력에 대한 비판으로 나타나기도 하는데, 이 경우 특히 육체적 이미지가 부각되는

경우가 많으며(Theall 16), 사물의 성스러운 측면과 속된 측면을 뒤섞음
으로써 그로테스크한 이미지를 통해 사물을 변형시킨다(112). 〈로터
스-이터즈〉의 미사 장면은 성과 속이 뒤섞이면서 만들어 내는 그로테
스크한 이미지와 그것의 비판적 기능을 잘 보여준다.

> The priest bent down to put it into her mouth, murmuring all the
> time.
> Latin. The next one. Shut your eyes and open your mouth. What?
> *Corpus*: body. Corpse. Good idea the Latin. Stupefies them first.
> Hospice for the dying. They don't seem to chew it: only swallow it
> down. Rum idea: eating bits of a corpse. Why the cannivals cotton to
> it(U 66.348–52).

종교에 대한 비판은 아프리카의 흑인들에게 세례를 주려고 땀을 줄
줄 흘리며 돌아다니는 선교사와 그가 쓴 안경에만 관심을 보이는 흑인
들(U 65.335)에 대한 우스꽝스런 모습뿐 아니라, 빵 조각을 받아먹고
잠시 동안 신의 왕국에 들어선 착각과 안도감을 느낀 후 다시 세속으
로 돌아가 버리는 여자들(U 66.367), 은밀한 밀담 장소로 변한 고해소
와 형식뿐인 고해("Repentance skindeep"), 합창 단원을 거세하는 비인간
적인 처사(U 67.408)와 함께 예수의 "성체"(*Corpus*)가 "시체"(Corpse)
로 변하는 그로테스크한 이미지에서 최고에 달한다. 게다가 미사용 언
어인 라틴어는 사람들을 '얼어붙게' 할 정도의 권위를 행사하고 있다.
교회의 이러한 권위주의는 종교에 대한 비판을 불가능하게 하는("Shut
your eyes") "좋은 아이디어"(Good idea the Latin)이다. 그러나 비인간
성과 권위주의로 무장한 교회의 실상은 아프리카의 식인문화보다 나

을 것이 없다. 둘 다 '시체'를 먹으며 살아가기 때문이다.

  대체로 카니발의 희극성과 전복 효과는 상반된 이미지의 대조와 병치에 근거한다. 〈하데스〉에서 죽음의 엄숙함을 희화화하는 것도 삶과 죽음의 병치와 혼합에 있다. 예를 들어 보웬은 〈사이렌〉의 희극적 장면의 실례로 블룸의 방귀를 들고 있다. 블룸의 방귀와 애국자 에멧(Emmet)의 연설, 예수의 이미지가 병치되면서 희극적 효과를 유발시킨다는 것이다(1989: 56-57).

  로즈(Margaret Rose)는 패러디의 어원과 기원을 추적하면서, 그 희극 효과가 상위 장르의 고상함과 현실의 일상성과의 대조에 있음을 보여준다.

  The 'parodia' could imitate both the form and subject-matter of the heroic epics, and create humour by then rewriting the plot or characters so that there was some comic contrast with the more 'serious' epic form of the work, and/or create comedy by mixing references to the more serious aspects and characters of the epic with comically lowly and inappropriate figures from the everyday or animal world(15).

  패러디는 원래 상위 장르의 심각성을 일상적 언어와 이미지로 "다시 쓴"(rewriting) 것이다. 따라서 심각함과 일상성의 대조가 이루어진다. 로즈도 분명 희극효과의 기원이 "불합리한 대조"(incongruous contrast)(21)에 있음을 밝히고 있다. 그런데 패러디가 보여주는 대조는 상하 수직적 이미지의 대조라는 특징이 있다. 따라서 패러디의 지향점에 따라 그 효과는 대상에 대한 찬미가 될 수도 있고 그에 대한 풍자와 전복이 될 수도 있다. 예를 들어 《오디세이》의 패러디로서 《율리시즈》가 부커의 말대로 서사시의 권위를 부정하고 '살아 있는 현재의 역사적 문맥'을 강조한다고 볼 수도 있지만, 단순히 권위의 전복이 아니라 일상의 삶을 서사시의 보편적 가치로 승화시킨다는 시각도 가능하다. 허천(Linda Hutcheon)도 엘리엇과 파운드(Ezra Pound)의 경우를 예로 들어, 패러디를 반드시 대상에 대한 훼손과 그에 따른 희극 효과만으로 볼 수는 없다고 주장하고 있다(1991: 57). 따라서 바흐친이 패러디를 카니발 문화 속에서 이해하려고 한 이유도 여기에 있는 듯하다. 그리고 이 지점에서 세속성이라는 바흐친 미학의 특징이 드러난다. 희극성 속에 전복 효과가 존재하기 위해서는 상위 장르인 서사시의 세계에 대한 일상성의 우위와 그 명분이 확립되어야 한다. 바흐친이 민중의 삶과 자연의 순환적 영속성의 가치를 의식적으로 부각시킨 것은 이 때문이었다. 서사시가 지향하는 절대적 과거는 불변의 가치와 완결된 체계를 의미한다. 따라서 민족 이데올로기로서 사회를 통합하고 구성원들의 정체성을 제공해 줄 수는 있으나, 다양성을 부정하고 "이곳에서 지금"(here and now) 벌어지는 역동적인 삶의 의미를 설명할 수 없다는 점, 특히 역사의 발전을 부정하고 지배층의 이데올로기를 영속화하는 데 이용될 수 있다는 문제가 있다.

바흐친이 지향하는 세계는 미래를 향해 열려 있는 일상성, 대화, 다양성의 세계이다. '여분의 시선'을 통한 '나'와 타인의 필연적 관계, 대화적 텍스트의 가치, 삶의 역동적 리듬과 민중의 건강한 웃음은 독백과 추상성에 대항하여 삶과 세계의 풍요로움과 조화를 지키려는 그의 지속적인 노력의 결과이다. 그리고 이는 《율리시즈》의 카니발 이미지에 나타난 조이스의 세속적 미학의 세계와도 일치한다. 《율리시즈》에 무수히 등장하는 육체적 이미지는 삶의 물리적 조건을 수용하고 찬양하며, 동시에 권위와 체계를 지향하는 독단적 시각을 풍자하기 때

문이다. 라보가 《율리시즈》를 '라블레 이후 가장 인간적인 작품' 으로
본 것도 조이스와 라블레에게서 공통적으로 발견되는 휴머니즘이라는
주제 때문이었다. 그들에게 휴머니즘은 세속성과 삶의 물질적 초건으
로 나타나며, 카니발 이미지는 이 두 가지 요소를 극대화시키는 독특
한 서술전략이다. 따라서 조이스의 세속적 미학과 휴머니즘을 이해하
기 위해서 카니발 이미지의 역할, 기능의 이해는 필수적이다. 특히 패
러디 등 상반된 이미지의 대조를 통한 희극성과 전복적 서술 전략은
《율리시즈》가 고립된 개인 의식의 표현이 아니라 민중의 집단적 의식
을 다루는, 따라서 사회적 · 역사적 맥락에서 좀더 폭넓은 시각을 요구
하는 작품임을 증명해 준다.

　《율리시즈》의 희극성이 주로 카니발 이미지, 특히 패러디나 그로테
스크 등에서 볼 수 있는 상이한 이미지들의 대조, 병치에 의거한 것은
사실이다. 그러나 허천의 논의에서 잠시 보았듯이, 패러디가 전복적
기능만 가졌다고 보기는 어렵다. 게다가 전복성과 희극 효과의 관계도
모호하며 《율리시즈》의 희극성을 전복적 즐거움으로만 설명하기에는
무리가 있다. 《율리시즈》의 희극적 요소에는 전복적 이미지로 설명하
기 어려운 언어적 조작, 모티프, 상징 등의 정교한 구성과 이를 체계적
으로 이해하며 느끼는 즐거움도 있기 때문이다. 따라서 카니발의 전복
적 희극효과에 대한 바흐친의 논의를 다시 살펴볼 필요가 있다. 앞으
로 살펴보겠지만 바흐친의 카니발 이론에 모호한 점이 많으며, 무엇
보다도 작품의 미학적 가치를 정치적 맥락에서만 볼 수 있는가라는 의
문이 남기 때문이다.
　바흐친의 패러디에서 상하, 수직적 이미지의 대조와 그에 따른 희극

성, 전복 효과는 라블레의 육체 이미지와 결합하면서 그로테스크로 변한다. 바흐친은 인간과 사물, 안과 밖, 상하좌우가 뒤섞인 그로테스크가 인간과 세계의 자유로운 교류, 삶의 물리적 특성, 자연과의 공존과 그에 따른 민중의 영속성을 확보하면서 이원론적 시각의 폐쇄성과 권위를 전복한다고 주장한다. 그리고 민중은 이 과정에서 권위의 해체와 물리적 현실에 근거한 그들의 삶의 세속적 가치를 웃음으로 체험한다는 것이다.

톰슨은 그로테스크를 "웃음과 공포의 충돌"(clash of laughter and horror), "공포스런 내용과 그것을 묘사하는 희극적 방식"(horrifying content and the comic manner in which it is presented)(2)의 문제로 설명한다. 여기에서 '희극적 방식'이란 상반된 이미지의 대조, 병치 또는 혼합을 의미한다. 바흐친의 그로테스크도 상하 수직적 이미지의 대조와 혼합을 전제로 하고 있으며, 특히 자연의 순환성과 관련하여 신체 하부 이미지의 확대를 특징으로 한다. 그런데 《율리시즈》에서 가장 그로테스크한 에피소드인 〈서씨〉에서 이미지의 수직적 대조에 의한 희극 효과는 거의 찾아볼 수 없다. 오히려 블룸의 조부인 비락(Virag)의 그로테스크한 변신은 기괴함마저 느끼게 한다. 그로테스크에서 희극성이 강조될 경우 희문(burlesque)이 되고 공포가 강조될 경우 그것은 기괴함(uncanny), 미스터리, 초자연성의 특징을 보인다(20). 따라서 그로테스크의 웃음과 공포는 서로를 견제한다. 때로 두려움과 역겨움이 희극성을 축소시키기도 하고, 반대로 희극성이 두려움과 역겨움을 없애주기도 하는 것이다(59). 이와 같은 톰슨의 연구는 바흐친의 그로테스크가 희극성만을 부각시키고 있음을 보여준다. 따라서 라블레 연구에서 바흐친이 말하는 희극성의 개념, 특히 패러디와 그로테스크의 희극성과 전복 효과를 다른 작가의 작품에 동일하게 적용하는 것은 무리가 있다. 실제로 《율리시즈》의 희극성은 전복 이데올로기와 무관한, 언어학적 장치인 경우가 많다.[41] 이런 의미에서 바흐친이 패러디의 희극 효과의 주된 원인인 스타일 문제를 언급하지 않았다는 로즈의 비판(154)은 시사하는 바가 크다.[42]

바흐친에 대한 비판이 도스토예프스키의 대화성보다 라블레의 카니발에 집중되어 있다는 사실은 카니발에 대한 그의 이해가 협소하고 인위적이라는 느낌을 주기 때문일 것이다. 그로테스크와 희극성의 관계가 불명확할 뿐 아니라 카니발 전반을 전복적 책략으로만 수렴하는 것은 무리가 있기 때문이다. 바흐친에 대한 비판으로, 카니발 개념이 너무 이상화되어 있고 비역사적이며, 민중의 개념도 실제 사회적 문맥에서 벗어나 있다는 주장이 많은 것은, 실제로 카니발이 자유와 평등의 기회뿐 아니라 소외 계층의 탄압, 희생양에 대한 사회적 폭력의 해소 기능도 있다는 사실, 그리고 카니발이 피지배층의 불만 해소를 위해 권력이 용인하는 형태였다는 데 있다(Gardiner 182). 사실 1930년대 러시아 사회주의 리얼리즘의 중심 인물이었던 고리키(Maxim Gorky)는 민속 문화의 부활을 역설했고 스스로 구전문학의 영향을 보여주는 실례로 라블레를 인용하기도 했다. 그런데 흥미로운 것은 민속문화에서 '웃음의 사회적 역할'을 연구하면서 당시 바흐친의 동료였던 루나차스키(Lunacharsky)는 카니발이 피지배 계층의 불만을 해소시키려는 지배 계층의 "안전밸브"(safety valve) 역할을 한다고 보았다는 점이다(Clark

---

41) 언어학적 장치로서 《율리시즈》의 희극성의 실례는 웨일스(Katie Wales)의 연구(106-131)에 잘 정리되어 있다.

42) 바흐친의 라블레 연구는 《율리시즈》의 육체의 언어에 나타난 조이스의 세속성을 이해하는 데 도움이 되지만 희극성을 설명하는 데에는 한계가 있다. 본 논의의 목적은 바흐친의 카니발 이론을 보충하면서 《율리시즈》의 희극성 문제를 조이스의 세속적 미학의 틀 내에서 새롭게 이해할 수 있는 기회를 마련하는 데 있다.

and Holquist 313). 일반적으로 희극의 주인공은 기질상의 특이성으로 인해 기존 사회의 규범과 마찰을 일으키고, 이에 따라 우스꽝스런 면모를 보여주는 것이 사실이다. 그러나 변혁을 꿈꾸는 비극의 주인공과 달리 희극의 주인공은 궁극적으로 기존 사회 질서로 복귀하며 그 질서를 옹호한다(Bowen 12). 실제로 《율리시즈》의 희극성의 중심에 서 있는 블룸은 사회 체계의 전복과는 거리가 먼, 전형적인 현대의 소시민이다. 비록 〈서씨〉의 환각 장면에서 개혁에 대한 그의 욕망이 드러나고 있지만, 딸인 밀리(Milly)를 위해서 보험을 들어두고 캐나다 정부의 채권에도 투자하는 검약 정신, 스티븐의 무정부주의적인 태도와 대비되는 사회제도에의 순응성은 사회 개혁에 대한 개인적 열망에도 불구하고 현실에 순응하면서 준법성의 가치를 옹호하는 소박한 중산층의 모습을 대표한다. 베르그송이 《웃음》에서 희극이 인물의 경직성을 풍자, 경고함으로써 사회의 유연성을 유지하려는 교정 의도를 가진다고 본 것도(84-86) 같은 맥락에서 이해할 수 있다. 희극성은 사회를 벗어나지 않으며 자연의 순환적 원리도 사회 체계를 부정하지 않는다. 민중의 삶의 영속성을 보장하는 자연의 순환적 리듬도 결국 사회적 가치일 뿐이다. 카니발을 통해서 민중은 기존의 사회 체계에서 자연의 리듬을 확인한다. 결국 카니발은 자연의 리듬을 사회적 가치로 바꾸어 놓은 것이기 때문이다.

　바흐친의 라블레론에서 접하는 또 다른 문제는 그의 논의가 라블레 텍스트의 미학적 특성을 말하는 것인지, 라블레를 통해 본 카니발문화의 전통과 가치를 말하는 것인지 분명치 않다는 것이다. 다시 말해서 카니발에 대한 글쓰기와 읽기의 문제와 카니발의 사회학적 의미 사이의 경계가 모호한 것이다. 유사한 관점에서, 라블레의 의도가 독자에게 정치적 맥락에서 전복성에 대한 의식을 환기시키기 위한 것인지,

단순히 희극적 묘사를 즐기는 여흥거리를 제공하는 것인지, 의문을 제기 할 수 있을 것이다. 번스타인(Bernard Bernstein)에 따르면, 실제 카니발의 관중이나 이를 묘사한 작품을 읽는 독자 모두 카니발이 지배 계층이 일시적으로 허용한, 허가받은 자유라는 사실을 혼동하지 않는다 (106-107). 게다가 카니발 묘사의 지나친 수사의 과용은 현실감을 축소한다. 따라서 독자는 카니발을 정치적 의식이 아닌, 일종의 언어 유희로 받아들이게 된다.

The excesses are so clearly verbal in nature that no real consequences can be expected to ensue from what strikes us as a celebration of language itself rather than an inventory of possible human actions(117-118).

라블레는 카니발을 묘사한다. 그런데 묘사한 카니발은 실제 카니발과 같은 사회적 · 정치적 위력을 발휘할 수 없다. 한 편의 문학 작품으로서의 카니발은 이미 공공의 영역을 떠나 부르주아 가정의 여흥거리로 전락하기 때문이다("Displaced from public sphere to the bourgeois home (let alone to the novel read by its fire) carnival ceases to be a site of actual struggle")(Wills 130).
바흐친의 논의는 분명 카니발을 묘사한 라블레의 작품에 근거하고 있다. 그런데 작품으로 구체화된 카니발은 카니발의 참여자과 관찰자가 구별 없이 어울리는 카니발의 기본 정신에도 어긋난다.

Its participants can always be transformed from active and equal subjects into the objects of a representation constructed by an author

who chooses to place himself above or beyond the scene of carnival.
In fact authorship is by its very nature a decarnivalising activity, for
the authorial perspective and the demarcations between observor and
participants are against the whole spirit of carnival(Jefferson 165).

카니발을 묘사하는 작가의 외부 시선은 관찰자의 것이다. 작품으로
서의 카니발에서 작가와 묘사의 대상이 같은 공간에 공존하는 것은 불
가능하다. 마찬가지로 독자 역시 카니발을 하나의 완결된 이미지, 정
해진 시간 동안 작가가 의도적으로 허용한 허가받은 스펙터클로 경험
할 뿐이다.

바흐친의 카니발 이론은 라블레 작품에 대한 모호한 시각뿐 아니라,
실제 카니발의 참가자들이 느끼는 즐거움에 대해서도 의문을 남긴다.
꽃으로 장식한 소를 둘러싸고 벌어지는 가짜 왕(mock-king)의 대관과
박탈의 경우를 예로 들 수 있다. 가짜 왕놀이에서 민중이 느끼는 즐거
움은 그것이 가짜라는 사실에 있다. 만약 진짜 왕을 대상으로 한다면
즐거움이 아니라 엄숙함을 유발할 것이다. 여기에서 민중의 즐거움은
진짜와 가짜 사이의 유사성과 차이에 근거한 것으로, 가짜를 통제하고
조종할 수 있는 능력에 대한 것이다. 이는 물론 민중이 스스로 그 왕이
가짜이며 대관과 박탈도 놀이의 규칙에 불과함을 알고 있기에 가능한
것이다. 게다가 그 놀이가 자연의 순환성과 집단적 가치의 영속성을
상징한다 하더라도 이는 결국 자연의 원리에 대한 이해에 근거한 즐거
움이다. 물론 그 놀이의 대상이 권위를 나타내는 왕이라는 사실은 카
니발의 즐거움이 권위주의의 엄숙성에서 벗어나는 자유로움에 근거한
다는 증거가 될 수 있다. 그러나 민중은 그것이 가짜를 대상으로 한 놀
이임을 알고 있다. 놀이는 규칙으로 이루어져 있다. 가짜 왕의 대관과

박탈이 일상의 규칙을 벗어난다 하더라도, 그것은 규칙을 벗어나는 또 다른 규칙의 유희일 뿐이다. 그리고 이러한 사실은 희극성의 근거인 상반된 이미지의 대조라는 명제에 대해서도 새로운 시각을 요구한다.

패러디나 그로테스크 등 희극효과를 유발하는 언어 장치는 실상 진짜와 가짜 사이의 유사성과 차이의 문제로 환원될 수 있다. 패러디와 그 대상인 원문 사이의 차이와 유사성, 그로테스크 이미지와 그 이미지의 원형 사이의 차이와 유사성의 문제는 카니발의 가짜 왕놀이와 유사하다. 카니발을 즐기는 민중의 시선이 가짜에 고정되어 있으면서 진짜와의 차이와 유사성을 동시에 인식하듯이, 독자의 시선도 원문과 원형이 아니라 패러디와 변형된 이미지에 고정되어 있으며, 그 차이와 유사성 사이의 긴장 관계에서 양자간의 규칙을 인식하게 된다. 희극적 언어 장치는 규칙에 대한 이해, 즉 놀이인 것이다. 따라서 카니발의 가짜 왕 놀이는 자연의 원리를 놀이의 규칙으로 바꾸어 놓은 것이며, 가짜 왕을 통제하고 조종하는 민중의 모습은 자연의 원리에 대한 이해를 보여주는 증거이다. 두려움과 미지의 존재였던 자연은 놀이를 통해 이해의 즐거움을 제공한다. 마찬가지로, 희극적 언어 장치가 보여주는 차이와 유사성의 관계는 양자간의 규칙에 대한 이해를 통해 문맥을 만들고 의미를 형성한다. 단순한 두 이미지의 상반된 대조 사이에는 사실상 어떤 규칙도 있을 수 없으며, 문맥과 의미를 만들어 낼 수도 없다. 따라서 의미의 이해를 통한 독서의 즐거움도 있을 수 없다.

물론 《율리시즈》에서 블룸의 세속적 시각 속에서 권위주의가 풍자의 대상이 되며 이 과정에서 성스러움과 세속성이 대조되면서 희극적 효과를 유발하는 것은 사실이다. 그러나 전복성이 희극 효과의 전제 조건이라고 보기는 어렵다. 《율리시즈》의 희극성은 모순된 사회를 풍자하고 있지만 동시에 그것을 주어진 삶의 조건으로 이해하고 수용하는 블룸의 긍정적 시각과도 관계가 있다. 따라서 독자가 《율리시즈》에서 얻는 희극적 즐거움은 다양하고 때로 모순된 현실의 단면들을 삶의 조건으로 이해하고 수용하는 과정에서 생겨난다.

　희극성은 삶에 대한 새로운 이해를 가능케 해준다. 라블레의 민중이 카니발을 통해 보여주는 희극성도 삶의 조건과 자연의 영속성에 대한 그들의 이해에 바탕을 두고 있다. 이때 삶과 자연에 대한 이해는 당대의 권위주의와 사회적 모순이 거대한 역사의 흐름 속에서 대단히 미미한 것이라는 사실, 더 이상 두려움의 대상이 아니라 풍자와 조소의 대상에 불과하다는 확신을 제공해 준다. 결국 라블레의 희극성은 전복의 가능성이라기보다는 자연의 영속성을 통해 권위주의의 미약함을 인식하는 것에서 유래한다. 그리고 삶과 자연에 대한 이러한 민중의 이해는 왕이나 종교적 권위의 미약함과 자연의 영속성을 대조, 병치시키며 그들의 승리를 자축하는 흥겨운 놀이로 구체화된다. 그런데 카니발을 일종의 놀이로 볼 경우 그것은 인간과 세계의 본질에 대한 이해에서 출발한다고 할 수 있다. 놀이는 미지의 세계와 두려움의 대상을 이해 가능한 형태, 따라서 즐길 수 있는 유희의 대상으로 환원시킨 것이기 때문이다.

　바흐친의 카니발은 공식 문화(official culture)와 비공식 문화(unofficial culture) 사이의 이항성에 근거하고 있으며, 양자는 서로 상보적 관계를 유지하고 있다. 즉 공식 문화가 있음으로써 카니발이라는 비공식 문화가 있을 수 있는 것이며, 일상성을 구성하고 통제하는 규칙이 있기 때문에 그 규칙을 파괴하는 카니발이 가능한 것이다. 게다가 카니발 참가자는 공식 문화의 이미지를 항상 인식함으로써 두 문화 사이의 대조와 긴장, 나아가 상대적 자유로움을 경험하는 것이다. 의식적(ritual) 행위와 그 참가자가 경험하는 이러한 이중의 의식은 독서와 놀이에서도 발견된다. 독자는 독서 과정에서 환상과 현실을 동시에 경험하며, 놀이의 참가자 역시 놀이 규칙의 준수와 파괴의 관계를 잘 인식하고 있다. 규칙은 놀이가 진행되는 시간과 공간에 구체적 형태를 가진 환상을 제공하지만, 그것이 파괴될 때 환상은 현실의 일상성으로 대체된다. 사실 놀이는 규칙의 준수와 파괴 사이의 미세하고 위험한 긴장 관계 속에 존재하며, 참가자는 양자간의 위험한 관계를 잘 알고 있다.

바흐친도 카니발과 놀이의 유사성을 잘 알고 있었다. 예를 들어 그는 주사위놀이, 카드놀이 등을 이야기하면서 여기에 카니발의 이항 대립 구조를 적용하고 있다(RW 235). 놀이는 행과 불행, 소득과 손실, 대관과 박탈 등 "삶과 역사 과정이 집약된 공식"(condensed formula of life and of the historic process)이라는 것이다. 또한 사회의 일상적 법칙으로부터 참가자를 해방시키며 기존의 사회 관습을 좀더 가벼운 관습으로 대체하기도 한다.[43] 분명 놀이는 삶의 불확실성과 변전을 압축해서 보여준다. 그리고 참가자는 놀이를 통해 삶과 세계의 불확실성을 통제하고 제어함으로써 삶과 세계에 대한 인간의 승리를 경험한다. 따라서 놀이는 분명 '삶과 역사 과정이 집약된 공식'이다. 그러나 바흐친 자신도 언급하듯이, 놀이는 좀더 가벼운 관습으로 대체된 기존의 관습일 뿐이며 참가자는 그 관습, 즉 놀이의 규칙을 준수해야만 한다. 이것이 바로 놀이의 사회성이다. 사회는 개인에게 규칙을 요구하기 때문이다. 게다가 참가자의 즐거움도 규칙의 적절한 통제와 이용, 규칙과의 일체화에 따른 리듬감에 근거하는 것으로서 파괴의 해방감과는 거리

---

43) 도박성 놀이의 카니발 성향은 도스토예프스키의 《도박자 *The Gambler*》 분석에서도 똑같이 적용된다. 기회의 평등, 통상적 삶으로부터의 해방, 운명의 급격한 변화, 대관과 박탈을 의미하는 상승과 하강의 분위기 등은 세계의 이중성이 공존하는 카니발의 세계와 같다(PDP 171).

가 멀다. 카니발과 놀이의 유사성에도 불구하고 놀이에서 전복적 즐거움을 찾기 어려운 것은, 바흐친의 관점과 달리 놀이가 카니발의 일종이 아니기 때문이다. 이는 카니발이 놀이, 나아가 일반적인 놀이 행위의 일부이며, 특히 바흐친이 카니발을 상반된 이미지의 대조와 전복으로만 해석했고, 이를 놀이의 전반적 특징으로 보았기 때문이다.

후이징가(J. Huizinga)가 주장하는 놀이의 기본적인 특징들은 바흐친의 카니발과 매우 유사하다.[44] 대략 요약해 본다면 우선 자발적으로 이루어진 자유로운 행위, 일상성으로부터 탈피를 의미하지만 '진짜인 척해 보이는 것'으로서 본래의 삶과는 다른 것이라는 인식, 완결성과 한정성, 즉 정해진 시공의 한계 내에서 이루어진다는 사실, 고정된 형식으로 인한 반복 가능성, 질서와 규칙 그리고 우연성과 불확실성에 따른 긴장이 존재한다는 점 등을 들 수 있다(7–11). 이 중에서 놀이가 단지 '진짜인 척해 보이는 것'이라는 사실, 즉 참가자가 놀이와 현실을 혼동하지 않는다는 사실은 카니발의 전복적 이미지를 현실의 문맥에서 재해석할 수 있다고 생각한 바흐친의 관점과 분명히 다르다. 또 놀이 속에 특유의 질서가 있으며 그 질서를 '질서정연한 형식'을 창조하려는 욕구의 표현(10)으로 해석한 것도 흥미롭다. 놀이를 통해 인간이 '질서정연한 형식'을 창조한다면, 그 형식은 무엇에 대한 것이며, 그 창조 행위와 놀이의 즐거움 사이에는 어떤 관계가 있는가라는 문제가 도출될 수 있기 때문이다. 마지막으로 규칙의 존재를 중시한다는 사실은 놀이의 사회적 성격을 보여준다고 할 수 있다. 이때 규칙은 사회 규칙의 반영이며, 개인의 일탈을 막는 사회의 '안전밸브'이기도 하다.

---

44) 후이징가는 카니발과 같은 제의적 축제를 놀이의 일부로 보고 있다. 따라서 더 폭넓은 개념으로서 그의 놀이 이론은 카니발이 설명할 수 없는 문제를 해결하는 데 도움이 될 수 있다.

놀이의 규칙은 지키기와 파괴하기, 규정과 허용, 조건과 변수 등 이항적 대립 구조를 통해 존재한다. 그리고 규칙이 보여주는 이러한 이항성은 놀이의 즐거움에 대한 또 다른 시각을 가능케 한다. 규칙과 관련하여 두 가지 즐거움을 상정할 수 있기 때문이다. 첫째, 규칙의 준수를 통해 놀이 자체의 구조와 질서를 수용하고 숙달하면서 동시에 이를 자유롭게 통제, 운용하며 얻는 즐거움이 있을 수 있다. 이때 놀이의 규칙과 질서의 수용, 숙달, 운용은 놀이가 표상하는 삶과 자연의 원리에 대한 인간의 이해와 통제 가능성이라는 자신감을 확보해 준다. 반면 규칙을 파괴함으로써 느끼는 즐거움이 있을 수 있다. 이때의 즐거움은 삶과 자연의 제약과 한계를 벗어나는 극단적인 의지의 표출이자 새로운 질서를 창조하고자 하는 욕망을 암시한다. 그러나 파괴의 즐거움은 그 폭력적 이미지 외에도, 대체로 개인 의지의 표출이라는 점에서 민중의 집단적 즐거움과는 거리가 멀다. 바흐친의 카니발은 권력의 폐쇄성과 권위를 풍자하고 조롱하는 민중의 집단적 놀이이다. 민중은 놀이를 통해 권력의 이면을 드러내며, 놀이의 규칙과 질서가 제공하는 전복적 이미지를 즐긴다. 그러나 정작 그들이 느끼는 즐거움의 원천은 전복과 무관한, 규칙의 수용과 숙달된 운용에 근거한 것이며, 파괴의 즐거움도 민중의 것이 아니다. 민중은 카니발의 규칙을 준수한다. 그들의 놀이 자체가 억압되고 모순된 기존의 사회 규칙을 파괴하는 상징적 의미를 가진다 하더라도 파괴의 즐거움은 집단이 아니라 개인의 것이다. 그리고 그 개인은 바로 삶과 자연의 본원적 원리를 파괴했던 왕과 그의 권력이다.

물론 권위의 대상을 훼손시키며 느끼는 즐거움은 분명 존재한다. 허천은 프로이트를 예로 들어 패러디, 트래비스티(travesty), 캐리커처 등이 권위와 존경의 대상을 부정적으로 묘사하는 즐거움과 관계되어 있다고 주장한다(1995: 53). 실제로 프로이트는 농담의 희극성이 권위의 거부와 해방의 표현임을 밝히고 있다(105). 그러나 그것은 적대적 목적을 가진, 소위 "의도 있는 농담"(tendentious jokes)의 경우에 해당되며,[45] 이러한 '의도 있는 농담'은 대체로 다른 종류의 농담에 비해 희극 효과가 적다(118). 게다가 이러한 농담은 농담하는 자와 그 대상 외에, 그 농담을 즐기는 제삼자가 개입될 때만 가능하다(103). 여기에서 흥미로운 점은 농담하는 자와 그 농담의 희극 효과를 즐기는 자가 구분되어 있다는 사실이다. 이는 제삼자가 존재하지 않는, 모든 사람이 함께 참가하는 카니발의 속성과 일치하지 않는 사항이며, 권위를 조롱하는 민중이 희극 효과의 수혜자가 된다는 바흐친의 관점과도 전혀 다르다.[46]

후이징가의 말대로 놀이가 질서정연한 형식을 창조하고자 하는 욕구의 표현이라고 볼 때, 여기에서 놀이의 질서 또는 구조는 인간과 자연의 관계를 의미한다. 예를 들어 놀이의 원시적 형태인 의식(ritual)은 자연의 흐름 속에서 우주적 해프닝을 표현한 것으로서(14), 인간은 이를 통해 자연의 질서를 놀이로 체험한다(*play* the order of nature")(15). 그리고 그 체험은 삶과 자연의 원리에 대한 이해를 동반한다. 따라서 카니발에서 민중이 느끼는 삶과 자연의 일체감과 영속성은, 놀이로서 카니발의 기능이 추상적 원리를 물리적 현실로 환원시켜 삶의 조건을 이해 가능한 형태로 재구성하는 데 있음을 보여준다. 그런데 놀이가 미지의 세계를 가시적이고 통제 가능한 이해의 대상으로 환원시키는 것

---

45) 프로이트는 농담을 각각 외설적·공격적·냉소적·회의적인 경우로 분류했고, 이 중 '의도 있는 농담'은 공격적 농담에 해당된다(115).

46) 프로이트는 정신 에너지의 경제성을 중심으로 한 자신의 이론이 희극성 전반에 적용될 수 없음을 인정하고 있다(1905: 207). 마찬가지로 바흐친의 카니발이 희극성을 모두 설명할 수는 없다. 이러한 이유로 본 논문은 세속성 문제를 벗어나지 않는 한계 내에서 희극성에 대한 다양한 시각을 살펴보고자 한다.

이라면, 이를 위해 그 과정에서 사용되는 인위적인 조작과 숙달, 통제는 두려움의 대상이었던 미지의 존재를 친숙한 것으로 바꿈으로써 이해와 자신감이라는 즐거움을 확보해 준다.[47]

문학이 삶과 세계를 이해하는 창구가 될 수 있는 것은 작품이 작가의 독특한 사상의 반영이라는 점 외에 미지의 세계를 이해 가능한 대상으로 변형시키는 과정, 즉 세계를 이해해 가는 의식의 발달 과정을 보여주기 때문이다. 그리고 의미를 만들어 내는 메커니즘의 인위적 조작은 놀이와 문학 작품의 창작 과정과 일치한다. 이미지의 형식을 배열하고 질서를 부여하며 의미를 함축하는 창작 과정, 특히 압운, 대구 등 언어의 인공적 조작은 놀이의 정신과 일치하는 내용이다(Huizinga 132-142). 따라서 독서의 즐거움은 놀이에서 느끼는 세계 이해의 즐거움과 맥을 같이한다고 할 수 있다.

프로이트는 언어의 인공적 조작과 희극 효과 사이의 관계에 대해 매우 흥미로운 의견을 들려준다. 문학 작품에서 압운, 반복 구문, 유사한 소리의 의도적 조작, 기존 표현의 변형, 인용문 암시 등은 재발견과 그에 따른 정신 에너지의 절약을 통해 희극 효과를 창출하는 장치라는 것이다(120-122). 프로이트는 희극 효과를 일종의 긴장 완화로 보고 있다. 즉 불가해한 상황이나 위기의 순간에 축적되었던 긴장된 정신

---

47) 《예술과 응답》에서 바흐친은 놀이가 예술적 가치를 지니기 위해서는 놀이의 경험을 예술적으로 재창조하는 외부 시선이 필수적이라고 밝히고 있다. 다시 말해서 놀이의 참가자는 그 경험을 예술적으로 완결시키고 재창조할 수 없다는 것이다. 이러한 주장은 놀이로서 카니발의 예술적 가치를 부정하는 것이다. 모든 사람이 참가하는 카니발에서 정작 그 경험을 예술적으로 재창조하는 외부 시선이 없기 때문이다. 물론 카니발을 라블레라는 작가의 외부 시선이 만들어 낸 예술적 창조 문제로 볼 수는 있다. 그러나 이 경우, 카니발의 능동적 참가자로서 민중이 경험하는 전복적 비전의 경험과 그것의 예술적 가치는 불가능해진다. it is only in art that life is imaged forth, whereas in play it is imaged, as we noticed earlier; this imagined life becomes an imaged life only in the active and creative contemplation of a spectator(AA 75).

에너지가 상황이 해소되면서 방출되는 것이 희극적 즐거움이라는 것
이다. 프로이트의 관점은 언어의 인공적 조작을 의도적 정신 에너지의
축적 장치로 설명할 수 있는 기회를 마련해 준다. 예를 들어서 희극성
에 대한 일반적 이론들이 보여주는 이미지의 대조 문제는 희극 효과를
강화하는 수단으로 볼 수 있다(154-155). 서로 어울리지 않는 두 이미
지의 대조와 병치는 긴장의 원인이 되며, 이렇게 해서 축적된 정신 에
너지가 방출되면서 희극 효과로 변하기 때문이다. 결국 상반된 이미지
의 대조가 만들어 내는 희극 효과는 프로이트의 잉여 에너지의 방출로
설명이 된다.

In a comparison between contrasts a difference in expenditure occurs
which, if it is not used for some other purpose, becomes capable of
discharge and may thus become a source of pleasure(188).

프로이트의 관점은 분명 이미지의 대조 등 언어적 조작에 따른 희극
효과를 설명하는 데 도움이 된다. 그러나 그의 이론은 에너지 방출의
구체적 조건을 설명하지 않았다는 아쉬움을 남긴다. 에너지의 방출,
즉 긴장의 해소를 위해서는 상반된 이미지들 사이의 특정한 관계 양
상에 대한 이해가 선행되어야 한다. 라블레의 거대한 육체가 역사에 대
한 민중의 승리로 이어지고, 《율리시즈》에서 한 사람의 소박한 일상이
한 편의 '인간 희극'으로 승화될 수 있는 것도 블룸의 세속적 시각이
민족주의·권위주의 등 거대 담론과 대조, 병치되면서 발생시키는 희
극 효과가 삶과 세계의 이질성에 대한 인식, 자연과 세계 속에서 인간
의 위상과 가치에 대한 이해를 가능케 하기 때문이다. 따라서 희극성에
서 이해 문제는 문학 작품의 희극적 언어 조작 외에, 프로이트의 개인

심리를 벗어나, 희극성의 이성적 측면, 인간과 자연의 조화로운 공존과 그 의미에 대한 집단적 가치까지 설명할 수 있는 근거를 제공한다.

희극성에서 이해 문제는 텍스트의 스타일 문제와 문화적 의미 모두에 적용될 수 있다. 예를 들어 바흐친의 라블레론이 제기하는 카니발의 희극성은 이미지의 그로테스크한 대조와 병치에 따른 긴장감이 이해 과정을 통해 희극 효과로 방출되는 언어적 조작의 결과로 볼 수 있다. 이때 긴장과 이해, 또는 에너지의 방출을 경험하는 것은 독자이며, 이러한 의미에서 카니발은 라블레 텍스트의 독특한 스타일이자 미학적 특징이기도 하다.

작품 속에서 수많은 이질적 이미지, 상반된 정보, 무질서해 보이는 모티프, 상징 등은 의미와 이해를 가능케 하는 특정한 관계의 양상을 형성하며, 독자는 그 관계의 양상을 통해 언어적 조작을 희극 효과를 위한 장치로 이해하게 된다. 예를 들어 아이러니는 이중의 의미를 지향한다는 점에서 작품의 이해를 방해하는 요소이지만, 두 의미 사이의 관계 양상에 대한 이해를 통해 희극 효과를 발생시키는 요소로 변한다. 허천이 독자가 아이러니에서 느끼는 즐거움을 설명하면서, 적합성의 부족 또는 부조화를 보충하고 해결할 때 느끼는 만족감으로 표현한 하겐(Hagen)의 논의를 소개(1995: 42)한 것도 이런 이유 때문이다. 이해는 만족감, 즐거움, 희극 효과와 밀접한 관계를 맺고 있다.

텍스트에서 이질적 요소들이 발생시키는 즐거움은 양자간의 관계 양상에 대한 이해라는 조건이 선행되어야 한다. 다시 말해서 상이한 이미지들의 대조와 병치 자체는 즐거움의 조건이 될 수 없는 것이다. 양자간의 교류를 위한 공통의 공간, 즉 이해의 여지가 있어야 하는 것이다. 패러디의 경우를 예로 들 수 있을 것이다.

Most theorists of parody go back to the etymological root of the term in the Greek noun *parodia*, meaning "counter-song," and stop there. (…) However, *para* in Greek can also mean "beside" and therefore there is a suggestion of an accord or intimacy instead of a contrast(1991: 32).

허천이 패러디를 대조가 아니라 유사성·친숙성으로 보는 것은 대조의 경우 문맥의 이해에 따른 즐거움을 설명할 수 없을 뿐 아니라, 독자가 양자간의 관계 양상을 이해하지 못할 경우 패러디가 지향하는 아이러니와 풍자, 희극성 등의 효과도 기대할 수 없기 때문이다. 따라서 패러디를 "차이를 가진 반복"(repetiton with difference)(1991: 32)으로 정의했을 때, 허천은 분명 동일성과 차이를 인식하는 독자의 인식 능력을 염두에 두고 있었다.

In some ways, parody might be said to resemble metaphor. Both require that the decoder construct a second meaning through inferences about surface statements and supplement the foreground with acknowledgement and knowledge of a backgrounded context(1991: 34).

허천의 말대로 대부분의 이론가들은 패러디에서 대조 또는 상반성만을 지적하는 데 그쳤다. 그러나 대조 자체는 의미나 희극 효과의 원인이 될 수 없다. 대조의 희극성은 동일성과 차이가 이루어 내는 독특한 관계 양상으로 보아야 할 것이다. 이를 위해서는 유사성, 공통점 등 상반된 이미지 사이에 연계 가능성이 선행되어야 하며, 이는 작품을 이해하는 데에도 필수적인 요소이다. 작품은 결국 상이한 이미지의 언어들이 엮어내는 직물(textile)이며, 작품의 아름다움은 씨줄과 날줄이 엮어지는 일정한 패턴에 대한 이해에 근거한 것이다. 따라서 독서는 동일성과 차이 사이를 오가며 이질적 요소들을 "자연스럽게 만드는 것"(naturalization)이며, 문화 코드를 통해 언어와 세계를 잇고 개연성과 이해 가능성을 극대화시키는 과정이다(Culler 139-143). 희극 효과에서 이해 문제는 희극의 개념과 관련해서 웃을 줄 아는 존재, 즉 이성적 존재로서 인간의 정의와도 밀접하게 연관될 뿐 아니라, 자연과 세계에 대한 인간의 이성적 판단 자체와도 관계가 있다.

We can find pleasure in the mere *exercise of power*, in the consciousness of our strength of mind in overcoming obstacles which are opposed to our designs, in the culture of our mental talents, etc. We justly call these the more refined pleasures and enjoyments because they are more in our power than others. They do not exhaust, but rather increase our capacity for further enjoyment and while they delight, at the same time they cultivate(Kant 1977: 217).

칸트가 말하는 즐거움은 자연과 세계의 합목적성에 대한 이성적 판단 능력에 근거하고 있다. 반대로 이성적 판단의 가능성을 벗어나는 이질적 요소는 불쾌의 원인이 된다. 그런데 카니발의 그로테스크 이미지는 자연의 법칙들을 벗어나는 경우로서 이성적 판단을 허용하지 않으며, 나아가 자연에 대한 이성적 "능력의 행사"(*exercise of power*)를 방해한다. 이러한 사실은 카니발의 그로테스크가 삶과 자연의 원리를 이해하는 데 오히려 부정적 역할을 하는 것이 아닌가 하는 의구심을 불러일으킬 수 있다. 그러나 이러한 추론은 이질성을 충돌과 갈등, 부조화의 관점에서만 본 탓이다.

바흐친은 그로테스크를 이해 가능성에 따른 희극 효과로 볼 수 있다는 사실을 잘 알고 있었고, 또 그 의견에 반대하지 않았다. 그가 비판하고 있는 쉬니간(Sheenegan)의 논점을 잠시 살펴볼 필요가 있다. 바흐친의 부언 설명에 의하면, 쉬니간은 희극성을 쾌와 불쾌의 대조에 근거한 것으로 보면서, 그로테스크의 경우 이미지의 불합리한 측면이 당혹감(vexation)을 불러일으키지만 곧 문맥상의 이해 가능성을 통해 당혹감은 즐거움으로 변한다고 보고 있다.

> In the example of grotesque, displeasure is caused by the impossible and improbable nature of the image: it is unimaginable that a woman could conceive from a monastery belfry, and such an absurdity creates a strong feeling of vexation. But this feeling is overcome by two forms of pleasure: first, we see the truly existing monastic corruption and depravity as symbolized in the hyperbolic image; in other words, we find some place for this exaggeration within reality. Second, we feel a moral satisfaction, since sharp criticism and mockery have dealt a blow to these vices(RW 305-306).

바흐친도 이해 가능성과 즐거움의 관계를 부인하지는 않으며, 그가 쉬니간을 비판하는 논거는 쉬니간의 그로테스크가 부정적 이미지만을 부각시켜 풍자 효과만을 중시했다는 점이다. 따라서 쉬니간의 관점은 카니발의 "유쾌한 풍요로움"(joyful lavishness)을 설명할 수 없다는 것이다(RW 307). 그러나 바흐친의 비판은 모호한 점이 많다. 민중은 카니발을 통해 현실을 재구성한다. 즉 카니발에는 민중의 현실 의식이 투사되어 있으며, 이는 현실을 구조화시키는 능력, 현실을 통합되고 완결된 형태로 파악할 수 있는 능력이 있음을 보여주는 증거이다. 다시 말해서 자연과 세계에 대한 이해와 통제력을 암시하며, 이는 분명 희극 효과의 원인이 될 수 있다. 바흐친 스스로 예를 들었듯이(RW 304), 민중은 수도사들의 성적 타락을 수도원의 종탑과 여성의 임신이라는 불합리한 병치를 통해 제시할 수 있었다. 민중들의 현실에 대한 이해와 이를 유희의 한 장면으로 재구성할 수 있는 능력은 카니발의 즐거움이 삶과 자연의 원리에 대한 이해에 근거한 것이라는 바흐친의 주장과 크게 다르지 않다.

바흐친의 쉬니간 비판과 관련한 또 다른 문제는 쉬니간의 풍자 효과와 바흐친의 전복적 즐거움의 차이가 모호하다는 것이다. 바흐친은 쉬니간의 풍자 효과를 "도덕적 만족감"(moral satisfaction)이라는 표현으로 차별화시키고 있으나, 결국 권위를 훼손시키는 전복적 전략과 큰 차이를 찾아보기 어렵다. 게다가 쉬니간의 논점을 '도덕적 만족감'이라고 보더라도 그것이 이해를 바탕으로 한 것임은 자명하다. 이때 이해는 바흐친 자신도 인정하듯이, 현실의 리얼리티에 근거하고 있다("we find some place for this exaggeration within reality"). 종탑의 그림자만 접해도 임신을 한다는 불합리한 과장은 수도사들의 성적 타락이라는 현실의 리얼리티에 근거한 것으로, 민중은 그로테스크한 과장을 통해 현실에 대한 그들의 이해를 한 편의 유희로 재구성한다.

그로테스크의 불합리한 과장을 이해할 수 있는 것은 상이한 이미지 사이의 연관성, 즉 공통의 의미공간을 찾아낼 수 있는 근거가 있기 때문이다. 예를 들어 미녀를 보자 흥분해서 눈이 튀어나오는, 만화 같은 장면을 생각해 볼 수 있을 것이다. 눈을 남성의 성적 상징으로 해석한 프로이트의 논의를 고려하지 않더라도, 튀어나온 눈은 성적 흥분을 암시하며, 이 과장이 전달하고자 하는 메시지이다. 이때 미녀와 눈 사이에는 시각적 어필과 그에 따른 또 다른 시각적 반응이라는 공통의 의미공간이 존재하며, 이것이 양자간의 자연스런 결합을 가능케 한다. 바흐친도 과장법이 그로테스크 스타일의 기본 속성이라고 밝힘으로써 (RW 303) 그 중요성을 인정하고 있는데, 그 중요성은 바로 과장이 이루어지는 조건이 상이한 이미지들의 공통 공간 또는 유사성에 있다는 점이다. 다시 말해서 과장은 이미지들의 상이성 못지않게 공통 요소, 유사성을 강조함으로써 이해의 가능성을 확보해 주는 것이다. 불합리한 과장이 당혹감과 즐거움 모두의 원인이 되는 것은 이 때문이다.

　이미지의 과장은 특정한 일부분을 집중적으로 부각시키는 방식으로 이루어진다. 종탑과 임신의 경우에서 종탑이 암시하는 종교적 이미지, 시간을 알리는 현실적 기능은 모두 무시된 채, 성적 상징성만이 부각되고 있으며, 여성의 이미지도 성적 욕망의 대상으로 축소되어 있다. 그런데 그로테스크의 과장은 일부분의 유사성을 확대시킨다는 의미에서 언어의 은유적 기능에 의존한다고 볼 수 있으며, 부각되지 못한 나머지 이미지는 배경으로 물러나 이야기를 계속 진행시키고 이해를 간접적으로 돕는 환유적 기능을 담당한다. 예를 들어 직접 부각되지 못했던 종탑의 종교적 이미지와 여성의 이미지는 중세 종교 권력과 일반 민중 사이의 갈등이라는 이야기의 배경을 형성하며 동시에 과장된 이미지들의 부조화를 사회적·문화적 문맥에서 이해할 수 있는 가능성을 제공한다.

　보웬은 〈사이렌〉에서 블룸의 방귀와 에멧의 연설이 병치되는 장면에서 상반된 이미지가 만들어 내는 희극 효과의 예를 찾고 있다. 희극 효과가 이미지의 대조, 병치와 관련이 있는 것은 사실이다. 그러나 희극 효과는 대조가 아니라 대조에서 이해를 가능케 하는 이미지들 사이의 관계 양상에서 찾아야 한다. 또 다른 예로 보웬은 〈이사카〉의 희극성이 질문과 대답 사이의 부조화, 특히 인간적 시각과 사실성의 세계 사이의 부조화에 근거한다고 설명한다(1989: 68). 그러나 좀더 정확히 표현하자면, 질문과 대답의 엇갈림 속에서 발견되는 부조화 속의 논리성, 조화 속의 비논리, 그리고 이에 따른 의미 생성의 가능성에 근거한다고 보아야 할 것이다. 마찬가지로 〈태양신의 황소〉의 희극성은 특정한 스타일이 묘사하는 문학적 이미지와 묘사 대상의 중립적 이미지 사이의 관계에서 유래한다고 볼 수 있다. 블룸을 중세의 방랑기사로 묘사했을 때 그 서술의 희극성은 중세 로맨스의 시각에서 바라본 이미지와 세속적이고 평범한 소시민의 이미지 사이의 유사성과 차이에 근거한 것이다.

카니발과 그로테스크, 육체 이미지가 만들어 내는 이미지의 대조와 전복성이 《율리시즈》의 희극성을 설명하는 데 중요한 요소인 것은 사실이다. 그러나 지금까지 살펴보았듯이, 바흐친의 카니발 이론으로 희극성 전반을 설명하는 것은 무리가 있다. 게다가 일반적인 희극 이론들이 상반된 이미지의 대조를 희극 효과의 조건으로 지적하는 데 그침으로써 텍스트 내에서 언어적 조작, 스타일의 기능, 나아가 작품의 이해와 이에 근거한 삶과 세계에 대한 이해의 문제를 소홀히 한 측면이 있다. 작품이 삶과 세계에 대해 맺는 관계는 단순히 리얼리티의 반영이라는 문제에만 국한되지 않는다. 후이징가의 논점에서 알 수 있듯이, 문학이라는 놀이는 삶과 세계를 이해하려는 인간의 의지의 표현이다. 문학 작품은 삶과 세계를 반영하는 것이 아니라 삶과 세계에 대한 인간의 이해를 반영한다. 이런 의미에서 《율리시즈》의 희극성은 인간의 시각을 통해 이해한 세계의 모습이며, 언어의 놀이로 구현된 소우주이다.

언어놀이로서 문학 작품의 희극 효과는 안정된 현실에 대한 인식을 지향한다. 컬러(Culler)가 말하는 '자연스럽게 만드는 것,' 이질적이고 상이한 이미지를 이해의 대상으로 전환시키는 과정 모두 현실과 그 현실 문화의 안정된 구조를 지향한다. 이때 안정된 구조는 이해를 의미하며, 희극성에서 이해 문제가 문화적 의미를 가지는 것도 이 때문이다. 희극성은 현실을 이해하는 인간의 독특한 방식을 보여주기 때문이다.

희극 효과를 발생시키는 대조되는 두 이미지 사이의 관계 양상은 현실에 대한 이해를 이미지 조작으로 재구성한 결과를 보여준다. 바흐친이 그로테스크의 상반된 이미지에서 삶과 자연의 원리에 대한 민중의 의식을 발견한 것은 당연하다. 카니발이라는 민중의 놀이는 전복성이라는 민중의 정치적 의식 이전에, 민중의 눈을 통해서 바라보고 이해한 삶과 자연의 모습이기 때문이다. 《율리시즈》의 희극성도 이와 유사하다. 초월적 가치와 단일한 시점을 거부하는 서술의 다양성, 세속적 가치를 지향하는 인물과 그를 통해 드러나는 육체적·물리적 이미지의 풍요로움은 지극히 평범한, "아무도 아닌 자"(no man)의 시점에서 바라본 삶과 세계를 보여준다. 게다가 인간의 시점에서 바라본 그 세계는 삶과 죽음, 고상함과 천박함, 이상과 현실이 공존하며, 몰리의 마지막 말("yes")처럼, 주어진 현실을 긍정하고 미래를 기약하는, 영원한 변화의 세계이다. 카니발을 통해서 민중이 자신들의 시점에서 본 삶의 가치를 재확인할 수 있었다면, 《율리시즈》 역시 인간의 시점에서 이해한 삶의 긍정적 측면을 확인시켜 준다. 《율리시즈》가 희극적인 작품이라면 그것은 삶과 세계에 대한 인간적 시각의 가치를 극대화하기 때문인 것이다.

7
결 론

　근래 들어 조이스 연구의 초점은 작품의 구조나 모티프보다 서술 스타일에 집중되어 있다. 물론 신역사주의의 대두와 더불어 조이스의 정치성·역사성 문제에 대한 논의도 활발히 이루어지고 있으나 이러한 논의도 정치 문제를 다루는 조이스의 서술 전략에 집중되어 있는 것이 사실이다. 이와 같이 서술 스타일 문제는 조이스 미학에서 매우 중요한 위치를 차지한다. "수백 년간 교수들을 바쁘게 할" 수수께끼들, 작품의 일관된 이해를 방해하는 다양한 서술 시점, 사실과 허구가 혼재하며 빚어내는 객관적 정보의 부재 등은 모두 조이스 스타일의 특징으로서, 그의 미학적 입장을 구현하는 주된 요소이기 때문이다.

　스타일은 단순히 작가의 개성을 드러내는 서술상의 특징이 아니라, 인간과 세계를 가치론적 대상으로 재구성하고 변형시키는 작가의 독특한 시각의 표현이다. 그러므로 스타일의 예술적 가치는 작가의 서술상의 특이성을 드러내는 데 있는 것이 아니라, 그것이 작가의 시각에 반영된 세계를 구성하는 특징들, 세계와 삶의 가치를 보여준다는 데 있다. 스타일은 작가의 가치론적 관점, 인간과 세계를 예술 작품으로 변형시키는 작가의 시각과 미학적 태도를 반영하기 때문이다. 따라서 조이스의 서술 테크닉과 스타일을 기법상의 실험이나 기교로만 본다면 그의 스타일에 나타난 예술성을 이해할 수 없다. 예술성이란 작품으로 구체화된 리얼리티의 가치론적 무게이다. 따라서 가치론적 무게가 없는 작품은 단순히 기교의 집합체에 지나지 않는다.

《율리시즈》의 휴머니즘은 서술 스타일과 밀접한 관계가 있다. 《율리시즈》의 스타일상의 특징들이 휴머니즘의 대화적 성향과 매우 유사하기 때문이다. 데이비스는 휴머니즘의 수사적 특징을 다음과 같이 지적하고 있다.

> Humanist dialogue is more contentious and open-ended than its Platonic counterpart, lacking the authoritative Socratic voice, and counterpointing seriousness and eloquent intensity with deflationary turns of irony, scepticism and humour(81).

《율리시즈》에 등장하는 다양한 서술 스타일들은 '휴머니스트의 대화'에 나타나는 수사적 특징과 유사하다. 〈사이클롭스〉, 〈태양신의 황소〉, 〈나우시카〉에서 보듯이 서로 다른 시점과 언어가 안정된 서술과 중립적 의미를 부정하며 갈등과 경쟁의 관계를 보여준다. 게다가 다양한 시점과 언어를 통합하는 단일한 원리나 작가의 권위적 시각이 부재함으로써 《율리시즈》는 무한한 해석의 가능성을 허용하는 열린 텍스트를 지향한다. 심각성과 가벼움이 대조되고 병존하면서 만들어 내는 희극 효과, '시차'와 삶에 대한 꼼꼼한 묘사가 보여주는 아이러니의 세계는 《율리시즈》의 서술 스타일이 휴머니즘의 수사학적 전통에 서 있으며, 《율리시즈》의 휴머니즘이 서술 스타일간의 대화적 양상을 통해 드러난다는 사실을 암시한다.

대화는 '나'와 타인 간의 관계 양상을 구현한다. '나'는 타인을 통해서 '나'의 객관성을 확보하고 삶의 의미를 형성한다. 따라서 대화적 관계, 즉 타인의 수용은 타인의 시각에 따른 또 다른 세계의 가능성을 인정하는 것으로서, 주관적 의식의 완결성을 지향하는 소위 '독백주의적' 인식론과는 다르다. 대화의 세계는 이질적 의식과 언어가 공존하는 광장이며, 인간은 완결되지 않은 '과정' 중의 존재로서 구체적 '시공성' 속에서 삶의 의미를 구축한다. 따라서 대화의 세계는 초월적이고 추상적인 세계가 아니라 살아 있는 인간의 목소리와 몸짓이 연출하는 세속성의 세계이다.

조이스의 스타일이 드러내는 휴머니즘도 삶과 세계의 다양성, 초월적 가치와 추상적 체계를 부정하며 삶의 현실적 조건을 긍정적으로 수용하는 그의 세속적 미학에서 출발한다. 조이스에게 예술은 언제나 인간적인 것이며, 블룸을 통해 엿볼 수 있듯이, 그의 인간은 불합리한 현실을 수용하며 스스로도 인간적 시각의 한계를 드러내는 불완전하고 완결되지 않은 인간, 변화 '과정' 속의 인간이다. 인간이 구체적인 현실의 시공간 속에서 제한된 시각만을 소유하며, 따라서 세계는 그처럼 다양하고 통합될 수 없는 시각과 의식, 언어로 구성되어 있다는 사실은 조이스의 작품에 나타난 스타일의 다양성, 통일된 의미를 부정하는 불안정한 서술의 미학적 지향점을 설명해 준다. 조이스 스타일의 특이성은 결국 삶과 세계의 대화적 속성에 대한 인식, 그리고 초월과 추상의 세계에 대항하여 삶의 현실적 가치를 옹호하는 세속적 미학의 반영인 것이다.

《젊은 예술가의 초상》과 《더블린사람들》에서 조이스의 서술 스타일에 나타난 세속적 미학은 아이러니의 형태로 나타난다. 《젊은 예술가의 초상》에서 예술가를 꿈꾸는 스티븐의 의식과 그 한계, '더블린사람들'이 연출하는 소우주적 '인간 희극'은 인간의 제한된 시각이 빚어내는 삶의 아이러니를 보여준다. 두 작품에서 인물들이 보여주는 아이러니는 각 인물들간의 시각차에서 유래하며 조이스는 자유간접화법을 통해 인물의 의식과 외부 상황을 자유롭게 넘나들며 아이러니의 양상을 극대화시킨다. 그런데 일반적으로 아이러니는 작가에게 단일하고 독단적인 시각을 피할 수 있는 방법을 제공해 준다. 따라서 조이스의 스타일이 묘사하는 아이러니의 양상들은 독단적 시각으로 통합할 수 없는 삶과 세계의 다양성에 대한 인식을 기초로 한 것이다.

조이스의 미학 이론이며 독특한 서술 스타일이기도 한 에피퍼니는 조이스 미학의 세속성, 그리고 삶과 세계의 대화적 속성에 대한 이해를 보여주는 증거이다. 에피퍼니는 사소한 경험에서 삶의 의미를 깨닫는 순간적 사건이며, 이에 대한 '천박할 정도로 꼼꼼한' 묘사를 의미한다. 조이스의 예술은 언제나 삶의 일상성을 벗어나지 않는다. 조이스 예술의 중심에는 항상 인간이 자리잡고 있으며 그 인간은 추상적 개념이 아니라 구체적 현실에서 가치를 추구하는 살아 있는 경험의 주체이다. 그런데 구체적인 현실의 경험이 삶의 의미로 변하기 위해서는 자신과 상황에 대한 객관적 인식이 선행되어야 한다. 그리고 그 객관적 인식은 바로 타인의 시각을 통해서만 이루어진다. 에피퍼니는 바로 타인과의 대화적 교류를 통해 자신의 객관적 이미지를 인식하는 경험을 의미하며, 《더블린사람들》이 보여주는 삶의 아이러니와 '마비'는 대화적 교류를 이루지 못하는 인물들이 보여주는 고립된 의식의 한 단면이다. 조이스가 《더블린사람들》을 "도덕사의 한 장"(Letters 83)으로 기획했다는 사실은 삶과 세계의 대화성에 대한 인식이 작품의 주제와 서술 기법뿐 아니라 삶의 윤리적 문제와도 관련됨을 의미한다. 그러나 조이스의 윤리는 결코 추상적 원리나 초월적 가치를 지향하지 않는다. 그의 윤리는 일상성에 바탕을 두고 있으며, 일상성의 윤리는 "삶의 주어진 순간에 타인과 맺는 특정한 상황과 관계"(Morson and Emerson 1990: 26)를 특징으로 한다. 그러므로 삶의 '사소한 것'에 대한 인식, 그 인식에 대한 '천박할 정도로 꼼꼼한' 묘사로서 에피퍼니는 타인, 대화, 일상성을 어우르는 조이스의 세속적 미학의 정수이다.

초월적이고 추상적인 세계를 거부하고 세속적 가치를 중시하는 조이스의 예술은 《율리시즈》에서 다양한 실험적 스타일, 특히 단일한 시점으로의 통합과 의미 구조의 체계를 해체하는 서술 스타일로 구체화된다. 《율리시즈》의 이러한 스타일은 삶의 경험을 단일한 구조로 환원시킬 수 없음을 보여준다. 《율리시즈》에는 신화적 구조 외에 상징, 인유 등 작품의 내적 질서와 체계를 위한 수사적 장치들이 많이 있지만 언제나 체계적 연관성을 부정하거나 벗어나는 요소들이 있다. 따라서 《율리시즈》의 실험적 스타일은 삶의 경험을 질서화시키는 절대적 방법의 불가성, 또는 삶에 대한 무한한 해석의 가능성을 보여주려는 시도이다.

작가의 역할은 새로운 언어를 창조하는 것이 아니라 기존의 언어들을 이용하여 이들의 대화적 교류를 활성화시키는 데 있다. 조이스는 결코 새로운 언어를 창조하지 않는다. 그의 언어는 '길거리의 소음'이고 시장의 언어이다. 그리고 조이스의 세속적 미학은 바로 현실의 그 살아있는 말들이 서로 어울리고 부딪치며 만들어 내는 삶과 세계의 다양성에서 출발한다. 따라서 《율리시즈》의 다양한 스타일은 언어를 통해 리얼리티의 대화적 양상과 그 역동성을 보여주기 위함이며, 이는 조이스가 인간과 세계를 고정되거나 완결될 수 없는, 변화와 다양성의 시각에서 바라보고 있다는 증거이다. 서술 스타일의 다양성이 보여주는 각각의 양상은 삶과 세계에 대한 조이스 미학의 대화적 성향을 보여준다. 특히 《율리시즈》에서 각각의 스타일은 독자적인 시각과 언어를 가지고 다른 스타일과 접촉하고 부딪치며 단일한 시점의 한계와 세계의 다양성을 증명해 보인다.

　모더니즘 문학의 전형인 《율리시즈》는 흔히 현대인의 소외된 의식을 극화시킨 작품으로서, 부르주아 계급의 퇴폐적 미학을 반영한다는 비판을 받았다. 그러나 작품에 나타난 집단적 육체 이미지, 신화적 구조, 순환적 시간과 역사관, 특히 평범한 사람들의 열망과 이상, 그들의 자유롭고 건강한 세계관, 그리고 일상의 리얼리티에 대한 관심을 잃지 않는다는 점에서 조이스가 라블레 못지않은 휴머니즘 전통의 계승자임을 알 수 있다. 조이스의 세계는 고고하고 명료한 개인의 주관적 의식이 아니라 일상의 물질적 풍요로움을 축복하며, 여기에서 집단의 영속적 가치를 확인하는, 집단적 축제의 세계이다. 주어진 삶의 조건을 긍정적으로 수용하며 보여주는 축제의 즐거움은 《피네간의 경야 *Finnegans Wake*》에까지 이어지는 조이스 예술의 세속성과 삶의 희극적 비전을 다시 한번 확인시켜 준다.

　　Loud, heap miseries upon us yet entwine our arts with laughter's low!(FW 259)

　조이스 예술의 핵심은 그의 스타일에 있다. 세속성이라는 그의 미학적 특성이 스타일의 다양성과 그 대화적 양상으로 구체화되기 때문이다. 본 논문은 스타일에 나타난 조이스 예술의 세속성을 증명하기 위하여 '대화주의'를 중심으로 한 바흐친의 미학 이론을 적용하였다. 최근의 조이스 연구가 그의 스타일의 미학적 특성을 규명하는 데 집중되어 있고, 도스토예프스키와 라블레를 통해 휴머니즘의 전통을 재확인하는 바흐친의 미학 이론 또한 언어와 스타일 문제를 중심으로 전개되고 있다.

대다수의 비평가들이 인정하듯이 《율리시즈》는 인간적 가치의 고양이라는 조이스의 예술관이 가장 극명하게 드러나는 작품이다. 그러나 그것이 구체적으로 어떤 서술 기법, 어떤 텍스트상의 특성을 통해 구체화되는가라는 문제에 대한 관심은 상대적으로 미흡했다. 게다가 국내의 바흐친 수용이 '대화주의'와 라블레식의 전복적 언어, 장르론 등에 집중되어 초기 저작에서 작가와 인물의 관계를 '나'와 타인의 인식론적·윤리적 문제로 전환, 전개시키며 보여주는 그의 휴머니즘 사상을 간과하는 경향이 있었다.

본 연구의 목적은 조이스 예술의 세속성을 스타일 분석을 통해 보여주며 바흐친 이론의 실제 비평 가능성을 탐구할 뿐 아니라, 그동안 간과되었던 그의 휴머니즘 사상도 재조명하는 기회를 마련해 주는 데 있다. 바흐친의 이론은 조이스 스타일의 특이성과 미학적 효과의 지향점을 좀더 구체적으로 이해하고, 그의 예술이 지향하는 세속성의 세계에서 휴머니즘의 전통을 확인할 수 있게 해주기 때문이다. 문학은 인간에 대한 인간의 이야기이다. 조이스의 '거리의 소음'과 바흐친의 카니발 광장은 살아 있는 현실의 인간을 통해 서로 만난다. 그리고 그들의 대화는 삶과 세계에 대한 인간적 시각의 가치를 다시 한번 일깨워준다.

참고 문헌

Adams, Martin. *After Joyce*. New York: Oxford UP, 1977.

— *Surface and Symbol*. New York: Oxford UP. 1962.

Aristotle. *Aristotle's Poetics*. Trans. James Hutton. New York: W. W. Norton & Company, 1982.

Aubert, Jacque. *The Aesthetics of James Joyce*. Baltimore: The Johns Hopkins UP, 1992.

Bakhtin, Mikhail M, and Medvedev, P. M. *The Formal Method in Literary Scholarship*. Trans. Albert J. Wehrle Cambridge: Harvard UP, 1978.

Bakhtin, Mikhail M. *Art and Answerability*. Trans. V. Liapunov and K. Brostrom. Austin: University of Texas Press, 1990.

— *Problems of Dostoevsky's Poetics*. Trans. Caryl Emerson. Minneapolis: University of Minnesota Press, 1984.

— *Rablais and His World*. Trans. H. Iswolsky. Bloomington: University of Indiana Press, 1965.

— *The Dialogic Imagination*. Trans. Caryl Emerson and Michael Holquist. Austin: University of Texas press, 1981.

— *Speech Genres and Other Late Essays*. Trans. V. McGee. Austin: University of Texas Press, 1986.

Bakhtin, Mikhail M, and Volosinov, V. N. *Marxism and the Philosophy of Language*. Trans. Ladislav M and I. R. Titunik. Cambridge: Harvard UP, 1986.

Barthes, Roland. *Pleasure of the Text*. Trans. Richard Miller. New York: Hill and Wang, 1975.

— "The Death of the Author." *Image—Music—Text*. Trans. Stephen Heath. New York: Hill and Wang, 1988.

Beck, Warren. *Joyce's Dubliners: Substance, Vision, and Art.* Durham: Duke UP, 1969.

Benstock, Bernard., ed. *The Seventh of Joyce.* Bloomington: Indiana UP, 1982.

Bergson, Henry. "Duration." *The Stream of Consciousness Technique in the Modern Novel.* London: Kennikat Press, 1979. pp.51−60.

— "Laughter." *The Comic in Theory and Practice.* Ed. John, J. Enck. New Jersey: Prentice−Hall, 1960.

Bernard−Donals, Michael F. *Mikhail Bakhtin: Between Phenomenology and Marxism.* Cambridge: Cambridge UP, 1994.

Bernstein, M. Andre. "When the Carnival Turns Bitter." *Bakhtin: Essays and Dialogues on His Work.* Chicago: University of Chicago Press, 1986.

Bolt, Sydney. *A Preface to James Joyce.* New York: Longman, 1981.

Booker, M. Keith. *Joyce, Bakhtin, and the Literary Tradition.* University of Michigan Press, 1997.

Booth, Wayne. C. *The Rhetoric of Fiction.* Chicago: University of Chicago Press, 1983.

Bowen, Jack. *Ulysses as a Comic Novel.* Syracuse: Syracuse UP, 1989.

Bowen, Zack, and Carens James F. *A Companion to Joyce Studies.* London: Greenwood Press, 1984.

Bradford, Richard. *Roman Jakobson: Life, Language, Art.* New York: Routledge, 1995.

Brown, Richard. *James Joyce, A Post−Cultural Perspective.* London Macmillan, 1992.

— *James Joyce and Sexuality.* London: Cambridge UP, 1985.

Bruns, Gerald L. "Eumaeus." *James Joyce's Ulysses.* Ed. Clive Hart and David Hayman. LA: University of California Press, 1977.

Budgen, Frank. *James Joyce and the Making of Ulysses.* Bloomington: Indiana UP, 1960.

Chase, William M., ed. *Joyce, A Collection of Critical Essays.* Englewood:

Prentice Hall, 1974.

Chayes, I. Hendry. "Joyce's Epiphanies." *Joyce's Portrait: Criticism and Critiques*. Ed. T. E. Connolly. New York: Appleton−Century−Crofts, 1962.

Church, Margaret. *Structure and Theme: Don Quixote to James Joyce*. Columbus: Ohio State UP, 1971.

Clark, Katerina, and Michael Holquist. *Mikhail Bakhtin*. Cambridge: Harvard UP, 1986.

Culler, Jonathan. *Structuralist Poetics*. London: Routledge & Kegan paul, 1975.

Davis, Tony. *Humanism*. London: Routledge, 1997.

De Man, Paul. "Dialogism and Absence." *Rethinking Bakhtin*. Eds. G. S. Morson and Caryl Emerson. Evanston: Northwestern UP, 1989.

Deming, Robert H. *James Joyce: The Critical Heritage*. vol. 1. London: Routledge & Kegan Paul, 1977.

Eco, Umberto. *The Aesthetics of Chaosmos: The Middle Ages of James Joyce*. Trans. Ellen Esrock. Cambridge: Harvard UP, 1982.

Eggers, Tilly. "What is a Woman. (⋯) a Symbol of?" *Joyce's Dubliners*. Ed. Harold Bloom. New York: Chelsea House, 1988.

Eliot, T. S. "*Ulysses*, Order and Myth." *The Critical Heritage*. Ed. Robert H. Deming. London: Routledge & K. Paul, 1970. 270.

Ellmann, Richard. *James Joyce*. London: Oxford UP, 1982.

— *Ulysses on the Liffey*. New York: Oxford UP, 1972.

— "The Background of Ulysses." *Joyce's Ulysses*. Ed. Harold Bloom. New York: Chelsea House, 1987.

Enck, John. J et al., eds. *The Comic in Theory and Practice*. Englewood Cliffs: Prentice−Hall, 1960.

Ferrer, Daniel. "Circe, Regret and Regression." *Post−Structuralist Joyce*. Eds. Affridge and Ferrer. London: Cambridge UP, 1984.

French, Marilyn. *The Book as World*. Cambridge: Harvard UP. 1976.

Freud, Sigmund. "Beyond the Pleasure Principle." *The Standard Edition*. Trans. James Strachey. vol. xviii. London: The Hogarth Press, 1975.

— "Dostoevsky and Parricide." *The Standard Edition*. Trans. James Strachey. vol. xxi. London: The Hogarth Press, 1961.

— "Jokes and their Relation to the Unconscious." *The Standard Edition*. Trans. James Strachey. vol. viii. London: The Hogarth Press, 1960.

— "Totem and Taboo." *The Standard Edition*. Trans. James Strachey. vol. xviii. London: The Hogarth Press, 1955.

— "Uncanny." *The Standard Edition*. Trans. James Strachey. vol. xvii. London: The Hogarth Press, 1957.

Gardiner, Michael. *The Dialogics of Ctitique*. New York: Routledge, 1992.

Gifford, Don. and Seidmann, Robert *J. Notes for Joyce*. Toronto: Clark, Irwin & Company Ltd, 1974.

Gilbert, Stuart. *Letters of James Joyce*. London: Faber and Faber, 1957.

Girard, Rene. *Violence and the Sacred*. Trans. Patrick Gregory. Baltimore: The Johns Hopkins UP, 1977.

Gordon, John. *James Joyce's Metamorphosis*. Dublin: Gill and Macmillan, 1981.

Gose, Jr. Elliott B. *The Transformation Process in Joyce's Ulysses*. Toronto: University of Toronto Press, 1980.

Hart, Clive. and Hayman, David. *James Joyce's Ulysses: Critical Essays*. Berkeley: University of California Press, 1977.

Hazlitt, William. "On Wit and Humour." *The Comic in Theory and Practice*. Ed. John J. Enck. New Jersey: Prentice−Hall, 1960.

Heath, Stephen. "Ambiviolences: Notes for Reading Joyce." *Post−Structuralist Joyce*. Ed. Affridge and Ferrer. London: Cambridge UP, 1984.

Henke, Suzette A. *James Joyce and the Politics of Desire*. London: Routledge, 1990.

Hirschkop, K, and Shepherd, D. *Bakhtin and Cultural Theory*. Manchester:

Manchester UP, 1989.

Hodgart, Matthew. *James Joyce: A Student's Guide*. London: Routledge & Kegan Paul, 1982.

Holquist, Michael. *Dialogism: Bakhtin and His World*. London: Routledge, 1990.

Howard, Jacqueline. *Reading Gothic Fiction: A Bakhtinian Approach*. London: Clarendon Press, 1994.

Huizinga, J. *Homo Ludens: A Study of the Play-Element in Culture*. Boston: The Beacon Press, 1955.

Humphrey, Robert. *Stream of Consciousness in the Modern Novel*. Berkeley: University of California Press, 1972.

Hutcheon, Linda. *A Theory of Parody*. New York: Routledge, 1991.

— *Irony's Edge: The Theory and Politics of Irony*. New York: Routledge, 1995.

Iser, Wolfgang. *The Implied Reader*. Baltimore: The Johns Hopkins UP, 1978.

Jakobson, Roman. *Language in Literature*. Cambridge: Harvard UP, 1987.

Jakobson, Roman, and Pomorska, Krystyna. *Dialogues*. Trans. Christian Hubert. Massachusetts: MIT Press, 1988.

Jefferson, Ann. "Bodymatters: Self and Other in Bakhtin, Sartre and Barthes." *Bakhtin and Cultural Theory*. Ed. Ken Hirschkop and David Shepherd. Manchester: Manchester UP, 1989.

Joyce, James. *A Portrait of the Artist as a Young Man*. New York: Penguin Books, 1969.

— *Critical Writings of James Joyce*. Ed. Ellsworth Mason and Richard Ellmann. London: Viking Press, 1959.

— *Dubliners*. New York: Penguin Books, 1968.

— *Finnegans Wake*. New York: Penguin Books, 1992.

— *Stephen Hero*. London: Fetcher and Sun, 1969.

— *Ulysses*. New York: Penguin Books, 1986.

Joyce, Stanislaus. *My Brother's Keeper.* London: Faber and Faber, 1958.

Jung, C. G. "ein Monolog." *The Critical Heritage.* Ed. Robert H. Deming. London: Routledge & K. Paul, 1970. 585.

Kain, Richard. *Fabulous Voyager: James Joyce's Ulysses.* New York: Viking Press, 1959.

Kant, Immanuel. *The Philosophy of Kant.* Ed. Carl, J. Friedrich. New York: Random House, 1977.

— *Critique of Judgment.* Trans. J. H. Bernard. New York: Hafner Press, 1951.

Kenner, Hugh. *Joyce's Voices,* Berkeley: University of California Press, 1978.

— *Ulysses.* London: George Allen & Unwin, 1980.

Kershner, R. Jr. *Joyce, Bakhtin, and Popular Literature: Chronicles of Disorder.* Chapel Hill: University of North Carolina Press, 1989.

Kristeva, Julia. *Desire in Language.* Trans. Thomas Gora et al. Oxford: Basil Blackwell, 19847.

Langer, Suzanne. *Feeling and Form.* London: Routledge & Kegan Paul, 1979.

Lawrence, Karen. *The Odyssey of Style in Ulysses.* Princeton: Princeton UP, 1981.

Levin, Harry. *James Joyce.* New York: New Directions, 1960.

Litz, Walton. *James Joyce.* Boston: Twayne Puhlishers, 1966.

Lodge, David. *After Bakhtin: Essays on Fiction and Criticism.* London: Routledge, 1990.

Maddox, Jr. James H. *Joyce's Ulysses and the Assault upon Character.* Stanford Terrace Hassocks: The Harvester Press, 1978.

Mahaffey, Vicki. *Reauthorizing Joyce.* New York: Cambridge UP, 1988.

Meyerhoff, Hans. *Time in Literature.* Berkely: University of Berkely Press, 1955.

Morson, G. S, and Emerson, Caryl. *Bakhtin: Essays and Dialogues on His*

Work. Chicago: University of Chicago Press, 1986.

— *Mikhail Bakhtin: Creation of Prosaics*. Stanford: Stanford UP, 1990.

Morson, G. S, and Emerson, Caryl., eds. *Rethinking Bakhtin: Extensions and Challenges*. Evanston: Northwest UP, 1989.

Norris, Margot. "Narrative Under a Blindfold: Reading Joyce's 'Clay.'" *Joyce's Dubliners*. Ed. Harold Bloom. New York: Chelsea House, 1988.

Parrinder, Patrick. "Joyce's Portrait and the proof of the Oracle." *Joyce's Portrait*. Ed. Harold Bloom: New York: Chelsea House, 1988.

Peake, C. H. *James Joyce, The Citizen and the Artist*. Stanford: Stanford UP, 1977.

Riquelme, Paul. *Teller and Tale in Joyce's Fictions*. Baltimore: The Johns Hopkins UP, 1983.

Rose, Margaret. A. *Parody: Anceints, Modern, and Post−modern*. Cambridge: Cambridge UP, 1993.

Stead, Alstair, and McCormack, W. J. Eds. *James Joyce and Modern Literature*. London: Routledge & Kegan Paul, 1982.

Steinberg, Erwin. R. *The Stream of Consciousness Technique in the Modern Novel*. London: Kennikat Press, 1979.

Steiner, Peter. *Russian Formalism: A Metapoetics*. Ithaca: Cornell UP, 1989.

Sultan, Stanley. *Eliot, Joyce and Company*. Oxford: Oxford UP, 1987.

Theall, Donald. F. *James Joyce's Techno−Poetics*. Toronto: University of Toronto Press, 1997.

Thomson, Clive. ed. *Studies in Tweinties Century Literature*(Fall: 1984).

Thomson, Philips. *The Grotesque*. London: Methuen & Co, 1972.

Tindall, W. Y. A *Reader's Guide to James Joyce*, New York: The Noonday Press, 1959.

— *James Joyce: His Way of Interpreting the World*. London: Charles Scribner's Sons, 1950.

Todorov, Tzvetan. *Mikhail Bakhtin: The Dialogical Principle*. Trans. W. Godzich. Minneapolis: University of Minnesota Press, 1984.

Topia, Andre. "The Matrix and the Echo: Intertextuality in *Ulysses*" *Post-Structuralist Joyce*. Eds. Affridge and Ferrer. London: Cambridge UP, 1984. p.105.

Volosinov, V. N. *Freudianism: A Critical Sketch*. New York: The Literary Press, 1976.

Wales, Katie. *The Language of James Joyce*. London: Macmillan, 1992.

Wills, Clair. "Upsetting the Public." *Bakhtin and Cultural Theroy*. Eds. K. Hirschkop and D. Shepherd. Manchester: Manchester UP, 1989.

Wright, David G. *Characters of Joyce*. Totowa: Gill and Macmillan Ltd., 1983.

김종건. 《율리시즈 硏究 I, II》. 서울: 고려대학교 출판부, 1995.

김욱동. 《대화적 상상력: 바흐친의 문학이론》. 서울: 문학과 지성, 1988.

— 편. 《바흐친과 대화주의》. 서울: 나남, 1990.

앙리 베르그송. 《웃음: 희극의 의미에 관한 시론》. 김진성 역. 서울: 종로서적, 1983.

이강훈
한국외국어대학교 졸업
동대학원 졸업, 문학박사

조이스와 바흐친

초판발행 : 2007년 10월 25일

東文選
제10-64호, 78. 12. 16 등록
110-300 서울 종로구 관훈동 74번지
전화 : 737-2795

ⓒ 이강훈
편집설계 : 李娗룡

ISBN 978-89-8038-618-5 94800

【東文選 現代新書】

1 21세기를 위한 새로운 엘리트	FORESEEN 연구소 / 김경현	7,000원
2 의지, 의무, 자유 ─ 주제별 논술	L. 밀러 / 이대희	6,000원
3 사유의 패배	A. 핑켈크로트 / 주태환	7,000원
4 문학이론	J. 컬러 / 이은경·임옥희	7,000원
5 불교란 무엇인가	D. 키언 / 고길환	6,000원
6 유대교란 무엇인가	N. 솔로몬 / 최창모	6,000원
7 20세기 프랑스철학	E. 매슈스 / 김종갑	8,000원
8 강의에 대한 강의	P. 부르디외 / 현택수	6,000원
9 텔레비전에 대하여	P. 부르디외 / 현택수	10,000원
10 고고학이란 무엇인가	P. 반 / 박범수	8,000원
11 우리는 무엇을 아는가	T. 나겔 / 오영미	5,000원
12 에쁘롱 ─ 니체의 문체들	J. 데리다 / 김다은	7,000원
13 히스테리 사례분석	S. 프로이트 / 태혜숙	7,000원
14 사랑의 지혜	A. 핑켈크로트 / 권유현	6,000원
15 일반미학	R. 카이유와 / 이경자	6,000원
16 본다는 것의 의미	J. 버거 / 박범수	10,000원
17 일본영화사	M. 테시에 / 최은미	7,000원
18 청소년을 위한 철학교실	A. 자카르 / 장혜영	7,000원
19 미술사학 입문	M. 포인턴 / 박범수	8,000원
20 클래식	M. 비어드·J. 헨더슨 / 박범수	6,000원
21 정치란 무엇인가	K. 미노그 / 이정철	6,000원
22 이미지의 폭력	O. 몽젱 / 이은민	8,000원
23 청소년을 위한 경제학교실	J. C. 드루엥 / 조은미	6,000원
24 순진함의 유혹 〔메디시스賞 수상작〕	P. 브뤼크네르 / 김웅권	9,000원
25 청소년을 위한 이야기 경제학	A. 푸르상 / 이은민	8,000원
26 부르디외 사회학 입문	P. 보네위츠 / 문경자	7,000원
27 돈은 하늘에서 떨어지지 않는다	K. 아른트 / 유영미	6,000원
28 상상력의 세계사	R. 보이아 / 김웅권	9,000원
29 지식을 교환하는 새로운 기술	A. 벵토릴라 外 / 김혜경	6,000원
30 니체 읽기	R. 비어즈워스 / 김웅권	6,000원
31 노동, 교환, 기술 ─ 주제별 논술	B. 데코사 / 신은영	6,000원
32 미국만들기	R. 로티 / 임옥희	10,000원
33 연극의 이해	A. 쿠프리 / 장혜영	8,000원
34 라틴문학의 이해	J. 가야르 / 김교신	8,000원
35 여성적 가치의 선택	FORESEEN연구소 / 문신원	7,000원
36 동양과 서양 사이	L. 이리가라이 / 이은민	7,000원
37 영화와 문학	R. 리처드슨 / 이형식	8,000원
38 분류하기의 유혹 ─ 생각하기와 조직하기	G. 비뇨 / 임기대	7,000원
39 사실주의 문학의 이해	G. 라루 / 조성애	8,000원
40 윤리학 ─ 악에 대한 의식에 관하여	A. 바디우 / 이종영	7,000원
41 흙과 재 〔소설〕	A. 라히미 / 김주경	6,000원

42	진보의 미래	D. 르쿠르 / 김영선	6,000원
43	중세에 살기	J. 르 고프 外 / 최애리	8,000원
44	쾌락의 횡포·상	J. C. 기유보 / 김웅권	10,000원
45	쾌락의 횡포·하	J. C. 기유보 / 김웅권	10,000원
46	운디네와 지식의 불	B. 데스파냐 / 김웅권	8,000원
47	이성의 한가운데에서—이성과 신앙	A. 퀴노 / 최은영	6,000원
48	도덕적 명령	FORESEEN 연구소 / 우강택	6,000원
49	망각의 형태	M. 오제 / 김수경	6,000원
50	느리게 산다는 것의 의미·1	P. 쌍소 / 김주경	7,000원
51	나만의 자유를 찾아서	C. 토마스 / 문신원	6,000원
52	음악의 예지를 찾아서	M. 존스 / 송인영	10,000원
53	나의 철학 유언	J. 기통 / 권유현	8,000원
54	타르튀프/서민귀족 〔희곡〕	몰리에르 / 덕성여대극예술비교연구회	8,000원
55	판타지 공장	A. 플라워즈 / 박범수	10,000원
56	홍수·상 〔완역판〕	J. M. G. 르 클레지오 / 신미경	8,000원
57	홍수·하 〔완역판〕	J. M. G. 르 클레지오 / 신미경	8,000원
58	일신교—성경과 철학자들	E. 오르티그 / 전광호	6,000원
59	프랑스 시의 이해	A. 바이양 / 김다은·이혜지	8,000원
60	종교철학	J. P. 힉 / 김희수	10,000원
61	고요함의 폭력	V. 포레스테 / 박은영	8,000원
62	고대 그리스의 시민	C. 모세 / 김덕희	7,000원
63	미학개론—예술철학입문	A. 셰퍼드 / 유호전	10,000원
64	논증—담화에서 사고까지	G. 비뇨 / 임기대	6,000원
65	역사—성찰된 시간	F. 도스 / 김미겸	7,000원
66	비교문학개요	F. 클로동·K. 아다-보트링 / 김정란	8,000원
67	남성지배	P. 부르디외 / 김용숙	개정판 10,000원
68	호모사피언스에서 인터렉티브인간으로	FORESEEN 연구소 / 공나리	8,000원
69	상투어—언어·담론·사회	R. 아모시·A. H. 피에로 / 조성애	9,000원
70	우주론이란 무엇인가	P. 코올즈 / 송형석	8,000원
71	푸코 읽기	P. 빌루에 / 나길래	8,000원
72	문학논술	J. 파프·D. 로쉬 / 권종분	8,000원
73	한국전통예술개론	沈雨晟	10,000원
74	시학—문학 형식 일반론 입문	D. 퐁텐 / 이용주	8,000원
75	진리의 길	A. 보다르 / 김승철·최정아	9,000원
76	동물성—인간의 위상에 관하여	D. 르스텔 / 김승철	6,000원
77	랑가쥬 이론 서설	L. 옐름슬레우 / 김용숙·김혜련	10,000원
78	잔혹성의 미학	F. 토넬리 / 박형섭	9,000원
79	문학 텍스트의 정신분석	M. J. 벨멩-노엘 / 심재중·최애영	9,000원
80	무관심의 절정	J. 보드리야르 / 이은민	8,000원
81	영원한 황홀	P. 브뤼크네르 / 김웅권	9,000원
82	노동의 종말에 반하여	D. 슈나페르 / 김교신	6,000원
83	프랑스영화사	J. -P. 장콜라 / 김혜련	8,000원

84 조와(弔蛙)　　　　　　　　　　　金敎臣 / 노치준·민혜숙　　　　8,000원
85 역사적 관점에서 본 시네마　　J. -L. 뢰트라 / 곽노경　　　　8,000원
86 욕망에 대하여　　　　　　　　M. 슈벨 / 서민원　　　　　　8,000원
87 산다는 것의 의미·1—여분의 행복　　P. 쌍소 / 김주경　　　7,000원
88 철학 연습　　　　　　　　　　M. 아롱델-로오 / 최은영　　8,000원
89 삶의 기쁨들　　　　　　　　　D. 노게 / 이은민　　　　　　6,000원
90 이탈리아영화사　　　　　　　　L. 스키파노 / 이주현　　　　8,000원
91 한국문화론　　　　　　　　　　趙興胤　　　　　　　　　　10,000원
92 현대연극미학　　　　　　　　　M. -A. 샤르보니에 / 홍지화　　8,000원
93 느리게 산다는 것의 의미·2　　P. 쌍소 / 김주경　　　　　　7,000원
94 진정한 모럴은 모럴을 비웃는다　　A. 에슈고엔 / 김웅권　　8,000원
95 한국종교문화론　　　　　　　　趙興胤　　　　　　　　　　10,000원
96 근원적 열정　　　　　　　　　L. 이리가라이 / 박정오　　　9,000원
97 라캉, 주체 개념의 형성　　　　B. 오질비 / 김 석　　　　　9,000원
98 미국식 사회 모델　　　　　　　J. 바이스 / 김종명　　　　　7,000원
99 소쉬르와 언어과학　　　　　　P. 가데 / 김용숙·임정혜　　10,000원
100 철학적 기본 개념　　　　　　　R. 페르버 / 조국현　　　　　8,000원
101 맞불　　　　　　　　　　　　　P. 부르디외 / 현택수　　　　10,000원
102 글렌 굴드, 피아노 솔로　　　　M. 슈나이더 / 이창실　　　　7,000원
103 문학비평에서의 실험　　　　　C. S. 루이스 / 허 종　　　　8,000원
104 코뿔소 〔희곡〕　　　　　　　　E. 이오네스코 / 박형섭　　　8,000원
105 지각—감각에 관하여　　　　　R. 바르바라 / 공정아　　　　7,000원
106 철학이란 무엇인가　　　　　　E. 크레이그 / 최생열　　　　8,000원
107 경제, 거대한 사탄인가?　　　　P. -N. 지로 / 김교신　　　　7,000원
108 딸에게 들려 주는 작은 철학　　R. 시몬 셰퍼 / 안상원　　　7,000원
109 도덕에 관한 에세이　　　　　　C. 로슈·J. -J. 바레르 / 고수현　　6,000원
110 프랑스 고전비극　　　　　　　B. 클레망 / 송민숙　　　　　8,000원
111 고전수사학　　　　　　　　　　G. 위딩 / 박성철　　　　　　10,000원
112 유토피아　　　　　　　　　　　T. 파코 / 조성애　　　　　　7,000원
113 쥐비알　　　　　　　　　　　　A. 자르댕 / 김남주　　　　　7,000원
114 증오의 모호한 대상　　　　　　J. 아순 / 김승철　　　　　　8,000원
115 개인—주체철학에 대한 고찰　　A. 르노 / 장정아　　　　　　7,000원
116 이슬람이란 무엇인가　　　　　M. 루스벤 / 최생열　　　　　8,000원
117 테러리즘의 정신　　　　　　　J. 보드리야르 / 배영달　　　8,000원
118 역사란 무엇인가　　　　　　　존 H. 아널드 / 최생열　　　8,000원
119 느리게 산다는 것의 의미·3　　P. 쌍소 / 김주경　　　　　　7,000원
120 문학과 정치 사상　　　　　　　P. 페티티에 / 이종민　　　　8,000원
121 가장 아름다운 하나님 이야기　　A. 보테르 外 / 주태환　　　8,000원
122 시민 교육　　　　　　　　　　P. 카니베즈 / 박주원　　　　9,000원
123 스페인영화사　　　　　　　　　J.- C. 스갱 / 정동섭　　　　8,000원
124 인터넷상에서—행동하는 지성　　H. L. 드레퓌스 / 정혜욱　　9,000원
125 내 몸의 신비—세상에서 가장 큰 기적　　A. 지오르당 / 이규식　　7,000원

【東文選 文藝新書】

1 저주받은 詩人들	A. 뻬이르 / 최수철·김종호	개정근간
2 민속문화론서설	沈雨晟	40,000원
3 인형극의 기술	A. 훼도토프 / 沈雨晟	8,000원
4 전위연극론	J. 로스 에반스 / 沈雨晟	12,000원
5 남사당패연구	沈雨晟	19,000원
6 현대영미희곡선(전4권)	N. 코워드 外 / 李辰洙	절판
7 행위예술	L. 골드버그 / 沈雨晟	절판
8 문예미학	蔡 儀 / 姜慶鎬	절판
9 神의 起源	何 新 / 洪 熹	16,000원
10 중국예술정신	徐復觀 / 權德周 外	24,000원
11 中國古代書史	錢存訓 / 金允子	14,000원
12 이미지 — 시각과 미디어	J. 버거 / 편집부	15,000원
13 연극의 역사	P. 하트놀 / 沈雨晟	절판
14 詩 論	朱光潛 / 鄭相泓	22,000원
15 탄트라	A. 무케르지 / 金龜山	16,000원
16 조선민족무용기본	최승희	15,000원
17 몽고문화사	D. 마이달 / 金龜山	8,000원
18 신화 미술 제사	張光直 / 李 徹	절판
19 아시아 무용의 인류학	宮尾慈良 / 沈雨晟	20,000원
20 아시아 민족음악순례	藤井知昭 / 沈雨晟	5,000원
21 華夏美學	李澤厚 / 權 瑚	20,000원
22 道	張立文 / 權 瑚	18,000원
23 朝鮮의 占卜과 豫言	村山智順 / 金禧慶	28,000원
24 원시미술	L. 아담 / 金仁煥	16,000원
25 朝鮮民俗誌	秋葉隆 / 沈雨晟	12,000원
26 타자로서 자기 자신	P. 리쾨르 / 김웅권	29,000원
27 原始佛敎	中村元 / 鄭泰爀	8,000원
28 朝鮮女俗考	李能和 / 金尙憶	24,000원
29 朝鮮解語花史(조선기생사)	李能和 / 李在崑	25,000원
30 조선창극사	鄭魯湜	17,000원
31 동양회화미학	崔炳植	19,000원
32 性과 결혼의 민족학	和田正平 / 沈雨晟	9,000원
33 農漁俗談辭典	宋在璇	12,000원
34 朝鮮의 鬼神	村山智順 / 金禧慶	12,000원
35 道敎와 中國文化	葛兆光 / 沈揆昊	15,000원
36 禪宗과 中國文化	葛兆光 / 鄭相泓·任炳權	8,000원
37 오페라의 역사	L. 오레이 / 류연희	절판
38 인도종교미술	A. 무케르지 / 崔炳植	14,000원
39 힌두교의 그림언어	안넬리제 外 / 全在星	9,000원
40 중국고대사회	許進雄 / 洪 熹	30,000원
41 중국문화개론	李宗桂 / 李宰碩	23,000원

42 龍鳳文化源流	王大有 / 林東錫	25,000원
43 甲骨學通論	王宇信 / 李宰碩	40,000원
44 朝鮮巫俗考	李能和 / 李在崑	20,000원
45 미술과·페미니즘	N. 부루드 外 / 扈承喜	9,000원
46 아프리카미술	P. 윌레뜨 / 崔炳植	절판
47 美의 歷程	李澤厚 / 尹壽榮	28,000원
48 曼茶羅의 神들	立川武藏 / 金龜山	19,000원
49 朝鮮歲時記	洪錫謨 外/李錫浩	30,000원
50 하 상	蘇曉康 外 / 洪 熹	절판
51 武藝圖譜通志 實技解題	正 祖 / 沈雨晟·金光錫	15,000원
52 古文字學첫걸음	李學勤 / 河永三	14,000원
53 體育美學	胡小明 / 閔永淑	18,000원
54 아시아 美術의 再發見	崔炳植	9,000원
55 曆과 占의 科學	永田久 / 沈雨晟	14,000원
56 中國小學史	胡奇光 / 李宰碩	20,000원
57 中國甲骨學史	吳浩坤 外 / 梁東淑	35,000원
58 꿈의 철학	劉文英 / 河永三	22,000원
59 女神들의 인도	立川武藏 / 金龜山	19,000원
60 性의 역사	J. L. 플랑드렝 / 편집부	18,000원
61 쉬르섹슈얼리티	W. 챠드윅 / 편집부	10,000원
62 여성속담사전	宋在璇	18,000원
63 박재서희곡선	朴栽緒	10,000원
64 東北民族源流	孫進己 / 林東錫	13,000원
65 朝鮮巫俗의 硏究(상·하)	赤松智城·秋葉隆 / 沈雨晟	28,000원
66 中國文學 속의 孤獨感	斯波六郎 / 尹壽榮	8,000원
67 한국사회주의 연극운동사	李康列	8,000원
68 스포츠인류학	K. 블랑챠드 外 / 박기동 外	12,000원
69 리조복식도감	리팔찬	20,000원
70 娼 婦	A. 꼬르벵 / 李宗旼	22,000원
71 조선민요연구	高晶玉	30,000원
72 楚文化史	張正明 / 南宗鎭	26,000원
73 시간, 욕망, 그리고 공포	A. 코르뱅 / 변기찬	18,000원
74 本國劍	金光錫	40,000원
75 노트와 반노트	E. 이오네스코 / 박형섭	20,000원
76 朝鮮美術史硏究	尹喜淳	7,000원
77 拳法要訣	金光錫	30,000원
78 艸衣選集	艸衣意恂 / 林鍾旭	20,000원
79 漢語音韻學講義	董少文 / 林東錫	10,000원
80 이오네스코 연극미학	C. 위베르 / 박형섭	9,000원
81 중국문자훈고학사전	全廣鎭 편역	23,000원
82 상말속담사전	宋在璇	10,000원
83 書法論叢	沈尹默 / 郭魯鳳	16,000원

84	침실의 문화사	P. 디비 / 편집부	9,000원
85	禮의 精神	柳 肅 / 洪 熹	20,000원
86	조선공예개관	沈雨晟 편역	30,000원
87	性愛의 社會史	J. 솔레 / 李宗旼	18,000원
88	러시아미술사	A. I. 조토프 / 이건수	22,000원
89	中國書藝論文選	郭魯鳳 選譯	25,000원
90	朝鮮美術史	關野貞 / 沈雨晟	30,000원
91	美術版 탄트라	P. 로슨 / 편집부	8,000원
92	군달리니	A. 무케르지 / 편집부	9,000원
93	카마수트라	바짜야나 / 鄭泰爀	18,000원
94	중국언어학총론	J. 노먼 / 全廣鎭	28,000원
95	運氣學說	任應秋 / 李宰碩	15,000원
96	동물속담사전	宋在璇	20,000원
97	자본주의의 아비투스	P. 부르디외 / 최종철	10,000원
98	宗敎學入門	F. 막스 뮐러 / 金龜山	10,000원
99	변 화	P. 바츨라빅크 外 / 박인철	10,000원
100	우리나라 민속놀이	沈雨晟	15,000원
101	歌訣(중국역대명언경구집)	李宰碩 편역	20,000원
102	아니마와 아니무스	A. 융 / 박해순	8,000원
103	나, 너, 우리	L. 이리가라이 / 박정오	12,000원
104	베케트연극론	M. 푸크레 / 박형섭	8,000원
105	포르노그래피	A. 드워킨 / 유혜련	12,000원
106	셀 링	M. 하이데거 / 최상욱	12,000원
107	프랑수아 비용	宋 勉	18,000원
108	중국서예 80제	郭魯鳳 편역	16,000원
109	性과 미디어	W. B. 키 / 박해순	12,000원
110	中國正史朝鮮列國傳(전2권)	金聲九 편역	120,000원
111	질병의 기원	T. 매큐언 / 서 일 · 박종연	12,000원
112	과학과 젠더	E. F. 켈러 / 민경숙 · 이현주	10,000원
113	물질문명 · 경제 · 자본주의	F. 브로델 / 이문숙 外	절판
114	이탈리아인 태고의 지혜	G. 비코 / 李源斗	8,000원
115	中國武俠史	陳 山 / 姜鳳求	18,000원
116	공포의 권력	J. 크리스테바 / 서민원	23,000원
117	주색잡기속담사전	宋在璇	15,000원
118	죽음 앞에 선 인간(상 · 하)	P. 아리에스 / 劉仙子	각권 15,000원
119	철학에 대하여	L. 알튀세르 / 서관모 · 백승욱	12,000원
120	다른 곳	J. 데리다 / 김다은 · 이혜지	10,000원
121	문학비평방법론	D. 베르제 外 / 민혜숙	12,000원
122	자기의 테크놀로지	M. 푸코 / 이희원	16,000원
123	새로운 학문	G. 비코 / 李源斗	22,000원
124	천재와 광기	P. 브르노 / 김웅권	13,000원
125	중국은사문화	馬 華 · 陳正宏 / 강경범 · 천현경	12,000원

126	푸코와 페미니즘	C. 라마자노글루 外 / 최 영 外	16,000원
127	역사주의	P. 해밀턴 / 임옥희	12,000원
128	中國書藝美學	宋 民 / 郭魯鳳	16,000원
129	죽음의 역사	P. 아리에스 / 이종민	18,000원
130	돈속담사전	宋在璇 편	15,000원
131	동양극장과 연극인들	김영무	15,000원
132	生育神과 性巫術	宋兆麟 / 洪 熹	20,000원
133	미학의 핵심	M. M. 이턴 / 유호전	20,000원
134	전사와 농민	J. 뒤비 / 최생열	18,000원
135	여성의 상태	N. 에니크 / 서민원	22,000원
136	중세의 지식인들	J. 르 고프 / 최애리	18,000원
137	구조주의의 역사(전4권)	F. 도스 / 김웅권 外 Ⅰ·Ⅱ·Ⅳ 15,000원 / Ⅲ	18,000원
138	글쓰기의 문제해결전략	L. 플라워 / 원진숙·황정현	20,000원
139	음식속담사전	宋在璇 편	16,000원
140	고전수필개론	權 瑚	16,000원
141	예술의 규칙	P. 부르디외 / 하태환	23,000원
142	"사회를 보호해야 한다"	M. 푸코 / 박정자	20,000원
143	페미니즘사전	L. 터틀 / 호승희·유혜련	26,000원
144	여성심벌사전	B. G. 워커 / 정소영	근간
145	모데르니테 모데르니테	H. 메쇼닉 / 김다은	20,000원
146	눈물의 역사	A. 벵상뷔포 / 이자경	18,000원
147	모더니티입문	H. 르페브르 / 이종민	24,000원
148	재생산	P. 부르디외 / 이상호	23,000원
149	종교철학의 핵심	W. J. 웨인라이트 / 김희수	18,000원
150	기호와 몽상	A. 시몽 / 박형섭	22,000원
151	융분석비평사전	A. 새뮤얼 外 / 민혜숙	16,000원
152	운보 김기창 예술론연구	최병식	14,000원
153	시적 언어의 혁명	J. 크리스테바 / 김인환	20,000원
154	예술의 위기	Y. 미쇼 / 하태환	15,000원
155	프랑스사회사	G. 뒤프 / 박 단	16,000원
156	중국문예심리학사	劉偉林 / 沈揆昊	30,000원
157	무지카 프라티카	M. 캐넌 / 김혜중	25,000원
158	불교산책	鄭泰爀	20,000원
159	인간과 죽음	E. 모랭 / 김명숙	23,000원
160	地中海	F. 브로델 / 李宗旼	근간
161	漢語文字學史	黃德實·陳秉新 / 河永三	24,000원
162	글쓰기와 차이	J. 데리다 / 남수인	28,000원
163	朝鮮神事誌	李能和 / 李在崑	근간
164	영국제국주의	S. C. 스미스 / 이태숙·김종원	16,000원
165	영화서술학	A. 고드로·F. 조스트 / 송지연	17,000원
166	美學辭典	사사키 겡이치 / 민주식	22,000원
167	하나이지 않은 성	L. 이리가라이 / 이은민	18,000원

168	中國歷代書論	郭魯鳳 譯註	25,000원
169	요가수트라	鄭泰爀	15,000원
170	비정상인들	M. 푸코 / 박정자	25,000원
171	미친 진실	J. 크리스테바 外 / 서민원	25,000원
172	玉樞經 硏究	具重會	19,000원
173	세계의 비참(전3권)	P. 부르디외 外 / 김주경	각권 26,000원
174	수묵의 사상과 역사	崔炳植	근간
175	파스칼적 명상	P. 부르디외 / 김웅권	22,000원
176	지방의 계몽주의	D. 로슈 / 주명철	30,000원
177	이혼의 역사	R. 필립스 / 박범수	25,000원
178	사랑의 단상	R. 바르트 / 김희영	20,000원
179	中國書藝理論體系	熊秉明 / 郭魯鳳	23,000원
180	미술시장과 경영	崔炳植	16,000원
181	카프카—소수적인 문학을 위하여	G. 들뢰즈·F. 가타리 / 이진경	18,000원
182	이미지의 힘—영상과 섹슈얼리티	A. 쿤 / 이형식	13,000원
183	공간의 시학	G. 바슐라르 / 곽광수	23,000원
184	랑데부—이미지와의 만남	J. 버거 / 임옥희·이은경	18,000원
185	푸코와 문학—글쓰기의 계보학을 향하여	S. 듀링 / 오경심·홍유미	26,000원
186	각색, 연극에서 영화로	A. 엘보 / 이선형	16,000원
187	폭력과 여성들	C. 도펭 外 / 이은민	18,000원
188	하드 바디—할리우드 영화에 나타난 남성성	S. 제퍼드 / 이형식	18,000원
189	영화의 환상성	J. -L. 뢰트라 / 김경온·오일환	18,000원
190	번역과 제국	D. 로빈슨 / 정혜욱	16,000원
191	그라마톨로지에 대하여	J. 데리다 / 김웅권	35,000원
192	보건 유토피아	R. 브로만 外 / 서민원	20,000원
193	현대의 신화	R. 바르트 / 이화여대기호학연구소	20,000원
194	회화백문백답	湯兆基 / 郭魯鳳	20,000원
195	고서화감정개론	徐邦達 / 郭魯鳳	30,000원
196	상상의 박물관	A. 말로 / 김웅권	26,000원
197	부빈의 일요일	J. 뒤비 / 최생열	22,000원
198	아인슈타인의 최대 실수	D. 골드스미스 / 박범수	16,000원
199	유인원, 사이보그, 그리고 여자	D. 해러웨이 / 민경숙	25,000원
200	공동 생활 속의 개인주의	F. 드 생글리 / 최은영	20,000원
201	기식자	M. 세르 / 김웅권	24,000원
202	연극미학—플라톤에서 브레히트까지의 텍스트들	J. 셰레 外 / 홍지화	24,000원
203	철학자들의 신	W. 바이셰델 / 최상욱	34,000원
204	고대 세계의 정치	모제스 I 핀레이 / 최생열	16,000원
205	프란츠 카프카의 고독	M. 로베르 / 이창실	18,000원
206	문화 학습—실천적 입문서	J. 자일스·T. 미들턴 / 장성희	24,000원
207	호모 아카데미쿠스	P. 부르디외 / 임기대	29,000원
208	朝鮮槍棒敎程	金光錫	40,000원
209	자유의 순간	P. M. 코헨 / 최하영	16,000원

252 일반 교양 강좌	E. 코바 / 송대영	23,000원
253 나무의 철학	R. 뒤마 / 송형석	29,000원
254 영화에 대하여―에이리언과 영화철학	S. 멀할 / 이영주	18,000원
255 문학에 대하여―행동하는 지성	H. 밀러 / 최은주	16,000원
256 미학 연습―플라톤에서 에코까지	임우영 外 편역	18,000원
257 조희룡 평전	김영회 外	18,000원
258 역사철학	F. 도스 / 최생열	23,000원
259 철학자들의 동물원	A. L. 브라 쇼파르 / 문신원	22,000원
260 시각의 의미	J. 버거 / 이용은	24,000원
261 들뢰즈	A. 괄란디 / 임기대	13,000원
262 문학과 문화 읽기	김종갑	16,000원
263 과학에 대하여―행동하는 지성	B. 리들리 / 이영주	18,000원
264 장 지오노와 서술 이론	송지연	18,000원
265 영화의 목소리	M. 시옹 / 박선주	20,000원
266 사회보장의 발명	J. 동즐로 / 주형일	17,000원
267 이미지와 기호	M. 졸리 / 이선형	22,000원
268 위기의 식물	J. M. 펠트 / 이충건	18,000원
269 중국 소수민족의 원시종교	洪 熹	18,000원
270 영화감독들의 영화 이론	J. 오몽 / 곽동준	22,000원
271 중첩	J. 들뢰즈 · C. 베네 / 허희정	18,000원
272 대담―디디에 에리봉과의 자전적 인터뷰	J. 뒤메질 / 송대영	18,000원
273 중립	R. 바르트 / 김웅권	30,000원
274 알퐁스 도데의 문학과 프로방스 문화	이종민	16,000원
275 우리말 釋迦如來行蹟頌	高麗 無寄 / 金月雲	18,000원
276 金剛經講話	金月雲 講述	18,000원
277 자유와 결정론	O. 브르니피에 外 / 최은영	16,000원
278 도리스 레싱: 20세기 여성의 초상	민경숙	24,000원
279 기독교윤리학의 이론과 방법론	김희수	24,000원
280 과학에서 생각하는 주제 100가지	I. 스탕저 外 / 김웅권	21,000원
281 말로와 소설의 상징시학	김웅권	22,000원
282 키에르케고르	C. 블랑 / 이창실	14,000원
283 시나리오 쓰기의 이론과 실제	A. 로슈 外 / 이용주	25,000원
284 조선사회경제사	白南雲 / 沈雨晟	30,000원
285 이성과 감각	O. 브르니피에 外 / 이은민	16,000원
286 행복의 단상	C. 앙드레 / 김교신	20,000원
287 삶의 의미―행동하는 지성	J. 코팅햄 / 강혜원	16,000원
288 안티고네의 주장	J. 버틀러 / 조현순	14,000원
289 예술 영화 읽기	이선형	19,000원
290 달리는 꿈, 자동차의 역사	P. 치글러 / 조국현	17,000원
291 매스커뮤니케이션과 사회	현택수	17,000원
292 교육론	J. 피아제 / 이병애	22,000원
293 연극 입문	히라타 오리자 / 고정은	13,000원